木曜生まれの子どもたち

上

ルーマー・ゴッデン 作
脇 明子 訳
網中いづる 絵

岩波少年文庫 630

THURSDAY' S CHILDREN
by Rumer Godden

This Japanese edition published 2025
by Iwanami Shoten, Publishers, Tokyo
by arrangement with Curtis Brown Group Limited, London
through Tuttle-Mori Agency, Inc., Tokyo.

ニネット・ド・ヴァロアに

ロイヤル・バレエ学校、ロイヤル・アカデミー・オブ・ダンシング、メルル・パーク・ダンス・スクールと、そのスタッフのみなさま、とりわけ、ジェイムズ・モナハン、バーバラ・フュースターのお二方に、クラス・レッスンを見学させてくださったこと、わたくしのために、貴重なお時間をさいてくださったことに対して、あつく御礼を申しあげます。この本のアイディアをくださったジョーン・ローソンには、すべてにおいて、支えていただきました。ヘレン・カストラーティ、ジョーン・アードにも、たいへんお世話になりました。スチュアート・ベケットは、果てしない質問にお答えくださったばかりか、書いてこられた日誌まで、活用させてくださいました。レイチェル・ヘスターは、学校時代に書いたエッセイを改変して使用することを、許してくださいました。ロッカビーのペギー・テイラーには、マのエメラルドに関してアドバイスをいただきましたし、おなじくロッカビーで、花屋、兼、青果店をいとなんでおられるジョン、および、ニコラス・ジェイン・キャメロンには、パ・ペニーがどんなふうに店を切りまわしていたと考えられるかを、教えていただきました。

この作品に出てくるすべての人物は、想像上の存在です——
ただ一人をのぞいて。

——R. G.

月曜生まれは、器量よし

火曜生まれは、お上品

水曜生まれは、泣くばかり

木曜生まれは、遠い旅……

昔のわらべ歌

もくじ

下巻 もくじ

注について
三三七頁のバレエ用語集に説明がある言葉には、初出時に*を付しました。

登場人物紹介

クリスタル・ペニー　バレリーナをめざす少女、ペニー家の五番めの子ども
ドゥーン・ペニー　バレエ・ダンサーをめざす少年、ペニー家の末っ子

〈ペニー家の人々〉

ウィリアム・ペニー（パ）　クリスタルとドゥーンの父親、ロンドン郊外のピルグリムス・グリーンで、八百屋、兼、花屋を経営
モード・ペニー（マ）　クリスタルとドゥーンの母親、ウィリアム・ペニーの妻
ウィル　ペニー家の長男
ジム　ペニー家の次男
ティム　ペニー家の三男
ヒューイー　ペニー家の四男
ベッポ、ミセス・デニング　ペニー氏の店の使用人

〈ピルグリムス・グリーンの隣人たち〉

マダム・タマラ　ピルグリムス・グリーンでバレエ教室を開いている
フェリクスさん　マダム・タマラの教室のピアニスト
ミセス・シェリン　マダム・タマラのために、掃除をしている

ルース　ミセス・シェリンの娘、バレリーナをめざす
アンジェラ、メアリ・アン、ジョアンナ、ゾエ　マダム・タマラのバレエ教室の生徒たち
ミセス・カーステアス　ピルグリムス・グリーンの小学校の校長

〈エニス・グリン・バレエ学校の人々〉

エニス・グリン　王立バレエ団のプリンシパルで、エニス・グリン・バレエ学校を運営
ステラ　エニスのアシスタント
ミス・ラモット　エニス・グリン・バレエ学校のピアニスト
ヴァレリー・キッド・モーティマー　エニス・グリン・バレエ学校の上級生
チャールズ、マーク、シドニー、セバスチャン　エニス・グリン・バレエ学校の生徒

〈王立バレエ団の関係者〉

ピーター・モーランド、アンシア・ディーン　王立バレエ団のプリンシパル
ユーリ・コゾルズ　王立バレエ団に客演しているスター・ダンサー、振付家

〈クィーンズ・チェイス（王立バレエ学校　中等部）のスタッフ〉

マイケル・イェーツ　王立バレエ団に附属する、王立バレエ学校（中等部・高等部）の理事
エリザベス・バクスター　中等部と高等部を統括する責任者
クリオ・チャロナー　クィーンズ・チェイスの校長
ジーン・マッケンジー　クィーンズ・チェイスの主任教師

レオポルド・マックス　クィーンズ・チェイスの主任教師
オリーブ・ハーレイ　バレエ教師
ジルベルト・ジロー（マムゼリー）　バレエ教師
ジョナー・テンプルトン　バレエ・ピアニスト
ミセス・ギルスピー　女子寮の寮監

〈クィーンズ・チェイスの生徒たち〉

アマンダ、ベティ　女子生徒
クロード　男子生徒

〈その他の重要人物たち〉

フィリップ・ブラウン　ダンサー協会会長、ロンドン・ダンス・アカデミーの総裁で、競技会の審査委員長
ロッテ・ヴァン・ヒューゼン（バロネス）　コンサート・ピアニスト
ジャイルズ・ヒヤワード　テレビのディレクター

木曜生まれの子どもたち　上

前奏曲

ロンドンの王立劇場では、その夜、特別な公演がはじまろうとしていた。

世界初演

ユーリ・コゾルズ振付

『レダと白鳥』

エリザベス女王陛下ご臨席

音楽　ベートーヴェン『プロメテウスの創造物』

編曲　ジョン・クータルド

振付　ユーリ・コゾルズ

演出　ステファン・ジャコビ

美術　ライアン・マクロポポリス

照明　デイヴィッド・ナイト

レダ　　アンシア・ディーン
ゼウス／白鳥　　ユーリ・コゾルズ
ゼウスの第一の妻ヘラ　　エニス・グリン
ゼウスの妻である八人の女神たち
料理番　　ピーター・モーランド
メンドリその一　　ベット・クーパー
メンドリその二　　アネット・セヴェリン
オンドリ　　ロビンソン・ギー
若いオンドリたち、メンドリたち、鳩たち　　王立バレエ団員
白鳥の雛　　ドゥーン・ペニー

ドゥーン・ペニーは、王立バレエ学校中等部生徒

ドゥーンは、いま、舞台の袖で、バレエ学校の主任教師であるミスター・マックスにつきそわれて、出番を待っていた。以前、歳のわりに小さかったときには、小人の役で、よくこの舞台に立ったものだが、いまはもう、そんなに小さくはない。でも、ミスター・マックス

と並ぶと、胸のポケットまでしか届かない。まだ十三歳なのだから、当然だ。ミスター・マックスの記憶にあるかぎり、王立劇場で行なわれるバレエ公演で、そんな年齢でソロを任せられた子どもは、いまだかつて、いなかった。「タマラ・トレポーヴァが『ナイチンゲールの歌』でナイチンゲール役を踊ったのは、十二のときだったわ」と、中等部のバレエ教師で、生き字引のような存在の、オリーブ・ハーレイが言った。

「だが、あれは、モンテ・カルロでのことだ」と、ミスター・マックスが言った。「ここじゃない。」制作責任者たちは、ユーリ・コゾルズを説得して、高等部の生徒を使わせようとしたが、ユーリは聞く耳を持たなかった。「ドゥーンのあの、小さくて、吹けば飛びそうなのがいいんだ。とりわけ、あの跳躍だよ。しかも、音楽性があって、ぼくの白鳥の雛にぴったりなんだ。」

ほかの男の子たちは、「白鳥を踊るのは、女子だぞ」と言って、ドゥーンを笑い者にした。たしかにバレエでは、ごくまれな例をのぞけば、そのとおりだ。レダを踊るアンシア・ディーン自身、ちょうど、『白鳥の湖』の主役の、白鳥になった王女を踊ったばかりだった。ドゥーンの先生のエニス・グリンは、手足が長くて、優雅で、謎めいた表情をしており、以前、『トゥオネラの白鳥』を踊ったことがあった。「そーれ、バタバタ、バタバタやって、飛べよ」と、少年たちは言った。「白いチュチュ*着て、羽根で作った小さい冠、かぶるんだよな。」
「白鳥が雌ばっかりのはず、ないだろ」と、ドゥーンは言い返した。「ユーリは大人の白鳥を踊るし、それは、神さまたちの王さまの、ゼウスなんだぞ。」すると、みんなは黙った。ユーリ・コゾルズよりも男らしくて、偉大なダンサーなんて、どこを探したって、いやしない。

王立バレエ団も、王立劇場も、ゆるぎない序列に従って動いており、計画されたことは、どんどん実行されていった。『レダ』は一年前に計画され、秘密にされていたが、ドゥーンは、去年の夏に、のちに自分が踊ることになる白鳥の雛の踊りを、ちらりと見た。ドゥーンは、広大な庭園のなかにある、年少の子どもたちのための全寮制のバレエ学校「クィーンズ・チェイス」にいたが、英語の授業にむかう途中で、かつては大きな白い館の応接間だった部屋の窓から、音楽が流れてくるのを聴いた。「チェイス」というのは、「御猟場」ということだ。音楽を聴くと、いつだって、磁石に引き寄せられる鉄みたいになってしまうドゥーンは、部屋の外のバルコニーに上がっていける、ちょっとした石段を駆け上がった。

その部屋は、壁に羽目板が張りめぐらされ、天井には化粧漆喰の装飾がほどこされ、大理石作りの暖炉があって、いかにもメヌエットや室内楽が似合いそうな雰囲気だった。しかし、いま鳴り響いている音楽は、繊細で親しみやすい、そんな音楽ではなく、ほとばしるような力強さに満ちた、雄弁な音の奔流だった。いったい何を踊っているんだろうと思ったドゥーンは、窓に顔を押しつけた。

それは、ふつうの地上の踊りではなく、なかば、宙を舞う踊りのようだった。その踊りが、やがて自分にかかわってくるとは、ドゥーンは夢にも知らなかったが、じつはそこでは、ユーリ・コゾルズが、ドゥーンがこれを踊れるように指導してやってくれと、ミスター・マックスに頼んでいたのだ。「翼は、力であり、スピードなんだ」と、ユーリが言っているのが、ドゥーンにも、窓越しに聞こえた。「あの子が高く跳べるようにしてやってくれ。高くだ！」すばやい回転は、たしかに、跳んでいるかのように見えた。そのあと、なぜか音楽ががらりと変わり、ユーリは隅っこにひっこんだ。おびえているのだろうか？　頭をすばやくあっちへこっちへ動かすのが、まるで、四方八方からつつかれるのを、よけようとしているみたいだ。

音楽は再び変わり、ユーリは、迫害する者たちから逃れて、一人になったようだった。まっすぐに立って、ゆっくりと、まるで見慣れないものを見るように、自分の身体を見ている。驚きが、どんどん大きくなってくる。「胸をぐっと張るようにさせてくれ」と、ユーリは言っていた。「思いっきり、背筋を伸ばさせるんだ。誇らしげにな。」

それからユーリは、まず片腕を、それからもう一方の腕を広げ、片手で反対側の腕のあたりをなでるようにした。「なるほど、羽根が抜け変わるんだな」と、ミスター・マックスが言った。音楽が変わり、鳥はちょっと飛んだが、すぐに転んで、絶望の表情を見せた。ユーリが、まるでこの世界全体に助けを求めようとするかのように、何度も何度も両手を伸ばすのを見て、ドゥーンは、心臓が握りつぶされるような気がした。ユーリはすばらしい演技者でもあり、ピアニストのジョナーが奏でる音楽の激しさに、古いアップライト・ピアノは、いまにも張り裂けそうだった。すると突然、勇気が湧き上がり、飛ぶ試みが、もう一度くり返された。動きがしっかりしてきて、なめらかに、美しくなり、そして、「ああ！」と、ドゥーンは、ため息をついた。「ああ！」

「あんた、英語の授業に出てるはずでしょ。」そう言いながら近づいてきたのは、ドゥーンの同級生でなかよしの、アマンダだった。「急がなきゃ。あたしたち、遅刻よ。」

「しっ」と、ドゥーンは言った。

「あんた、このあいだの作文で、つづりを十四カ所もまちがえたじゃない」と言いながら、今度は、ベティがやってきた。

「しっ！　ほら、聞いて」と、ドゥーンは言った。

「不器用でもいいんだ」と、ユーリがミスター・マックスに言っていた。「不器用なのが、当然なんだ。はじめて飛ぼうとしているんだから。」

踊り手が不器用でもいいなんて、どういうことだろう。ドゥーンとアマンダは、当惑して、顔を見合わせた。「いったい、何なのかな?」と、ドゥーンはたずねた。

「ユーリ・コゾルズの新作バレエでしょ。うわさがたちはじめてるもん」と、アマンダが言った。「どうして、こんなとこでやってるのか、わかんないけど。」

「でも、いまの、何なのかな?」

「『みにくいアヒルの子』のお話じゃないかな」と、アマンダが言ったが、ドゥーン・ペニーには、なんだかさっぱりわからないことが千も万もあり、「みにくいアヒルの子」というのも、そのひとつだった。「アヒルだって! アヒルじゃないよ」と、ドゥーンは言った。

「何か、ちがうものだよ。」

それはもちろん、アヒルではなかった。ユーリのバレエは、アンデルセンの物語の、有名なアヒルの子とは、まったく無関係だった。まず舞台に出てくるのは、レダという若い乙女で、無邪気に湖の岸辺をさまよいながら、貝殻を見つけては、拾い集める。舞台の上には緑の葦が立ち並び、そのむこうには、湖らしきものが見えている。舞台袖のドゥーンは、もうじき、そこに立ってのぞきこみ、まるで鏡を見たときのように、自分がそこに映っているのを見なくてはならない。近くには柵や藁束があって、ニワトリやアヒルなどの囲い場であることがわかる。舞台の天井からは、雲のような形をした青いカーテンが下がっていて、そこに神々の住むオリュンポスがあることを示している。レダを演じるアンシア・ディーンは、栗色の筒状になった小さな上着を着ており、すべるように動いたり、回転したりして、それがふわっと広がると、ひだに隠れていた深紅の縞が見える。アンシアは、だれにでも好かれているだけでなく、とても美しくて、しっかり踊れるダンサーだった。そこはまだ導入部にすぎず、音楽が変わると、雲が下りてきて、ドゥーンには、オーケストラ越しに見える観客たちが、磁力で操られているかのように、いっせいに身じろぎをしたのがわかった。「こんなのは、見たことがない。まったく新しいものだぞ。」

ドゥーンは、世界最高の劇場のひとつである、王立劇場の観客席を知りつくしていた。パリにも、ミラノにも、ニューヨークにも、コペンハーゲンにも、シドニーにも、立派な劇場がある。やがてドゥーンは、それら全部を知ることになるだろう。でも、イギリス生まれの少年にとって、王立劇場は、メッカであるだけでなく、熱望してやまない頂であり、わが家でもあった。

リハーサルのときにも、そこで見ていた。何列も何列もの、ビロード張りのからっぽな座席、白と金とで彩られ、上へ上へと積み重なっている桟敷席、途方もなく奥が深くて、天井の高い舞台。見上げると、あちこちに梯子がかかり、不可思議な足場や、金属製の梯子があって、裏方さんたちや、シャツ一枚の照明係の人たちが、そこを行ったり来たりしていた。

そんな人たちよりもさらに重要な人たち、すなわち観客たちが、場内をいっぱいにしているのも見たことがあった。「君は、その人たちのために踊るんだ」と、ユーリは言った。「いつだって、そのことを忘れちゃいけない。」ドゥーンは、いま、舞台の幕の端っこにある細いすきまから、観客たちを見ようとしたが、オーケストラ・ピットのなかの照明が明るすぎて、ほとんど何も見えなかった。ずっと先の、ちょっと薄暗くなったあたりに、非常口の明かりがいくつか見えたが、その手前には、ちゃんと生きていて、それぞれに息をしている観客たちがひしめきあい、みんなして、待ち構えているのだ。「君が自分のために踊ったら、その踊りは隠されたままだ」と、ユーリは言った。「もちろん、自分の心で、それを感じなくちゃならない。しかし、みんなに語りかけることも必要なんだ。いいか、語るんだぞ。」

　ドゥーンがはじめてこの観客席にすわったのは、まだ五つのときだった。それは、幸運な偶然のたまものだった。しかし、それを言うなら、それ以来、起こったことは、みんな偶然のしわざだった。それとも、運だったのだろうか？　王立バレエ学校の生徒の一人として、ドゥーンはときどき、二階桟敷にすわった。十二人ぶんの席が常に用意されており、生徒たちは、決められたとおりに交替して、そこにすわった。そこから見ると、舞台の床は小さな長方形で、あるときは片手で覆い隠せそうに見え、またあるときは、とても広くてからっぽなように見えた。バレエ学校の生徒たちも、年に一度は、男女あわせて二十人ほどが、そこで踊らせてもらえることになっており、ドゥーンもそれに加わったことがあった。小姓の役で公演に出たこともあったし、『コンセルヴァトワール』というバレエに、子どもたちの一人として出演したこともあった。もっともそのときは、まわりをバレエ団の大人たちに囲まれていた。でもいまは、一人きりだ。

たぶん、ダンサーにとって、何週間も、何カ月も、教室や、リハーサル室や、ときには劇場も使って、ピアノ伴奏で練習を重ねた末に、そのおなじ踊りを、いきなりフル・オーケストラで踊るときほど、わくわくさせられることはないだろう。天にも昇る心地という言葉があるが、まさにそのとおりなのだ。「なんだってやれる――どんなことだって」と、ドゥーンは、自分にむかってささやいた。「脚が折れたって、踊り続けられる。」そんな強烈な体験を、平然と受け止められるのは、よく訓練され、場数を踏んだダンサーだけだった。リハーサルがすべて終わっても、ドゥーンの胸のなかや、おなかのなかでは、何かが、単に脈打つのではなく、激しく渦を巻いていて、ドゥーンは、何度も何度も、こわばった脚をほぐしてやらなければならなかった。すぐにも出ていきたい衝動にかられた瞬間、ミスター・マックスの手が、そっと肩にかかった。「落ち着いて。」

栄光に輝くゼウスは、地上を見下ろして、レダに目をとめたが、ヘラを筆頭とする九人の妻たちが、すぐにも天から降りていこうとするゼウスを引き止めた。こんなことはもうたくさんです、と妻たちは言ったが、その人たちが、マイム*と呼ばれる身振り手振りで語ることのなかには、ゼウスが金色の雨になってダナエのところへ降り立ったエピソードや、雄牛になってエウロパに会いにいったエピソードなどが含まれていて、とてもおもしろかった。白鳥になりたいのなら、白鳥の生涯を、ちゃんとたどらなくてはならない。まずは、卵になり、それから、みっともなくて薄汚れた雛になる——まるで、アマンダが話していた、みにくいアヒルの子みたいにだ。偉大なるゼウスといえども、貧しい農家の庭先では、雌たちにつつきまわされ、囲いのなかに閉じこめられて、外の世界へのあこがれというものを、身をもって知らねばならない。最初は不器用で飛べないが、やがて、隠し持っていた野性と、その一族に備わる強い力によって、飛び立つことができる。ユーリのバレエは、キリストをも連想させた。ゼウスであろうと、神であろうと、地上の者の姿になれば、苦しみをその身に受けずにはすまないのだ。

ドゥーンが踊るうちに、黒っぽい羽毛を表しているチュニックから、糸くずや羽根が飛び散っていき、下にある白い綿毛が見えはじめる。ついに飛び立つときには、大きくジャンプしながら、舞台全体をぐるりとまわる。「舞台全体を使うんだぞ」と、ユーリに命令されていた。そんなこと、できるだろうかと、ドゥーンは思った。最後には、思いっきり高いジャンプをし、舞台袖でミスター・マックスに受け止めてもらう。音楽はゆるやかに静まって終わり、羽根が一枚、舞台の天井からふわふわと落ちてくる。純白の、白鳥の翼の羽根だ。雛が育つと、ドゥーンの出番は終わるが、バレエは続く。レダが、さまよい歩くように踊っていると、白鳥になったゼウスが現れる。その白い翼は、とても大きい。リハーサルのとき、ドゥーンは、ユーリが翼の骨組みに足をひっかけて、およそ神さまらしくない言葉で、ののしるのを聞いた。ゼウスとレダは求愛のパ・ド・ドゥ*を踊り、その踊りの優しさに、レダの恐怖は鎮まる。ユーリが、羽繕いをするような仕種をまじえて踊った求愛のソロは、まさに名人芸だった。続いてレダが、求愛に身をゆだねるアダージオ*を踊り、音楽がクレッシェンドにむかうと、それに合わせて白鳥が最後の大きなはばたきを見せ、レダを抱き上げ、翼でなかば覆うようにして、しっかりと抱きあう。

舞台の上は、ライトの熱で暑かった。ドゥーンは、踊る前から汗をかいていた。ドゥーンがいたのは、薄暗い舞台袖だったが、うしろにも、まわりにも、衣裳をつけたダンサーたちがいて、まわってみたり、ストレッチしたり、脚や身体や腕や首を曲げたりして、最後のウォーミング・アップにいそしんでいた。シューズのリボンの結び具合を再点検している者もいれば、すべり止めのためにトレイに入れてある松脂を、シューズにつけている者もいた。じきに料理番役で舞台に出て行くはずのピーター・モーランドは、壁に取り付けてある鉄の梯子につかまって、まずは右、今度は左と、脚を替えながら、高いグラン・バットマン*をやってみていた。その力強い脚に近づくのは、危険きわまりなかった。ドゥーンは、バレエ団の指導役であるバレエ・ミストレスが、「ジョイスとナターシャはどこ？ とっくに来てないといけないのに」と嘆くのを聞いた。次の瞬間、「遅いじゃないの！」と叫ぶのが聞こえた。

女神たちの場面が終わり、音楽はまた、家禽たちの囲い場のそれにもどっていた。料理番が得意げに叫ぶのが聞こえ、ドゥーンには、観客たちの姿は見えなくても、その笑い声と、わあ、とか、まあ、という優しげな叫びから、卵が前に押し出され、いまこの瞬間に、バレエ学校で最年少の男の子クロードが、茶色い綿毛のついた衣裳で、卵の殻を割って姿を見せたのだと悟った。「あのチビは喝采をさらってしまうぞ」と、ユーリがにやにやした。ユーリは、小さなクロードには優しかったが、ドゥーンにはとても厳しく、一足一足、ポーズの一つ一つに文句をつけた。クロードは、起き上がって、よろよろと歩き、お母さんのメンドリに優しくうながされて、小さな肘の曲がり目についている翼を動かしてみせるだけでよかった。それにひきかえ、ドゥーンは……

今度はメンドリたちが集まって、偉そうに格好をつけているオンドリのまわりで踊った。

やがて指揮者は、指揮棒を止めた。ミスター・マックスが、震えているドゥーンの手の下にさわった。震えていたのは、怖かったからではなく、待ちきれなかったからだ。白鳥の雛のための音楽がはじまった。裏方さんが、「がんばれよ」とささやいた。ドゥーンには、お礼を言う暇はなかった。ミスター・マックスが、片手を上げながら、「さあ」と言った。「それ行け。」

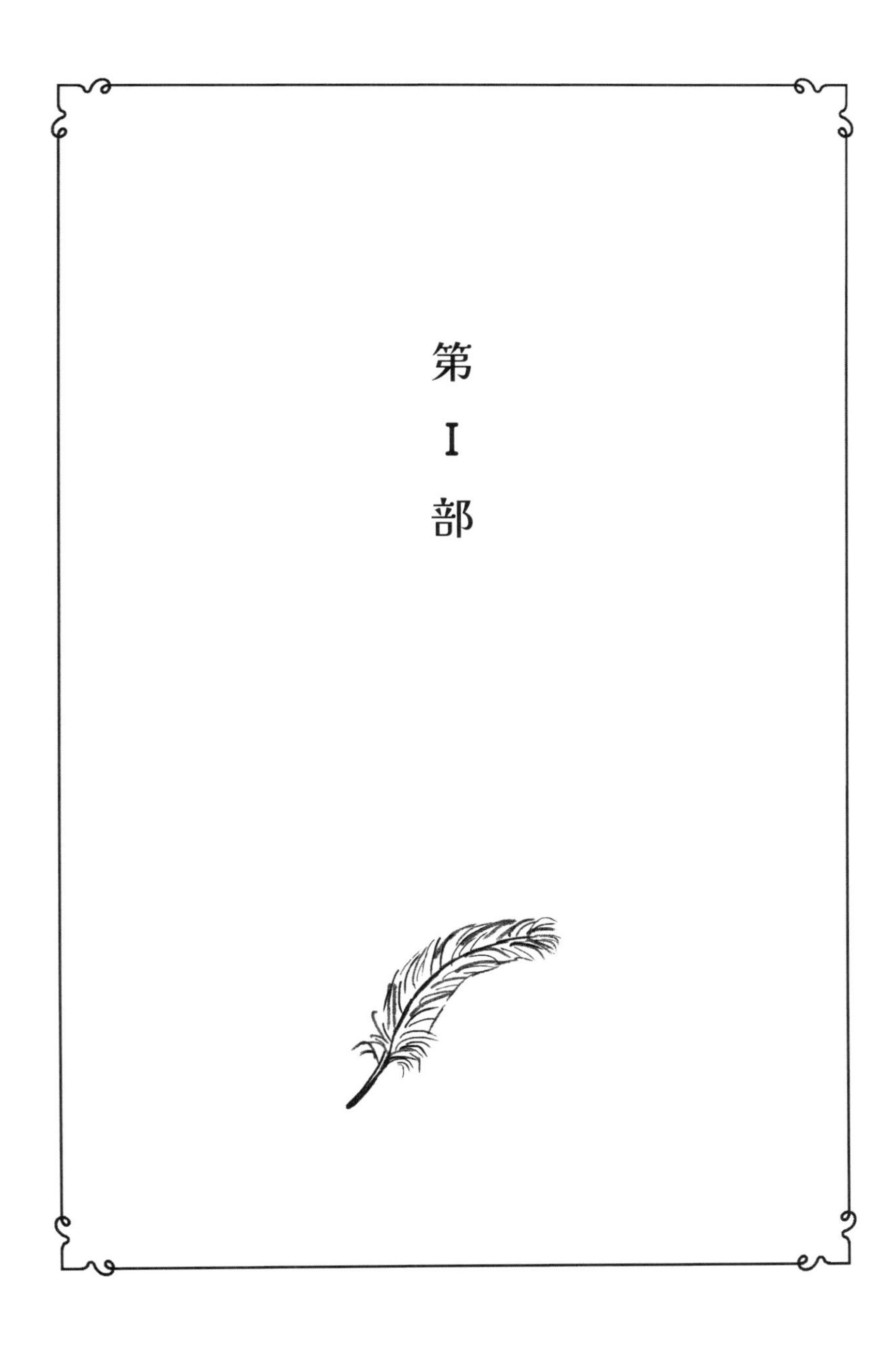

第 I 部

第1章

「クリスタル、今日は、ドゥーンを連れていってよね」と、母さんが言った。土曜の朝で、クリスタルは、バレエ教室へ行こうとしていた。

「連れてかなきゃ、だめ？」と、クリスタルは、うめくような声を出した。「どうしていつも、あんな子につきまとわれなくちゃなんないの？」

「朝のうちずっと、足もとをうろうろされてちゃ、困るのよ。それに、この子だって外へ出て、少しはいい空気を吸ったほうがいいし。」

「かわいい弟じゃないか、クリス」と、父さんが言い、母さんは顔をしかめた。父さんが、クリスタルのことをクリスと呼ぶのが、気に入らないのだ。しかし、口に出しては、「マダム・タマラは、この子がネズミみたいに静かにすわってると、おっしゃってたじゃない」としか、言わなかった。

「おまえがこの歳のときには」と、父さんはクリスタルに言った。「一時間も、じっとすわって見とったりは、できんかったぞ。」

「やれやれ！」と、クリスタルは言った。「シューズでも運ばせることにするわ。」

クリスタルのシューズ運びが、はじまりだった。


母さんのミセス・ペニーは、大柄で口やかましい女で、夫のウィリアム・ペニーといっしょに、ロンドンの北の郊外のピルグリムス・グリーン地区の、ポーロック通りで、八百屋、兼、花屋をやっていた。

ピルグリムス・グリーンは、大都市ロンドンの一部ということになってはいたが、ウィリアム・ペニーの出身地であるデヴォン州の田舎の村と、そう変わりはなかった。「ポーロックという海辺の村の近くでな。おれは、そこの農場で生まれたんだ。」——だから、ポーロック通りに店を見つけたときには、幸先がいいと思ったのだった。農場は、兄さんのジョンが引き継ぎ、妻のメアリと二人で切りまわしていたので、父さんは、「なんか、ほかのことをするより、しかたがないじゃないか」というわけで、八百屋をはじめ、成功をおさめたのだった。いまでは、もっと大きな郊外の町、ストーナムに——「しかも、目抜き通りにな」

と、父さんは自慢した——支店を出すまでになっていた。それでも、父さんが好きなのはピルグリムス・グリーンの静けさだったし、ポーロック通りこそが「わが家」だった。そこに住んでいる人たちのなかには、ロンドンのウエスト・エンドのようなにぎやかなところへは、一度も行ったことがないし、行きたいと思ったことさえない人たちが、少なからずいた。

ピルグリムス・グリーンには、公会堂があり、学校がいくつかあり、映画館もあって、そこでは、ビンゴ・ゲームが開催されることもあった。教会もいくつかあり、日曜日には、そこらじゅうが鐘の音でいっぱいになった。共有地には、芝生が広がり、桜の木立があり、浅い池ではアヒルたちが泳いでいた。「人が必要とするもんは、なんでもそろっとる」と、父さんは言った。

「そりゃ、『人』によりけりよ」と、母さんが言った。

母さんは、結婚したその日から、「女の子をおさずけくださいと、祈ってたのよ」——というのが、この家族の伝説だった。「そしたら」——と、母さんはいつも、畏敬の念をこめて言った——「神さまは、クリスタルをよこしてくださったの。」

「けど、ずいぶん暇がかかったんだよね」と、ヒューイーが言った。

最初はウィルで、ウィリアムという父親の名前をもらった。しばらくのあいだ、ウィルは一人っ子ということになりそうだったが、五年後に、母さんが「集中爆撃」と呼ぶ、双子の男の子、ジェイムズとティモシー――ジムとティムが生まれ、その一年後に、ヒューイーが生まれた。

「遅れをとりもどそうとしとるようだな、母さんや」と、父さんは言った。「二年に三人とは――それも男ばっかり！」

「四人いれば、じゅうぶんじゃないかね？」と、お医者さんには言われたが、母さんはまだあきらめてはおらず、「もう一回だけ」とがんばって、「ほら、言わんこっちゃない！」となった。ヒューイーの二年後に生まれた赤ちゃんは、女の子だったのだ。

「ちっちゃなお嬢ちゃんですよ」と、看護師さんが教えてくれた。

「ほんとに？」母さんには、それを信じる勇気がなかった。

看護師さんは笑い、赤ちゃんを持ち上げて、見せてくれた。「ほら、おめめが、まるで水晶みたい。」「だから、あんたたちの妹は、クリスタルという名前になったのよ」と、母さんは、息子たちに言った。もっとも、心のなかでは、水晶を意味するクリスタルではなく、ダイヤモンドにすればよかったと思っていた。

母さんは、いろんなことについて、「自分の思い」を持っており、父さんはそのことをよく承知していた。王室の子どもたちが両親のことをパパ、ママと呼んでいることを知った母さんは、自分の子どもたちにもそうさせたいと考えた。しかしウィルが、「おれたち、王室じゃないもん」と言うと、だれもがそろって、そう呼ぶことを拒否し、結局、ペニー夫妻は、パとマと呼ばれることになった。「マムとダッドのほうが、まだましだったのに」と、マは言った。「おれには、パパ、ママなんてのは、べたべたした感じに聞こえるがな」と、パは言った。

　マは、緑地に面した家に住みたいとも願っていた。「けど、あそこでは、店を開くことは、許されておらんからな」と、パは言った。そこでペニー一家は、ポーロック通り十九番地に店を構え、その上で暮らすことになった。それは、ヴィクトリア時代に建てられた、かなり広い別荘風の建物で、一階の玄関広間のなかに、上へ行く階段があり、玄関広間から一方のドアを開ければ表の通りで、裏手にある二つのドアの一つからは、店の奥に、もう一つからは、裏の空き地に出られた。そこを庭にすることもできたが、いまは、小型トラックを置くのに必要だった。配達用の車と、それを入れる車庫とにだ。「庭を作って、バラを植えたりできるといいのに。」マは、つるバラをはわせたあずまやや、花壇や、石組みのある庭を夢見ていた。春には、オーブリエチアの明るい紫色を背景に、ラッパ水仙の黄色が映えるような庭をだ。「働いて稼がんと、食ってはいけんからな」と、パは言った。そんなパも、若者だったときにはロマンティストで、八百屋になる修業をはじめるまでは、午後のお茶や夕食を抜いてでも、ミュージカルやレビューを観に通っていたというのは、いまとなっては信じがたい事実だった。パは、舞台のマを見て「一目惚れ」し、バラの花束を持って楽屋口で待ったものだと、よく話した。マはそれまで、バラなどもらったことは一度もなく、「まあ、こんなことになったってわけ」という話だった。「これでも」と、マは、昔をなつかしむように言った。「以前は、ダンサーだったのよ。」

「群舞の三列目のな」と、パが言った。

「そうよ。ウエストエンドの舞台に立つのは、無理だったわ。」マは、そう認めないわけにはいかなかった。「パがあたしを見たとき、あたしが踊ってたのは、ゴールダーズ・グリーンの劇場だったわ。でも、そういうことにむいた血筋ではあるのよ。」それに続くのは、ペニー家のだれもが、そらで覚えている話だった。「あたしの大伯母さんのアデレイド・ターナーという人は、ゲイティ・ガールズの一人だったの。」マは、いまになって、「陽気な娘たち」を意味するゲイティ・ガールズが、そのミュージカルのなかで果たしていたのは、「下品」な役割だったのではないかと、疑っていた。マは「下品」という言葉にさえ顔をしかめるほどで、開脚跳びやハイ・キックにも、がまんがならなかった。「下品だわ！」

「ばか言うなよ、モーディ。おもしろくて、きれいだったよ。」

「ちゃんとしたダンスに比べると、ってことよ。」

「ちゃんとしたダンス？」
「バレエよ。バレエをやってればよかったのよね――きっと、できたわ。」パに言ってもしかたのないことだったが、「バレリーナ」というのは、美しい称号だった。もっと美しい称号もある。「バレリーナ・アッソルータ」、至高のバレリーナという意味だ。「もう、そんな呼び名は使わないのよ。いまじゃ、プリンシパルと言うの」と聞かされたとき、マは、ショックを受けた。マの夢には、「バレリーナ」という言葉こそが、しっくり似合っていたから、悲しかった。

それは単なる夢ではなく、ちゃんと思い描いてみられる、未来図だった。なぜなら、マは、どこで見聞きしたのかは忘れていたが、それが現実のものであることを知っていたからだ。たぶん、テレビでちらっと見たのだろう。そこは、巨大な劇場だった。ロンドンで最も有名な劇場で、どこもかしこも赤と金とでできていて、巨大なドームの下には、バルコニー席が上へ上へと積み重なっており、その一段一段が、ずらりと並んだシャンデリアに照らされていた。席を埋めつくしているのは、上流階級の優雅な人たちだ。舞台の幕はビロードで、女王陛下〔エリザベス二世（在位一九五二－二〇二二年）のこと〕の頭文字が縫い取られている。舞台のすぐ下には、オーケストラ全体を収容できるピットがあり、舞台の幕が開かれて、大きく広がった白い紗のスカートと、小さな紗の胴着を身につけ、髪に花を飾った若い娘が出てくると、ピットのなかの楽団員たちも、ヴァイオリンやチェロの弦を弓でたたいて、観客の喝采に加わる。娘のそばには、王子役のハンサムな若いダンサーがいるが、マの夢は、ひとえに、つつましやかに優雅なお辞儀をしている娘に集中している。花束からもぎ取られた花が、バルコニー席から舞台へと投げ入れられる。そこへ、制服を着た係員たちが、いくつもの花束や花籠を運んでくる。娘はその花束から、バラを一輪取って、それにキスをし、王子に手渡す。王子がそれにキスをし、続いて娘の手にキスをすると、拍手喝采がはてしなく続く。マは、夢のなかでそれを聞いた。

「モーディ、蹴るのはやめてくれ。どうした？　どこか痛むところでもあるのか？」

痛むところはなかったが、胸は痛んでいた。マにはそれを説明することができなかったが、パはちゃんと察していた。

「モーディ」と、パは、注意するように言った。「母親が踊るなんてのは、冗談みたいなもんだぞ。」

「あたしの身にもなってみてよ」と、マは言った。「無理もないってことがわかると思うわ。」マは、つんとして、そう言った。

クリスタルは、明らかに、踊りの才能を示しつつあった。「とうにわかっとったよ、よちよち歩きのころからな」と、パは、誇らしげに言った。

「よちよち歩きなんか、するもんですか」と、マは言った。「最初っから、つま先立ちで歩いてたわよ。」

だれもが、その話を聞かされていた。「そんな星のもとに生まれたか、額に最初から、星がついてたみたい」と、マは言った。

「ぼくはどうだったの？」と、ドゥーンは、ウィルにたずねた。

「おまえか？　おまえはドングリから出てきたのさ」と、ウィルはからかった。

クリスタルが生まれて二年後、マは、もう一人赤ん坊が生まれそうだという事実を、しぶしぶ受け入れるはめになった。「なんで、生まれるのよ！　どうして！」それをパに伝えたとき、マは、金切り声をあげんばかりだった。

パは、自分の罪のような気分にさせられ、動転した。「その子のせいじゃない」と、パは言った。

「あたしのせいでもないわ。」マは、かんかんだった。「とても信じられなかったわ。五人の子どもたちに、ありったけの時間を横取りされてるってのに。ここまで来ちゃ、遅すぎるし。」

「遅すぎる？　モード、まさか、もうちょい早くわかっていたら……？」

「そうしたわよ。」

「けど、おれたちの子どもだよ、おれとおまえの。」

「もう、五人もいるじゃない。それで足りないって言うの？　図体の大きい男ばっかり……」

「けどさ」と、パはマをなぐさめようとした。「おれたちにかかっていた」――パは「呪い」と言いかけて、「まじないは解けたんだから」と言いなおした――「女の子かもしれんぞ。」

「女の子は、もういるわ。もう一人なんて、いらない。」

「二人ってのも悪くないぜ――デュオが組めてさ。」パは、ダンスのことになると、どうしても、ミュージック・ホールで演じられるレビューの用語になるのだった。「二人でなんかやれるじゃないか。そんなこと、考えてみなかっただろ？」

「ばか、言わないで」としか、マは言わず、パは、べつの作戦を考えた。「クリスタルは、おまえの娘だ。だから、今度の子は、おれがもらう。じつを言うと、モーディ、おれは、おまえとクリスタルを見ていて、うらやましくなってたんだ。今度の子は、おれの子にして、ローナ・ドゥーンって名前にするよ。おれの故郷のエクスムアを舞台にした小説からとってな。」

「ローナって、きれいな名前ね」と、マは認めたが、生まれてきたのは男の子で、兄たちはみんな色白な赤ちゃんだったのに、全然様子がちがっていた。今度の子は、小柄で、髪が黒っぽく、小さくてとんがった顔をしていた。「かわいいこと」と、看護師さんたちが言った。

「どっかへやっちゃって」と、マは、悲鳴のような声をあげた。そして、パにむかっては、「あんたも、あんたのローナも、まっぴらごめんだわ！」と言った。

パは、病院の赤ちゃん用のベッドで、何も知らずに心地よさそうに眠っている、小さくて黒い頭に目をやった。そして、「おまえは、ローナ・ドゥーンのあとのほうを取って、ドゥーンにするしかなさそうだな」と言った。気の毒なパには、宿命という言葉に響きが似ているこの名前が、何をもたらすことになるか、知るよしもなかった。

ポーロック通りの家には、赤ちゃんの居場所はなかった。建物の一階部分は、全体が店と倉庫になっていた。二階には広い居間があり、その隣に台所があって、食事をするのもそこだった。ほかに、パとマの寝室があり、その隣にクリスタルの部屋があり、もう一つの小さい部屋はウィルが使い、あとはバスルームがあるだけだった。その上の屋根裏には、バスルームがもうひとつと、天井が傾斜した大きな寝室があって、そこを双子とヒューイーがいっしょに使っていた。「ドゥーンもそこに……」と、パが言いかけると、「絶対だめ」と、ヒューイーが言った。ジムは、「泣きわめく赤んぼなんか、ごめんこうむるよ」と言った。「眠れやしない」と、ティムも言った。

いちばん自然なのは、クリスタルの部屋を使うことだった。パとしては、そうはいかないなどとは、考えてもみなかった。「まだ二つの子に、あの部屋全部は、いらないんじゃないか?」と、パは言った。「でも、あれは女の子の部屋よ」と、マは、ゆずらなかった。それは、空色と白を基調にした、家じゅうでいちばんきれいな部屋だった。「クリスタルには、のちのちずっと、あの部屋が入り用よ」と、マは言った。「わが家の一人娘ですもの。」

ドゥーンに残された場所は、納戸だけだった。「しかし、あそこには窓がないからな」と、パは言った。「赤んぼには、よくないよ。」

「換気扇をつければいいわ」と、マは言った。パは換気扇をつけ、わらべ歌の登場人物たちの壁紙を貼り、敷物を買い、子どもたちが順ぐりに使ってきた赤ちゃんベッドを塗りなおした。「ほら——すてきになったじゃない」と、マは言ったが、パはやっぱり心配していた。「小さいうちは、これですむかもな。しかし、モード、そのうち、おれたちの部屋に入れてやるしか、なくなるだろうよ。」

「まっぴらごめんだわ」と、マは言った。

ドゥーンは、ペニー一家の子どもとしては、ずいぶん風変わりだった。ほかの子たちも、髪の色はさまざまで、ウィルのこざっぱりと整った髪は、茶色いネズミの毛のようだったし、ヒューイーのは、マにそっくりな輝く金髪、クリスタルの髪は、金色の巻き毛だった。それにひきかえ、ドゥーンの髪は黒っぽく、マの言う「プディング形」に切りそろえてあると、まるで物語に出てくる小人のように見えた。目は、ドゥーン以外はみんな灰色か青で、特に、このところ、とても美しい娘になってきているクリスタルの目は、紫に見えるほど濃い青だった。それにひきかえ、ドゥーンの目は、まだ熟れないハシバミのような緑色に、ほんのちょっと青がまじり、とんがった顔のなかで、とても大きく見えた。ウィルに言わせると、その耳もとんがっていた。変わっているということが好きではなかったマは、「ばか言わないで」と言い、ますますドゥーンをきらうようになった。

　どっちみち、ドゥーンは、だれにも好かれない子どもだった。ほかの子たちは、マに言わせると、「着せがい」があったが、ドゥーンは、いつ見ても、浮浪児のようだった。靴下はずり落ち、靴はすり減り、いつも、足をごそごそと動かしていた。上に着たジャージーと、下にはいたショートパンツやジーンズとのあいだから、おなかがのぞいていることも、しょっちゅうだった。ジャージーは、たいていしわだらけになっていた。マは忘れていたが、ドゥーンは、服を買ってもらうことがほとんどなく、いつも、上の子たちからのお下がりを着ていた。上の子はみんな、ドゥーンよりもずっと太っていたので、お下がりの服は、ずいぶん長く着ても、窮屈にはならなかった。困ったり、わからなかったりすると、すぐに頭をかきむしる癖があるので、髪はいつ見ても、ぼさぼさだった。わからないことはとても多く、何か言われると、とまどったような顔をするし、ぼんやりしていて、いつも夢のなかにいるようなので、ちょっとした伝言さえ、任せることができなかった。学校でも、うまくやっていけそうにはなく、成績は、学期ごとに落ちていく一方だった。十歳になっても、まだちゃんとは字が読めなかったし、あんまり黙っているので、マには、何か隠しごとをしているように見えた。「そんな目で見られたら、ますます引っ込み思案になるんじゃないかね」と、パは言った。

　ドゥーンが最初に言えるようになった言葉は、「マ」でも「パ」でもなく、「ベッポ」だった。ベッポは、荷物運びと店番をしていた小僧だった。小僧といっても、子どもではなく、小柄でずんぐりした大人だったが、あんまり背が低いので、まるで小人のように見えた。茶色い髪の毛は、短くてツンツンしていて、まるでココナツの繊維のようだったし、白い顔にまっ黒な目が並んでいる様子は、ロールパンにはいっている干しブドウそっくりだった。ベッポは力が強く、ジャガイモの大袋でも、ドゥーンを抱いて運ぶのとおなじくらい、やすやすと運んだ。「あいつはな、アクロバットをやってたんだ」と、パが言った。

「アクロバット?」と、男の子たちは、興味を持った。「サーカスで?」

「ビッグ・トップ一座が火事にあって、顔に火傷をするまではな。」ベッポはそのとき、顔をひどく焼かれ、皮膚が白く、分厚く、紙みたいにごわごわになったのだった。「気の毒に」と、パは言った。「それでも、目はやられなかったんだから、運がいいほうだ。」

「やだやだ！」と、マは言った。

マは最初から、ベッポが気に入らなかった。「サーカスですって！　そんな素性の人には、来てほしくないわ！」

「サーカスの何が悪い？」と、パは問い詰めた。「絢爛豪華な夢の世界じゃないか！」

「はっきり言って」と、マは、ぎゅっと口を結んだ。「下品だわ。」

「下品だと！」パは、スープに唾をとばし、マの怒りをさらにあおった。「おまえがやっとったのも、似たようなもんじゃないか。ダチョウの羽根をつけて、尻をくねくねさせとったくせに。」

「そんなこと、してないわ」と、マは言った。「いつだって、ふわふわのドレスだったもの。」それでも男の子たちは、げらげら笑った。

クリスタルも、五歳で、はじめてバレエのコンクールに出たとき、ふわふわのドレスを着た。ドゥーンはまだ三歳だったので、覚えてはいなかったが、やがて、マが洋服ダンスにしまってあるクリスタルの衣裳を、ときどきは見せてもらえるようになった。それは、青い絹でひだをとり、白鳥の綿毛で縁取りをしてあるドレスで、たまには、ちょっとさわらせてもらえることもあった。おなじく白鳥の綿毛を使った、おそろいの帽子もあった。マは、子山羊の革でできた小さな白い靴も、大切に置いてあった。「ガラスの陳列ケースに入れとかんでもいいのか？」と、パはからかったが、クリスタルがコンクールで入賞したときには、マとおなじくらい得意気だった。「当然の結果よ」と、マは言った。

　ドゥーンは、よちよち歩きの時代の大部分を、店の裏の、果物や野菜のなかで、ベッポに見守られながらすごしたが、それはいくらかは、クリスタルのバレエ教室通いと、コンクールへの出場のせいだった。ベッポは、ドゥーンの目の前でオレンジを転がして、はいはいをさせ、カリフラワーの空き箱で、ベビーサークルを作ってくれた。ドゥーンが歩けるようになると、大小のトラックが出入りする店の裏の空き地に連れ出し、粉袋などを量る秤で、シーソーをさせてくれた。もっと大きくなると、車などが来ていないときに、裏でキャベツを使ってボール遊びをさせ、ドゥーンが遊び疲れると、ハーモニカを吹いて、眠らせてくれた。

　ドゥーンはときどき、夜中に泣いた。パはそれに気づいたが、マは、「ほっときなさい。寝るほうが大事よ」と言った。マは、起きようとしなかった。子育てには、もう飽き飽きしていたのだ。マが、「じきに寝入ってしまうわよ」と言って、中断された眠りにもどっても、ドゥーンは泣きやもうとせず、泣いて、泣いて、泣き続けた。たいていは、おもらしをして、気持ちが悪かったのだが、やがて、ベッドの枠によじのぼって、はいおり、下へ行くことをおぼえた。店のほうへ行くドアには、むこう側から鍵がかかっていたが、そっとたたくと、ベッポが聞きつけ、すぐに来て、開けてくれた。そして、ドゥーンを抱き上げると、濡れた身体をタオルでふいて、きれいにしてくれて、自分のベッドに連れていき、ぐっすりと眠らせてくれた。マはまったく知らなかったが、ベッポはいつも夜明けに起きて、パが車で市場へ仕入れに行く前に、お茶の用意をしていた。それがすむと、ぐっすり眠っているドゥーンを上へ運び、もとのベッドに寝かせた。「ほら、静かに寝てるじゃない」と、マは言った。パは事情を察したが、それは言わずに、「ベッポがいてくれなんだら、ドゥーンはちゃんと育つかどうか、わからんな」とだけ言った。

「でも、なんだか、ぞっとするわ」と、マは言った。「ちょっと怖い道化みたいなんだもの。」

　ベッポは、店の裏の小さな物置部屋で、寝起きしていた。そこには、ベッポが古道具屋で見つけた、幅の狭い鉄製のベッドが、なんとかおさまった。マットレスは薄かったし、枕もぺしゃんこだった。軍隊用の古毛布が数枚そえられており、パはそこに、キルトの布団を一枚、提供した。手や顔を洗うのには、古い陶器の流しがあった。床には、ちっぽけな絨毯が一枚あり、電熱の小さなヒーターもあった。ベッドの上の壁には、いくつかフックがあって、ベッポのわずかな衣類をひっかけることができた。その下に置いてある籠には、ほんの数枚の着替えの下着と、アクロバット用の靴がはいっていた。裏庭の小屋には、曲芸用のブランコがつり下げてあり、ベッポはいまでも、そこで練習をしていた。「おまえが大きくなったら、教えてやるからな」と、ベッポはドゥーンに言った。

空中ブランコ以外にも、ベッポには、大切にしている宝物が、三つあった。三つの宝物は、オレンジのはいっていた箱をひっくり返して、ベッドの横に置いた上に、並べられていた。一つは櫛、もう一つはハーモニカで、ベッポがそれを吹くと、美しい音楽が流れだした。「これもそのうち、教えてやる」と、ベッポはドゥーンに言った。もう一つの宝物は、青と白の石膏で作られた小さな像で、ベッポはそれを、「尊いお方」と呼んでいた。ドゥーンが、「大きくなったら、その子とも、遊んでいい?」とたずねると、ベッポは肝をつぶし、「とんでもない!」と言った。「子どもの遊び相手など、していただくわけにはいかん。」それを聞いてドゥーンは、その人が、だれかとても大切な人なのにちがいないと思った。ずいぶん若く見えるけど、ひょっとすると、クリスタルのダンスの先生の、マダム・タマラの像かもしれない。マダム・タマラは、ドゥーンが知っているかぎり、だれよりもえらい人だった。

マは最初、自分が以前習って、まだ覚えていたことを、クリスタルに教えた。のちになって、エニス・グリンが四、五歳の子どもたちのために開いている教室を見学してはじめて、マは、自分の教え方が、あまりにも野心的すぎたことに気づかされた。その教室の子どもたちは、走りまわったり、スキップしたり、床の上でできる足の運動をしたりしていたが、そうすれば足の甲や足首が鍛えられて、いずれプリエ*をするようになったとき、小さい足を正しい位置に置けるようになる。プリエというのは、身体をまっすぐにしたまま、膝を曲げることで、これには、足を正確な位置に置くことが大切だった。リズムにあわせて手をたたいたり、かんたんなマイムをしたりもさせていた。そうすれば子どもたちは、音楽を注意深く聴くようになる。「まずは基礎を、きちんと身につけること。それではじめて、踊ることができる」というのが、バレエの伝統というものだった。なのにマが、マダム・タマラの噂を聞いて、夢をふくらませてしまったせいで、クリスタルは、基礎を身につけそこなう結果になった。

「いい先生なのかい?」と、パがたずねた。

「そうにちがいないわ。ロシア人ですもの。バレエは、ロシアではじまったのよ。」――もっともそれは、マの思い違いだった。じきにクリスタルは、火曜と土曜に行なわれるマダム・タマラの特別授業に通いはじめ、水曜の午後には、エンパイア・ルームというところで開かれる、自由参加のレッスンも受けるようになった。「ファンシー・ダンシング」と名づけられたそのレッスンは、実際には、マダム・タマラの弟子の若い人たちによって切りまわされていた。それは、初歩的なバレエに、ギリシャのダンスを織りこみ、おもしろくするために、単純化したキャラクター・ダンス*の要素も混ぜて、さらに、ワルツやポルカ*も加えたものだった。キャラクター・ダンスというのは、民族舞踊や、半分お芝居のような踊りのことだ。

「少なくとも、子どもたちに、しゃんと背筋を伸ばすことと、走ったり、ストレッチしたり、きちんとあいさつしたり、パートナーの足を踏まないように気をつけたりすることだけは、教えてますわ」と、マダム・タマラは言った。「害にはなりませんよ。」それは、マダムにとって、何よりも大きな収入の道だった。マダムの教室は人気があり、ピルグリムス・グリーンの母親たちにとっては、地域の催しのようなものだったからだ。マにとって、そこは、誇りと喜びをもたらしてくれる場所だった。特に、クリスタルが指名されて、スカーフを使ったダンスや、タンバリンを使ったタランテラ*などを踊るときにはだ。マは、そのタンバリンに、虹の七色のリボンを、ていねいにからませておいた。

のちにマが、エニス・グリンの教室でそのときのことを話すと、小柄で気性の激しいアシスタントのステラが、「七つの子に、そんなへんなタランテラを踊らせるなんて」と言った。「ダンスなら、なんでも手あたり次第なんだから」と、エニス・グリンも言った。「そんなふうに踊るもんだから、何をやっても哀れを誘うように見えるのよね。」しかし、マには、その踊りが完璧に思えていたのだから、それこそ哀れだった。マは、そのころ、「もちろんクリスタルは、特別授業も受けさせていただいてますもの」と、ほかのお母さんたちに自慢していた。「それにしても、マダム・タマラは、本当にいい先生でいらっしゃるわね。」「いい先生でいられるように、させてもらえればな」と言ったのは、マダムの年老いたピアニストの、フェリクスさんだった。マは、自分がすわっている場所がピアノに近すぎることにも、クリスタルがフェリクスさんのピアノに合わせて踊っているのではなく、フェリクスさんのほうが合わせてくれているのだということにも、まったく気づいていなかった。フェリクスさんは、もしたずねられたら、「ミニーのためだもんな」と言っただろう。フェリクスさんは、マダムを「ミニー」と呼んでいた。マには、なぜそんな呼び方をするのか、わからなかった。フェリクスさんは生まれついてのピアニストで、真剣に学ぼうとしている子どもには、とても親切だった。しかし、エンパイア・ルームで開かれる教室は、お決まりの仕事にすぎなかった。フェリクスさんは、譜面台の上に読みかけの本を置き、それを読みながら、「どんなロバ頭のちびすけにもわかるように！」音をたたきだしているだけだった。マはその本に気がつき、侮辱されたように感じた。「まるで無関心なのよね。もっと礼儀正しくあってほしいわ。」しかし、フェリクスさんは、母親たちにも、小さな女の子たちにも、笑顔ひとつ見せなかった。「なんて、いやなじいさん！」と、マは言った。

水曜は、店を早く閉める日だったが、パはときどき、その暇を利用して、大掃除をしたり、商品を並べなおしたりした。それにはベッポの手伝いが必要だったので、マは、クリスタルがエンパイア・ルームへ行くのにつきそっていくとき、ドゥーンも連れていくしかなかった。マは、いつも決まって、「ネズミみたいに、おとなしくしているのよ」と言った。ネズミが、おとなしくじっとしているのは、何かにおびやかされたときなのだが、マのそばにすわったドゥーンは、自分がじっとしていることにさえ、気がつかなかった。それほどまでに、音楽や、照明や、ドゥーンには百人くらいもいるように思えた少女たちが、パーティ・ドレスを着て、ダンス靴をはき、音楽に合わせて身体を動かしている様子に、夢中になっていたのだ。少女たちがそろって行進し、走り、跳び、とてもかわいらしく腕を動かしながら、複雑な細かいステップを踏む様子は、まるで奇跡のように思えた。そんな少女たちのまんなかでは、キラキラ光る黒いドレス姿のマダム・タマラが、よく通る高い声で、指示を出していた。ドゥーンは、そのドレスには、黒ダイヤがちりばめてあるのにちがいないと思った。授業が終わると、少女たちは、二人ずつ組になって、隅っこから走り出てきて、マダム・タマラに挨拶した。ドゥーンはすっかり心を奪われ、うれしさでいっぱいになった。「ねえ、マ、ぼくもダンス、習っちゃだめ?」

「だめに決まってるでしょ。あんたは男の子なのよ。」マは、娘が王子さまと踊る日が来ることを夢見ていたが、もし男の子のダンサーがいなかったら、王子さまもいるわけがないということには、まったく気がついていなかった。たしかに、エンパイア・ルームには男の子は来ていなかったし、ドゥーンをそこへ連れていくのも、ごくときたまのことだった。ふだんは、ベッポに預けて、留守番をさせていたのだ。「気にするな」と、ベッポは言った。「ほかのいいことを、教えてやるよ。」

　ドゥーンが五回目のクリスマスを迎えたとき、ベッポは、クリスマス・ツリーを作ってくれた。それは、売れ残りのツリーのてっぺんの部分で、パがベッポにくれたのだった。ベッポはそれを、赤い紙でくるんだ植木鉢に立て、そのまわりに、細く切ってミカン箱の詰めものにしてあった紙を、ぎゅうぎゅう詰めた。それから、ヒイラギの実やナッツなどに糸を通し、ネックレスのようにして枝にからめ、あちこちにクルミをつるした。「銀紙でくるむのは、やめとこう」と、ベッポはドゥーンに言った。「あとで鳥どもにやるからな。」ベッポはミカンもぶら下げ、てっぺんの星のかわりには、ポインセチアの真っ赤な花を、植木鉢から摘んで飾った。ドゥーンは、なんて美しいツリーだろう、これがぼくのものなんだ、と思った。

　居間には、派手な飾りのついた大きなツリーがあったが、この小さなツリーは、ドゥーンだけのもので、ドゥーンはそれを、ベッポの小さな物置小屋に、そのまま置いておいた。しかし、その飾りのうちで、いちばんすてきだったものをひとつだけ、ツリーからはずして持ち出した。リボンでツリーにぶら下げてあったそれは、ベッポが持っているのよりも小さいハーモニカで、プリムローズみたいな黄色をしていて、銀色の飾りがついており、ベッポからドゥーンへのプレゼントだった。ドゥーンにとって、それは、これ以上すてきなものは考えられないほどの宝物だった。「おれは大きいのを吹く。おまえは小さいのだ。じきに吹けるようになるよ」と、ベッポは言った。ドゥーンがそのとき見せた目の輝きは、家族がだれ一人、ついぞ見たことがないものだった。その晩、厳しく命令されて寝室へひっこむときに、ドゥーンは、ツリーにぶら下がっていたクラッカーをひとつ、こっそりと持ち出し、ベッポのところへ持っていった。それを開けてみると、砂糖漬けの洋梨が出てきたので、二人でそれを、分けあって食べた。べたべたになった手や口もとを、店の紙袋で拭いてもらったドゥーンは、そのあとベッポが、大きなハーモニカで『きよしこの夜』を吹くのを聞きながら、ぐっすりと眠りこんでしまった。

　それからいくらもたたないうちに、ドゥーンは、自分のハーモニカで、『きよしこの夜』でもほかの曲でも、やすやすと吹けるようになった。それは、ほかの男の子たちが、ふだん聴いているような曲ではなかった。「ポップスとかいうやつだろ」と、ベッポは言った。「それだって、吹けるさ。」ベッポはそういうものを吹いても、すばらしくうまかったが、好きなのは、「オー・ソレ・ミオ」とか、「サンタ・ルチア」とか、オペラのアリアのようなものだった。『リゴレット』に出てくる「女心の歌」とか、『道化師』に出てくる「衣裳をつけろ」とか、そういったもので、やわらかい響きのものもあれば、わくわくしてきて、足踏みしたり踊ったりしたくなるものもあった。ドゥーンは、こうした曲が何よりも大好きになり、まもなく、自分でも吹けるようになった。ときどき、ベッポの大きいハーモニカも吹かせてもらえた。「この子には、聴く耳があるな」と、パが言った。「ちょいとした音楽家だぞ。」「あたしに似たのよ」と、マが言った。「あたし、いい声、してたのよ。おぼえてるでしょ?」マはそう言うと、ため息をついた。

ドゥーンがベッポから習ったのは、ハーモニカを吹くことだけではなかった。とても小柄だったので、ベッポは体操をさせ、小屋につり下げた自分のブランコの隣に、もっと小さいブランコをつり下げた。その下には、もしドゥーンが落ちても、下が硬くないように、中古品のマーケットで買ってきたマットレスを敷いた。ベッポはドゥーンに、ブランコに乗って、本物の曲芸師みたいに両足をくっつけ、膝をしゃんと伸ばし、身体をゆすってどんどん高くまで上がり、しっかりつかまったまま宙返りをし、もとの場所にもどってくることを教えた。ときどき落ちることもあったが、マットレスの上なので大丈夫だった。ベッポが「そろそろ終わりにするか？」とたずねても、ドゥーンは、もとどおり息ができるようになるとすぐ、首を横に振った。「もう一回、やる。」

ベッポは、空中ブランコのほかに、ココ椰子の繊維でできた敷物を買って、宙返りも教えてくれた。蛙跳びもいっしょにやったが、ベッポのは、ふつうの蛙跳びではなく、跳び方も、着地のし方も、アクロバット式だった。ドゥーンは、宙返りもできるようになった。ベッポのとんぼ返りもまねてみたくて、両手をついて逆立ちするところまではやったが、そのあとはむずかしすぎた。ベッポは、「じきにできるようになるさ」と、元気づけてくれた。「とんぼ返りも、うしろむきの宙返りもな。」ベッポは、ドゥーンのすばしっこさに驚き、ますます注意深くなって、いろんな運動をしたあとには、身体を前に曲げて、自分の足の指にさわるようにさせた。ドゥーンは、自分のかかとをつかんで、頭より高いところまで足を上げることもできた。床にすわって、両方の足首を手でつかみ、額を床につけることもできた。それに、側転もだ。「おれは、五つやそこらでは、できんかったぞ」と、ベッポは言った。「しかし、もっときちんと、バランスをとらんといかんな。」ドゥーンに逆立ちを教えるために、ベッポはよく、その足をつかんだ。「頭だ！　頭、上げて」「もうじきだ」「じきにできるぞ」と、ベッポは言った。しかし、ドゥーンの逆立ちの稽古は、とちゅうまでで終わってしまった。それは、ドゥーンとベッポが、困ったはめに陥ってしまったからだ。それはまさに、最悪の事態だった。

クリスマスがすんで、もう二月になっていた。二月にはときどきあることだが、よく晴れて、春のように暖かい日だった。ベッポは学校まで、ドゥーンを迎えにきてくれた。ドゥーンは五歳になって、学校へ行きはじめており、いつもはクリスタルといっしょに帰った。しかし、水曜は、クリスタルがマに連れられて、エンパイア・ルームへ行く日だったので、ドゥーンのお迎えには、ベッポが来ることになっており、二人ともそれを楽しんでいた。ベッポはいつもドゥーンに、アイスクリームを買ってくれた。

いいお天気で、暖かだったので、ベッポは、マットレスや敷物を中庭に出して、陽にあてていた。近くにはだれもいなかった。男の子たちは、サッカーの試合をしていた。パは、もう一つの店で、帳簿をチェックしていた。店が二つになって、いそがしいどころではないありさまだったので、パはマに、「モード、ここの仕事を引き受けてくれないか?」とたずねた。

「あたしが！　店で働くの?」

「結婚したばかりのころは、やっとったじゃないか。」

「いまとはちがったもの――あんたとあたしだけで。男の子たちもクリスタルも、いなかったわ。」

「クリスタルも、か」と、パは、ちょっと苦い顔をした。クリスタルとともに、いろんな「思い」というものがやってきたのだったと、パは考えた。そして、「だれかやとって、家事を手伝わせりゃいい」と、提案してみた。すでに、山のような洗濯ものを片づけ、アイロンがけをするためには、ミセス・シムズという人が来ていた。しかし、マは、「そのほかのことは、自分でしたいの」と言い、いろんな思いをかかえてはいても、言ったことにはちゃんと責任をとって、みんなの面倒はきちんと見た。汚れたシャツや泥だらけの靴で学校へ行く子は、一人もいなかった。パが、八百屋の店で腰に巻いているエプロンには、きちっとアイロンがかかっていた。家のなかは輝かんばかりに清潔で、磨き粉と、おいしい料理の匂いがし、そこらじゅうに、パが買ってくる鉢植えの植物があった。しかし、店に出るなんて！　マは顔をしかめ、パは、ミセス・デニングをやとうより仕方がなかった。ミセス・デニングは、気立てのいい太った女で、髪は黒っぽくて細かく縮れ、ほっぺたはリンゴのように赤かった。パは、「まるで、『バス美人』だな。うまそうだぞ！」と言った。「バス美人」というのは、リンゴの品種の名前だ。

水曜の午後には、もちろん、ミセス・デニングは来ておらず、問題の日にも、ベッポとドゥーンは、時間がたつのも忘れて、いつもの稽古をしていた。ちょうどベッポが、二回連続宙返りをし、ドゥーンに、さあ、やってみろと言った瞬間、家の一階の、中庭に出る戸口から、「ベッポ！」という、熱のこもった叫びが響きわたった。「ベッポったら！　そんなことができるのね！」

　それは、スプリング・コートを着て、それによく合うベレー帽をかぶり、バックルつきの靴に白いソックスをはいたクリスタルだった。しかし、「ベッポったら！」という、その叫び声は、どこにでもいる小さい女の子のようだった。「あたし、それ、やりたい。」クリスタルはそう言うなり、コートとベレー帽を脱ぎ捨て、バレエシューズの袋を放り出した。「教えてよ、ベッポ。ねえ、ベッポ、お願い。」

　ベッポはうれしくなった。クリスタル嬢ちゃんは、決してベッポに話しかけようとはせず、ベッポはいつも、クリスタルを遠い存在だと感じていたのだ。それでもベッポは、ためらった。そして、「ママさんは？」とたずねた。「いいとは言われんでしょう。」

「いまは、上へ行ってるもの。」

「けど――なんと言われるやら？」

「知らなきゃ、なんにも言やしないわ。それに、ダンスみたいなものだもん。ねえ、お願い、ベッポ。」

「その服ではやれん。靴も、それではいかんな。」

　いつもは何にでも口答えをするクリスタルが、ママが、こればっかりはミセス・シムズに任せないで、自分で丹念にアイロンをかけたパーティ・ドレスを、いともあっさりと脱ぎ捨て、すぐうしろの戸口のなかへ放りこむと、靴を脱いだ。「ソックスは、はいてていい？」と、クリスタルは、頼みこむように言った。ベッポは、クリスタルがそんなふうに頼むのを、聞いたことがなかった。「ねえ、教えて、ベッポ。お願い。」

だが、ドゥーンにできたことが、クリスタルにはできず、これには三人ともが驚いた。ドゥーンは、クリスタルにはなんでもできると思っていたのだ。どうやら、マダム・タマラの教え方が、クリスタルの身体をいくらか硬くしたようで、足は、それほど自在には動かなかった。「足でつかまっとらんと、いかん。」ベッポは、クリスタルをまずブランコに乗せ、それから、マットレスの上に立たせてみたあとで、そう言った。「着地はしっかりやらんといかん。足が手のように使えんとな。」しかしクリスタルには、それができなかった。とんぼ返りはできたが、空中ブランコは操れなかったし、側転もできなかった。「大丈夫だよ」と、ベッポは言った。「がんばってりゃ、できるようになる。」しかしクリスタルは、がんばるのはきらいだった。「ベッポ」と、クリスタルは言った。「開脚は、できるようになるかしら？」

「開脚は、だれんでもできる」と、ベッポは言った。ベッポが言うと、「カーキャク」に聞こえた。しかし、クリスタルは、何度も何度もやってみなくてはならなかった。「もうちょっとよ。ほら、できた。」そして、ベッポが、「ブラヴォー！　ブラヴォー！」と拍手をはじめた、ちょうどそのとき、中庭に出る戸口から、金切り声が響きわたった。「クリスタル！まあ、なんてこと！　クリスタル！」戸口に立っていたのは、マだった。開脚や逆立ちは、本物のダンサーになるための訓練の一部でもあるのだが、マは、そんなことはまったく知らず、ただ危険で下品なこととしか思わなかった。「せっかく踊りを習ってるのが、だいなしになってもいいの？」マは中庭に出てきて、クリスタルのドレスと靴を拾い上げた。「すぐに上へ行きなさい。あんたもよ。ほんとにいたずらばっかりする、しようのない子なんだから。」ドゥーンは何もしていなかったが、マは、そう言った。それから、ベッポのほうへ向き直ると、「そして、あんたときたら、よくもまあ、こんなことを！」と言った。ふだんからマを怖がっていたベッポは、ちぢみあがった。「クリスタルお嬢さんに近づくなんてまねが、よくもできたわね！　子どもにこんな危ないことを教えるなんて！　さあ、よくお聞き」と、マはどなりつけた。「おまえのような道化師は、出ておいき！　さっさと！　すぐに荷物をまとめて、出ていきなさい。」マはベッポを先に歩かせて店へ行き、レジを開けると、五ポンド札を何枚か出して、床に投げた。「持っておいき。荷物をまとめて、出ていって、二度と再び顔を見せないでちょうだい。さあ！　さっさと！」と、マは叫んだ。

「先に言ってもらいたかったな」と、パは言った。パはマとちがって、怒ると静かになり、あまりに静かなので、マはおびえてしまうのだった。「だって、逆立ちさせてたのよ」と、マは言いわけをした。「クリスタルの背中を傷めてしまったかもしれないわ。それに、開脚なんて！」

「おまえも開脚をやってたじゃないか。」マは、そう言われても、無視した。

「サーカスの曲芸なんて！」マは、そう言ったあとで、パの顔を見た。「ごめんなさい、ウィリアム。でも、クリスタルのキャリアに傷をつけるわけにはいかないもの。」

「クリスタルが、キャリアを並べたてるようになるなどと、どうしてわかる？」

「あたしにはわかるの」と、マは言ったが、いい気持ちはしなかった。

「で、ドゥーンはどうなるんだ？」と、パはたずねた。

ドゥーンは、マには上へ行けと言われたが、マとベッポのあとについて、店へはいっていったのだった。

「ドゥーン、いま、言ったでしょ……」しかしドゥーンは、まったく聞いていなかった。

ドゥーンはおびえあがっていた。いったい何が起こったのかわからなかったし、なぜマが金切り声をあげて、「さっさとお行き」などと言ったのか、全然理解できなかった。わかったのは、ベッポに何事か起こったということだけで、ドゥーンは両腕でベッポの脚に抱きつき、顔をぎゅっと押しつけた。ベッポはその腕をそっとほどき、ちゃんと立たせた。「いい子におし」と、ベッポは言った。「それでな、ドゥーン、忘れずに……」ベッポはあとを続けることができなかった。

ドゥーンは口もとを震わせた。「なんなの、ベッポ？」

「毎日、ちゃんと練習するんだ。約束だぞ。」

ドゥーンはうなずいた。

たいていの人は、喜びや悲しみ、衝撃や恐怖を、顔で表現する。しかしベッポは、ひどい火傷のせいで、それができなかった。動かせたのは口元だけで、その口がぴくぴくと動く様子は、ママが言ったとおり、道化に似ていた。「ママに言われたようにおし」と、ベッポは言った。「上へお行き。」

ベッポは、毛布をきちんとたたんでベッドの上に置き、その上にキルトをのせて、出ていった。パがやった服は残していき、マが投げ与えた何枚かの五ポンド札は、そのまま床に散らばっていた。下着やシャツ類を入れたバスケットと、アクロバット用の靴、櫛、そして、大切にしていた小さな像は持っていったが、ハーモニカは枕にたてかけてあり、そこには、活字体の大文字で、「ドゥーンに」とだけ書いてあった。それを見たパは、マに、「これをどう説明するつもりだ？」とたずねた。

「ドゥーンは、まだほんの赤ちゃんだもの」と、マは言った。「忘れるわよ。」しかし、じきにマは、「ドゥーンの強情」の味を思い知らされることになった。

「ベッポはどこ？」

「ベッポはどこ？」

「ベッポはどこ？」が、来る日も来る日も続いた。「ベッポはどこ？」がまんの限界に達したマは、「ベッポは出ていったの」と、言った。

すると、もっと困ったことになった。「ねえ、ママ」――マは「ママ」と呼ばれたがっていたが、その願いをかなえてくれたのは、イタリア人のベッポに育てられた、ドゥーンだけだった――「ベッポは帰ってくるよね、ママ？　帰ってくる？」

「もちろん帰ってくるわよ。」マは、パにむかっては、「これがおさまるんなら、どんなことにだって、がまんするわ」と言い、ベッポはきっともどってくるだろうと考えていた。

「どこへ行けば、パンにバターがついてくるかは、わかってるはずですもの。」しかし、ベッポはもどってこず、パは、「おれは驚かないな」と言った。「おまえは、かんしゃくを起こすと、ずいぶんひどいからな、モード。まったく、ひどいもんだよ。」

質問ぜめは、そんなに長くは続かなかった。ある晩、ドゥーンは、ベッポが出ていってからというもの、来る日も来る日もそうしていたように、夜中にベッドからはい出て、ベッポのドアの前に立った。いつもなら、そのドアをたたくのだが、その晩は、たたかなかった。ただそこに立ち、ほっぺたをドアに押しつけていたが、やがて、重い足をひきずるようにして、ベッドにもどった。しばらくして、闇のなかへ片手を伸ばし、大きなハーモニカをつかんだ。そして、ふとんの下でそっと吹き、それを子守歌にして、眠りに落ちた。

マも、悪かったと思ったのだろう。以前より、ドゥーンに対して、しんぼう強くなった。ときには、片腕をその身体にまわし、引き寄せてキスをすることさえあった。しかし、ドゥーンは、以前なら、うれしさでいっぱいになってキスを返したはずだったが、もがいてその腕から抜け出した。マを恨んでいたというのではなかった。マがベッポを追い出したことは知っていたが、ベッポが、ドゥーンにはよくわからないなんらかの形で、クリスタルを傷つけたか、傷つけるところだった、ということも、理解していた。クリスタルのことが何よりも大事なのだということも、よく知っていた。しかし、ドゥーンは突然、マの言うところの赤ちゃんではなくなった。いまやドゥーンは、自分で自分を支えられる、誇り高い小さな少年であり、それは、マに対してだけではなかった。パに頭をなでてもらって、アイスクリームを買うお金をもらっても、うれしくない。ウィルにブランコに乗せてもらい、押してもらって高く高く上がることも、もう必要ない。第一、いまでは腰かけを使えば、一人で乗れる。ドゥーンに、ただひとつ、とてもはっきりとわかっていたのは、いまや、自分を必要とする人は、だれもいないということだった。

ヒューイーといっしょに、サッカーがやれれば、よかっただろう。ヒューイーはいつも、ジムやティムやその仲間たちといっしょに、自分たちが占領していた空き地で、サッカーをやっていた。しかし、ついていこうとしたら、ヒューイーに、帰れと命令された。

「おまえは小さすぎる」と、ヒューイーは言った。

「ドタバタと、じゃまするだけだもんな」と、ジムが言った。

「帰れ」と、ティムが命令した。

そして三人は、口をそろえて、「家へ帰るんだ！　さっさと行け」と言った。

クリスタルには、ダンスという大切なものがあったし、友だちもいた。ドゥーンには、友だちがいなかった。店で働いているミセス・デニングさえ、ドゥーンの相手をしてはくれず、パパに、「ドゥーンのことにまで、責任は持てませんよ」と言った。「ベッポがいなくなったもんで、ただでさえ、仕事が増えてるんですから。」

みんなにじゃまにされると、中身がからっぽになったように思えたし、一人ぼっちだと、どこにも居場所がないような気分になった。「モード」と、パは言った。「あの子は元気がないな。なんだか、つらそうに見えるよ。」

「つらそうですって？　育ちざかりだってだけよ。」マは疲れていたし、こんなときに、ドゥーンのことなどで、わずらわされたくなかった。しかし、そのとき、マが口にしたのは、だれにもそれ以上のことは言えないほど、賢明な言葉だった。「自分で育つのに任せましょうよ。」そして、ドゥーンはやがて、とても不思議な具合に、自分が本当に属している世界はこれだ、と思えるものに、出会ったのだった。

「ドゥーン！」物置小屋のなかにいたドゥーンは、マの甲高い声が響くのを聞いて、出ていった。「いったい全体、どこへ行ってたのよ？　お茶の時間は、とっくにすぎてるのよ。」

ドゥーンは、もうそんな時間だなどとは、全然気づいていなかった。そもそも、時間がたつのを感じていなかったのだ。ドゥーンは、ブランコをこいでいた。自分の小さいブランコではなく、ベッポの大きいブランコのほうをだ。腰かけを台にして乗り、それから、じゃまになる腰かけをけとばす。落ちたこともあったが、「マットレスを敷いとくのを忘れんようにな」というベッポの言葉は、ちゃんと守っていた。逆立ちもやってみて、かなりできるようになってきていた。くたびれると、腰かけにすわって、大きいハーモニカを吹いた。物置小屋のなかなら、マには聞こえなかった。吹いたのは、「ルチア」とか、そのほか、ベッポが吹いていた曲だ。そうしていると、時がたつのを忘れ、何か食べたいとも思わなかった。頬をバラ色に染め、くしゃくしゃの髪で幸せそうにしている様子を見て、マは驚き、「いったい、何してたの？」とたずねた。

「あのね……」と言いかけたドゥーンは、突然、マにもだれにも、けっして言うまいと決め、「特に何も」と言った。その午後、ドゥーンは、自分には、いつも自分とともにある大切なもの、家族とはまったくかかわりのないものが、二つあるのだと気づいた。一つはアクロバット、もう一つは音楽。その二つは、ベッポのものだったし、ドゥーンのものでもある。何よりも大切なこの二つを、ドゥーンは、秘密にしておきたかった。

成長とともに、ベッポとの思い出も、ほかのいろんなことにまぎれていったが、そんなある日、ドゥーンは、バレエ『ペトルーシュカ』を見た。この世のものとも思えない不思議な音楽にあわせて、哀れな道化人形が踊り、赤いほっぺたをしたバレリーナへの愛のために、自分の小部屋の壁に、こわばった顔を何度もぶつける。そんなペトルーシュカが、あまりにもベッポそっくりだったので、ドゥーンは、とても見ていられなかった。

第2章

家族のなかで、だれよりもドゥーンに冷淡な者が、しょっちゅうドゥーンにつきあわされるはめになったというのは、なんともおかしなことだった。ドゥーンの登校下校につきそえるのは、クリスタルだけだったからだが、これはどっちにとっても、うれしいことではなかった。友だちとおしゃべりがしたかったクリスタルは、ドゥーンには、あとからついてくるようにさせたが、ドゥーンが何かおもしろそうなものを見つけてぐずぐずしたり、交差点を渡るときにのろかったりすると、腕をつかんで乱暴に引っ張ったり、たたいたりした。靴下がずり落ちていたり、アノラックのジッパーがちゃんと上がっていなかったりすると、それを直しながら指でつねったし、平手打ちをすることもよくあった。それは、学校との行き帰りのときだけではなかった。

「水曜の午後には、ドゥーンをどうする気だい?」と、パがたずねた。「一人でここにほっとくわけにはいかんよ。」

「クリスタルとあたしが、エンパイア・ルームへ行くのに、ついてこさせるしかなさそうね。」

「火曜と土曜の朝はどうする?」

「クリスタルに、マダム・タマラの教室へ、連れていかせましょう。」

そのバレエ教室は、角を曲がったすぐ先にあった。クリスタルは、いつもは一人で歩いていった。パは、ピルグリムス・グリーン内なら、絶対安全だと考えていたのだ。「マダムには話しておいたわ」と、マは言った。

マダム・タマラは、親切だった。「待つあいだ、どうしてるのがいい、坊や? マンガでも見てる? それとも、見学してる?」

「ケンガク」と、ドゥーンは言った。

その場で行なわれていることを見るうちに、ドゥーンの目はどんどん大きくなっていった。ドゥーンのなかに、何かが芽生えてきていた。それは、このバレエというものこそが、自分が属している世界であり、これこそが自分のもの、いまはそうでないとしても、この先、そうなるものだ、という確信だった。

バレエ教室でのクラス・レッスンは、エンパイア・ルームで開かれるレッスンとは、全然ちがっていた。勝手に出たりはいったりとか、おしゃべりとかはなく、シャンデリアは輝いていなかったし、床もきれいに磨かれてはいなかった。ドゥーンもやがて学ぶことになるが、磨かれた床というのは、ダンサーにとっては、危険きわまりないものでしかない。ここの教室のすみには、松脂を入れたブリキのトレイが置いてあり、女の子たちは、自分のシューズをそれにこすりつけて、むきだしの板の上でもすべらないようにするのだった。壁沿いに母親たちがすわっているということもなかった。母親はついてきても、たいていは待合室にいたが、なかには、マのように、教室まで乗り込んでくる人たちもいた。パーティ・ドレスもなければ、シフォンのスカーフもなく、タンバリンもなく、ソロの踊りや、足踏みをする農民の踊りは、ほんのちょっとしかなく、ワルツやポルカもなかった。そこへ通っている少女たちは、たった十人で、みんな、なんの飾り気もないチュニック、レオタード*、ベスト、タイツといういでたちだった。しかし靴は、淡いピンクのサテンだった。マダムは、杖のような、長くて細い棒を持っていて、それで生徒たちの脚や腕にさわった。それが魔法の力を持った杖だったとしても、ドゥーンは驚かなかっただろう。部屋は静かで、聞こえるのは、マダムの声と、ピアノの音だけ。少女たちはみな、真剣だった。

授業は、ドゥーンがはじめて見るものの上ではじまった。それは、壁に沿ってぐるっととりつけてある木の棒で、ダンサーたちは、エクササイズ*と呼ばれる一連の運動をするあいだ、片手をそれにかけていた。ときには、つま先をそれにのせて、脚を伸ばすこともあった。授業はいつも、バー*と呼ばれるこの木の棒を使っての運動ではじまり、それは二十分、ときには半時間にも及んだ。「退屈ったら、ありゃしない」とクリスタルは言ったが、ドゥーンは、それが賢いやり方だし、気持ちだっていいと思った。ドゥーンは、その運動のいくつかを、自分のベッドの手すりを使って、やってみたのだ。バーはやがて、ドゥーンにとって、空中ブランコとおなじように、木でできた、頼りがいのある友だちになっていった。

少女たちが、センター、つまり、部屋のまんなかへ出てくると、ずっとすてきなものが見られた。ドゥーンは、腕の運動が大好きになった。マダムはそれを「ポール・ド・ブラ*」と呼んでいた。ドゥーンは、「ポール・ド・ブラ……ポール・ド・ブラ……」と、呪文を唱えるように、何回も言ってみた。アラベスク*というのも見た。片脚をまっすぐうしろに伸ばし、片方の腕を前に伸ばし、膝は両方ともまっすぐにし、体重を前側の脚に移動させながら、うしろに伸ばした脚を、ゆっくりと、できるだけ高く上げていく。少女たちが身体を少し前に傾けると、脚はますます高くまで上がる。何人かは、少しよろめきはしても、美しい線を描くように、身体を伸ばしていた。足先でする運動のいくつかには、すっかり夢中になってしまい、ピアノの近くに置いてもらっていた椅子から下りて、床に寝そべり、マダムが、「アンド・ワン――アンド・ツー――アンド・ワン・アンド・ツー――アンド・スリー」と唱えるのに従って、みんなが空中ですばやく足を動かすのに見入った。足は音楽に合わせて動いていた――が、合っていないこともあった。一度、マダムが、いらだちのあまり、「全然、だめ！」と、叫んだことがあった。「あんたたち、耳がついてないの？」

　教室の壁は傷んでいて薄汚かったし、天井にはひび割れがあったし、窓はめったに拭いたりしていないのが明らかだったが、ドゥーンには、そんなものは見えていなかった。ベンチのシートはあちこちが破れ、なかの詰めものがはみだしていた。ピアノの椅子の角は、すっかりすりきれていた。ピアノそのものも、古くて、耳ざわりな音がした。ドゥーンにわかっていたのは、自分はダンスが好きだ、ということだけだった。そう思って、あらためて教室の匂いをくんくんかいでみると、埃の匂いに、松脂の匂いが少し混じっているのがわかった。ダンス・シューズは、新しいものだと、特に匂う。そして、熱を帯びた若い身体の匂いは、教室のなかが温まるにつれて、どんどん強くなっていく。マダム・タマラの教室では、旧式のガスストーブから出てくる、かすかなガスの匂いもした。ダンサーたちが動きを止めたり、休んだりするとき、身体を冷やすのは禁物なのだ。

　最初のうちは、何もかもに目を奪われていたが、しばらくするとドゥーンは、いろんなことの小さなちがいに気づきはじめた。少女たちはみんな、髪をうしろでまとめていたが、クリスタルはポニー・テールにしており、巻き毛が滝のように垂れ下がって揺れていた。一人だけ、髪をきちんと三つ編みにして、頭に巻きつけている子がいて、そうしてあるとマダムは、首筋や肩をちゃんと見ることができる。いつもうしろの列にいるこの少女は、やせていて、かわいくはないが、髪と目が褐色で、その小さな顔には威厳のようなものがあった。マダムはその子には、ほとんど話しかけないし、その子も、青白い顔で静かにしている。すぐ前に、いきいきとして、血色がよくて、魅力的なクリスタルがいるから、その子に気がつく人は、ほとんどいないだろう。しかしドゥーンは、すぐにその子に気づいた。「何を見てるんだね？」と、年取ったピアニストのフェリクスさんがたずねた。

「あの子」と、ドゥーンは、青白い少女を指さした。

「ルースか？」フェリクスさんは、ピアノを弾き続けながら、つけたすように言った。「なかなか趣味がいいな、お若いの。」

フェリクスさんは、明らかに驚いていた。年老いてやせこけたフェリクスさんは、すっかり白髪になったその頭を、誇らしげに、しゃんとかかげていた。絹のようにつやのある髪を、ドライヤーできちんとセットしてあるとはいえ、その頭が、なぜそんなに誇らしげに見えるのか、説明するのはむずかしかった。フェリクスさんのほかの部分は、みすぼらしくて、汚くさえあったからだ。

「マダムは、なんであんな人を雇っとくのかしら」と、マは言った。しかし、フェリクスさんは、どんな曲でも完璧に弾き、わくわくさせるかと思えば、優しく包み、ゆっくりでも、速くでも、なだめすかすようにでも、自由自在だった。ダンスのためのピアニストを務めるのは、かんたんなことではない。何を弾いてくれと言われるかわからないし、教師や生徒たちをよく見ていないといけないし、そのときのステップにそぐわなくてはならないし、拍子や雰囲気にも合っていなくてはいけないからだ。しかしフェリクスさんは、いつもそれを、魔法のようにやってのけた。そのフェリクスさんが、ドゥーンを見下ろして、こう言った。

「どうして、ルースを見るんだい？」

ふだん、ドゥーンは、質問されても返事をしない。ふつう、末っ子というのは、うらやましがられる立場だが、それは、おとぎ話のなかのことだ。兄さんが四人もいて、そのほかに、特別な重要人物である姉さんまでいては、ドゥーンがしゃべる機会はないと言ってもよかった。一度、パに、「パパ、ぼく、なんも言う暇ない！」と、ぶちまけたときには、みんな、びっくりして黙り、それからパが、「たしかにな」と言った。

「おまえは何が言いたいんだね、坊主？」パは、だれがなんという名前か、おぼえていられないかのように、しょっちゅう息子たちを「坊主」と呼んだ。「何が言いたいんだい？」

「みんな、聞いてるぜ」と、ヒューイーが言った。

「さあ、ぜひ言ってほしいね」と、ティムが、からかうように言った。

「さっさと言えよ」と、ジムが言った。

「そんなのないわ」と、思いがけず、クリスタルが、割ってはいった。「この子にも、機会をあげなくちゃ。」しかしドゥーンは、突然みんなに注目されて、言いたくてたまらなかったことを見失い、ひとこともしゃべれなくなってしまった。クリスタルには、「ばかな赤ちゃんだわね」と言われた。しかし、いま、フェリクスさんが相手だと、まるで、またベッポといっしょになれたような気がした。「あの子、見てると、なんか……かんたんそう。」それは、ベッポが言っていたことだった。アクロバットは、かんたんそうに見えなくてはいかん、ということで、ドゥーンはそれを、なんとかフェリクスさんに説明しようとした。「お客さんに、手とか、足とかを見させちゃだめで、全体を見させないといけないんだ。」ドゥーンは、ベッポが言っていたことをくり返しただけだったが、フェリクスさんは、演奏をやめて、ドゥーンを見下ろした。それは、ほんの一瞬のことだった。すぐまた演奏をはじめたフェリクスさんは、「名前はなんだと言ったかな、坊や?」とたずねた。

「ドゥーンだよ。ドゥーン・ペニー。」

「ペニー?　なら……?」

ドゥーンはうなずいた。「クリスタルの弟だよ。」

「ク、リ、ス、タ、ル、の！　あの子だよな？」

「うん。」

「考えられん」と、フェリクスさんは言った。「考えられん。」

ドゥーンは、しゅんとした。自分が、クリスタルみたいな子の弟としては、ずいぶんおかしな存在だということは、承知していた。しかしフェリクスさんは、明らかに、ドゥーンのことを悪く思ってはいないようで、さらに質問を続けた。

「ちゃんとポアント*で立ってないのは？」

「ゾエだっけ、アンジェラだっけ……」そして、しばしば、「クリスタル。」ドゥーンは幼かったが、クリスタルが腕を波うたせたり、目や首を使ってきれいな髪を見せびらかそうとしたりしていて、足元への注意がおろそかになっていることに気づいていた。

「首から上をちゃんと使ってないのは？　腕の位置がきちんとしてないのは？」ドゥーンはすぐさま、驚くべき返答をした。「マダム。」

　エンパイア・ルームの豪華な装飾や照明の助けを借りずに、近くで見ると、いつも黒いドレスに身を包んでいるマダム・タマラは、すっかりやつれ、年老いて見えた。足はごつごつと変形していた。いまでもトウ、すなわちつま先で立つことはできたが、明らかに痛そうだったし、歩くときには、足をひきずっていた。腕の動きは優雅だったが、やせ衰えていたし、こわばりすぎていて、うまく使えないこともあった。目の下には黒いしみができており、古くなった白粉が皺のなかに残っていることもあった。ドゥーンがマダムに関して気づいたことが、もうひとつあった。マダムは、マを怖がっていた。

「クリスタルは、バーにつかまってばかりじゃ、やってられないと言っておりますわ」と、マは、マダムに言った。

「でも、バーでの基礎をすませないで、どうやって……？」マダムの返事は、ためらいがちだった。

「子どもの熱意を失わせてはいけませんよね。あたしは、子どもの背中を無理に押そうとするような母親ではありません。」マは、本気でそう信じていたのだった。「でも、あの子は、あなたのもとで、ずいぶんレッスンを重ねさせていただいてますのよ、マダム。あの子に、ちょっとしたソロをいくつか、教えてやってくだされば……」

じきにマダムは、自分のクラスの生徒たちに、ちょっとしたソロを、いくつも教えるようになった。さらにある日、ドゥーンは、マが、見慣れない形でつま先のところが硬くなった、新しいピンクのサテンの靴に、リボンを縫いつけているのを見て、「へんな靴！」と言った。

「トウ・シューズよ」と言いながら、マは、その靴のつま先をかがりはじめた。「これはね、つま先で立つための靴なの。フランス語では、ポアントっていうのよ。」そして、とても重要なことを打ち明けるような口ぶりで、「マダムはクリスタルを、つま先で立たせようとなさってるの」と言った。待合室で、ドゥーンは、マが、ルースのお母さんのミセス・シェリンにむかって、「おたくのルースは、まだつま先では立たれませんのね」と言うのを聞いた。フランスの用語を使えば、「アン・ポアントにする」となるところだが、マはそんな言い方を試みようとはしなかった。

「もちろんですわ！」と、ミセス・シェリンは、きっぱり言った。「マダムは、ルースにまだそれだけの準備ができていないことを、ご存じですもの。」

「クリスタルには、できてますわ。」しかし、ドゥーンは、フェリクスさんがマダムにむかって、「あんなことをしてはいかんよ、ミニー」と言ったのを、耳にしていた。「いかんということは、わかってるだろ。まだ、八つになるかならずなんだよ。」その言葉は厳しかったが、マダムは、どうしようもないと言いたげな、ちょっとしたしぐさをして、「わかってるわよ」としか、言わなかった。

「ほんの八つやそこらで！　よくないね。ほかの子たちも、そうしたがるだろう」と、フエリクスさんは、警告した。

「わかってるわよ」と、マダムはまた言ったが、その黒っぽい目には、追い詰められた獲物のような表情が浮かんでいた。

クリスタルは、マダム・タマラにとって、だれの目にも明らかなスターであるだけではなかった。パに言わせると、「日々のパンとバター」だったのだ。

「たいしたバターにはならないわ」と、マは言った。「ダンスなんて、ろくにお金にならないし、マダムには寝たきりのお姉さんもおいでなのよ。ずいぶんのお金がお入り用なんだと思うわ。」

「そりゃそうだが、クリスタルが、マチネー*やチャリティ・ショーで踊るたびに、新しい小さい生徒が、一ダースくらいも、はいってくるからな。ただで教えてくれたって、いいようなもんだ。」

パは冗談を言ったのだったが、クリスタルは顔を赤くした。「マダムは、ルースには、ただで教えてるわ。」

それは必ずしも本当ではなく、マは、そのことを言わずにはいられなかった。「マダムは、ミセス・シェリンが家事とお姉さまのお世話とを引き受けているのと交換に、ルースを教えておいでなのよ。お姉さまも、お気の毒に。」

「やるじゃないか、ミセス・シェリンは」と、パは言った。

最初からクリスタルは、ルースに先輩風を吹かせようとした。「エンパイア・ルームに来ない?」

「いいえ」と、ルースはおだやかに答えた。「行きたくないわ。」

「どうして？」

「踊り（おど）とは言えないもの。」

「ちゃんと踊ってるわ。」

「ごったまぜじゃない！　最近じゃ、あんなものをやるのは、よっぽど古くさい先生だけよ。あれって、マダムのお母さんの時代にはじまったんだと思うわ。」

クリスタルは腹（はら）を立て、マに話した。するとマは、少し考えてから、「たぶんルースは、おまえをねたんでるのよ。かわいそうに、ちゃんとしたドレスなんか、持ってないんだと思うわ」と言った。

マは、考え深く親切になることもあり、土曜の朝にマダム・タマラの教室へ出かけていって、授業のあとで、ミセス・シェリンとルースを見つけた。そして、ルースに、「あなたにドレスを持ってきたわ」と言い、それからミセス・シェリンにむかって、説明した。「お気になさらないでね。クリスタルはドレスをたくさん持っていて、一、二度しか着てないものもあるの。あんまりどんどん大きくなるもんだから……。あの子は、ルースちゃんより大きいでしょ。これは、子ども用品店で買ったもので、とてもきれいなの。ピンクはよくお似合いだと思うわ。お嬢（じょう）ちゃんの……」もう少しで「お顔の色に」と言うところだったが、「お顔の感じに」と言い換えた。「そうお思いにならない？　ほら」と言いながら、マは、ピンクのスカートを広げてみせた。「混じりっけなしの絹よ。」

ミセス・シェリンは、顔を赤くして、あとずさりした。「ご親切ですこと、ミセス・ペニー。でも、ルースは、そんなドレスをいただいても、着ることがないと思いますわ。」

「クリスタルのドレスを着ろだなんて」と、マが帰ったあとでルースが言うのを、ドゥーンは聞いた。ルースは、ひっそりと静かにしていたが、その下には激しい感情がひそんでいた。「死んだほうがましだわ。」そして、それまでの競いあいは、本物の戦いになっていった。

「打たれた頬をもう一回打つようなことは、やめてちょうだい！」と、マは言った。

「ミセス・シェリンは、おそらく、プライドが高いんだよ。貧しい人たちのなかには、そんな人が結構いる」と、パは言った。「なあ、モード、もしだれかが、クリスタルにと言って、お古のドレスをくれたら、どんな気がする？」

「だって、あの人は、ただの掃除婦なのよ」と、マは言った。

ドゥーンは、ミセス・シェリンはふつうの掃除婦とはちがうということを、言おうと思えば言えた。火曜の午後と土曜の朝を重ねるうちに、ドゥーンは、クラスを見るだけでなく、それに参加したいと願うようになっており、教室の外の廊下へ行けば、音楽も聞こえるし、マダム・タマラの声も聞こえることを発見した。そこには暖房のラジエーターがあって、それをバーがわりにすることができ、まもなくドゥーンは、教室にははいらずに、まっすぐにそこへ行くようになった。そして、音楽がはじまると、大まじめに姿勢を整え、女の子たちのように腕を伸ばしてしゃがみ、プリエの姿勢をとった。それは、クラスをはじめるときに、いつもする姿勢だった。

　ドゥーンは、そのバレエ教室に、一人の女の人がいることに気がついていた。その人は若くてほっそりしており、髪は褐色で、作業着姿になって埃を払ったり、掃除機をかけたり、磨いたりしていた。階段を下りてきたその人が、驚いたように立ち止まった。そして、ちょっと見ていたと思うと、ちりとりを下に置き、「ちがうわ、ドゥーン」と言った。その人は、ドゥーンの名前を知っていたのだった。「そんなふうにやるんじゃないの。あんたは、ふつうにしゃがむときみたいに、足を動かしてるわね。床をしっかりつかむようにしなきゃ。」その人は、慣れた手つきで、ドゥーンの肋骨のあたりにさわり、まっすぐにさせた。「背中もまっすぐにして、頭を上げるの。ラジエーターにはつかまっちゃだめ。身体をまっすぐにしておけるように、ただ手をのせるだけにするの。」その人は、そっと腕の位置をなおしてくれた。「カーブを描きながら下ろすの。よくなったわ。じゃあ、二番のポジション*でやってみなさい。」ドゥーンは、足と足との間隔をあけた。ポジションについては、ちゃんと知っていたのだ。「膝を外へ開くの。足の指の上までね。」痛かったが、ドゥーンはやった。そのあとその人は、何度も手助けをしてくれた。その人がルースのお母さんだと知ったのは、しばらくのちに、その人がマダムに、「ルースに二十分、バー・レッスンをしてくだされば、もう少し残って、お夕食を作っていきますけど」と言うのを聞いたときだった。

バーでのレッスンはどんどん減っていき、マダムは、いろいろ注意するのをあきらめたようだった。でも、クリスタルはちがった。

「あなた、脚、あんまり上がらないのね」と、クリスタルはルースに言った。そして、「ほら、あたしの脚、見てよ」と言った。

「上がってるけど、ターン・アウト*はできてないわ」と、ルースは言った。「ターン・アウト」というのは、脚を外へ開くことだった。「しかも、ふらついてるわよ。」

「ふらついてなんか、いないわよ。」

「ほら、こうよ」と、ルースは、相手を見下すように言った。「あなたは、身体をじっとさせとけないのね。お尻をひっこめられないの？」

クラスの全員がそれを聞いており、ドゥーンまでが、はずかしくて顔が燃えるような気がした。ルースは好きだったが、クリスタルは姉さんだ。

「ルースはクリスタルより、うまいの？」と、ドゥーンはフェリクスさんに、たずねてみた。

フェリクスさんは、すぐには答えなかった。それは、いつものことだった。それからやっと、ピアノを弾き続けながら、「君の姉さんはな」と言った。「ちゃんと注意を払って、規範というものを、ちっとばかり飲みこめば、とてもうまく踊れるはずだ。」

ドゥーンには、キハンという言葉がわからなかった。何か薬のようなものだろうか。その晩、ドゥーンはパに、「キハンて、いやな味のするもの？」と、たずねてみた。

「そうさな、たいていの人は、あまり好きではない味だな」と、パは言った。「どうして、そんなことを聞くんだい？」

「フェリクスさんが、クリスタルはそれをちょっと飲むといいって、言ってたから。そうすれば、踊りがよくなるって。」

「フェリクスさんが！」と、マは、当惑したようだった。「フェリクスさんに、そんなことが、どうしてわかるというの？」

「なんでもわかっていて、当然だろうよ」と、パは言った。「もう五十年くらいも、バレエ教室でピアノを弾いてきたんだから。」

「ねえ、知ってる、マ？」と、クリスタルが言った。「ドゥーンは、フェリクスさんがバレエ教室で弾く曲なら、ほとんどなんでもやれるのよ。」

「ドゥーンが？　ばか言わないで」と、マは言った。

「やれるの――ハーモニカでね。」クリスタルがドゥーンをほめたのは、はじめてだった。

「ほら」と、クリスタルはドゥーンをうながした。「ドゥーン、フェリクスさんがクラスの最初のプリエのときに弾くのを、吹いてみてよ。」そして、ドゥーンが吹きはじめると、マにむかって、「ほらね！」と言った。「じゃあ、ポール・ド・ブラ。」

「でも、フェリクスさんは、それのときには、いろんなのを弾くよ」と、ドゥーンは文句を言った。

「じゃあ、そのうちのどれかを吹けばいいでしょ」と、クリスタルは、じれったげに言った。そして、「ほら」と言いながら、そのときの動きをやってみせた。「ぴったりでしょ。」

「ぴったりに決まってるよ」と、ドゥーンは言いたいところだった。動きのことも、ちゃんとわかっていたからだが、何も言いはしないで、ただ吹きつづけた。おかげで、口論がはじまることになった。

「ドゥーンは、音楽のレッスンを受けるべきだな」と、ウィルが言った。

「ハーモニカで、ピーピーやれるってだけでか？」

「ピーピーやってるんじゃないよ、パ。ちゃんと演奏してるんだよ」と、ウィルは言った。

「大事なのは、そこなんだ。」

「おまえはおれが、金袋だとでも思ってるのか？」

「そんなこと、思ってないよ」と、ウィルは言った。「でも、どうしてクリスタルにばっかり、そんなに金をかけるのさ？」

「それはべつよ」と、マが、重々しく言った。「ひとつの家族のなかに、本物の才能を持った子がいたら、ほかの子たちは、その子のために、いくらかは犠牲を払わなくちゃならないのよ。」


クリスタルとルースは、シューズをめぐって、王冠をかけた戦いをくりひろげていた。フェリクスさんが予言したとおり、マダム・タマラがマに降参して、クリスタルにポアントをはくことを許したとたんに、ほかの母親たちも、われもわれもとそうさせたがり、たちまちクラスじゅうがポアントになった。ただし、ルースだけはべつだった。「あんた、すっかり遅れちゃって、残念ね」と、クリスタルが言った。「あんたの足は、まだしっかりしてないのね。」ルースは返事がわりに、はだしでつま先立ちをし、部屋の端から端まで歩いてみせた。ドゥーンは、自分にもそれができるところを見せたくてたまらなかったが、じっとすわっていた。クラスじゅうがクリスタルを笑いものにしたので、クリスタルはまっ赤になった。ドゥーンは背中を丸めて、小さくなった。喧嘩は、大嫌いだったのだ。

「そんなに足が強いんなら」と、クリスタルはルースに言った。「どうしてポアントをはかないの？」

「マダムが、まだ用意ができてないって、おっしゃるから。」

「だって、あたしたちは……」

「あんたたちだって、できてないわ」と、ルースは、ぴしゃりと言った。「あんたたちの、お母さんたちのせいよ。」ルースはそう言うと、みんなを見下したように、ちょっと肩をすくめた。

「お母さんたちのせいですって！」クリスタルは、かんかんだった。「あんたのお母さんが、ポアントを買えないってことの問題でしょ。」そしてクリスタルは、ほかの少女たちにむかって、「ルースのシューズ、見てみなさいよ。汚くて、ぼろぼろ」と、呼びかけた。

ルースのシューズは、ほかの少女たちのシューズよりも、はるかにすり切れていたが、それは、自分一人ででも、暇を見つけては、せっせと練習していたからだった。ルースは毎晩、空っぽな教室でバーにつかまり、鏡のなかの自分を見ながら、練習していた。マダムが電灯をつけさせてくれなかったので、ろうそくの明かりに頼るしかなかったが、それでもルースは、マダムに言われたとおりに、「足の先から頭のてっぺんまで、指一本一本の先まで」がどうなっているかを、ちゃんと感じ取ろうとしていた。

「あんたには、ポアントより先に、ソフト・シューズの新しいのが必要ね」と、クリスタルがあざけった。「お母さんに、床磨きを、もっとやってもらわなくちゃね。」

ヒュン！

かがみこんでシューズのリボンを結ぼうとしていたところへ、ルースの、ものすごい勢いのグラン・バットマンが襲いかかり、クリスタルは、もうちょっとでバランスを崩して、転ぶところだった。足先がクリスタルの目に当たった。ルースは、息を切らしながら、「あたしの脚が上がらないとでも、思ってんの？」と言った。クリスタルは苦痛の叫びをあげ、それから、目を押さえると、声を殺して泣きはじめた。ほかの少女たちがそのまわりに集まったところへ、マダムが駆けこんできた。「何があったの？　クリスタル！」だれもがいっせいに答えようとして、わいわいやっているところへ、ルースのお母さんのミセス・シェリンも来た。ミセス・シェリンは当惑していたが、冷静でもあった。「お嬢さんの目をお洗いするのは、私にさせてくださいな」と、ミセス・シェリンは言った。「ルース、持ちものをまとめて、すぐに家へ帰りなさい。」

マダムはすっかり逆上して、「なんて、ひどい子なの」と、ののしった。「ミセス・ペニーに、どう申し上げればいいかしら？　いったい、なんて？　あんたは、骨の髄まで腐ってるのね。恩知らずな子！」

「平気よ」と、ルースは言った。「やって、せいせいしたわ――痛いといいわね。」

マは、めったにないほど、かんかんになった。クリスタルは、今度の土曜日、つまり十一月五日に、王立慈善協会の主催するガラで、踊ることになっていた。ガラというのは、お祝いごとがあるときなどに、いくつものバレエ団などからスターが出て行なう、特別な催しのことだ。「あたしたちみんな、とても楽しみにしてたのに。虹の役になって、七色のスカーフを持って、踊るはずだったのよ。目にあざができて、虹になれるかしら?」

明らかにそれは、無理そうだった。あざはほっぺたまで広がっており、パは、「その小娘の腕前は――」と言いかけた。

「腕じゃなく、足で蹴ったのよ」と、マが言った。

「なら、足前かね。いやはや、心得たもんだね。」

ドゥーンは、フェリクスさんがルースにむかって、「ルース、かっとなってだれかを蹴ることがあっても、目や顔を蹴ってはいかんな。一生の傷になりかねんぞ」と言っているのを聞いた。

「そうなるといいと思って、やったのよ」と、ルースは言った。

フェリクスさんはくすくす笑ったが、マは、「あの女を、告訴するわ」と言った。「マダム・タマラも。」

「モード、たかが小さい子のいざこざ……」

「いざこざですって！」と、マは金切り声を上げた。「クリスタルは、片方の目をだめにしたかもしれないのよ！　何が起こるか、知れたもんじゃないわね。おんなじクラスの女の子なのに。どう対応したらいいか、さっぱりわからないわ。」


ルースが封筒を持って、クリスタルの前に立った。「母さんが、これをあんたにって。」

クリスタルは身構えた。「何よ？」

「チケットよ。」ルースは泣きそうに見えた。「王立劇場のチケットが二枚。」

「バレエの？」

「そう。十一月五日の。マダムにいただいたの。マダムは、以前教えた女の子から、はじめてソロを踊るからと、送ってもらったんだけど、いまはお姉さまを置いていけないからって。さあ……」今度は、本当にすすり泣いた。「これ――持ってって。」ルースは、大切な封筒をクリスタルの手に押しつけた。「ママが、心から悔やんでいると言えって。」

「あんた、悔やんでなんかいないでしょ？」と、クリスタルはたずねた。

「悔やんでるわ、チケットのことは。」ルースはそう言うと、さっさと部屋を出ていった。

「あたし、行きたくないわ」と、クリスタルは言った。

「行きたくないですって！」ママは、自分の耳が信じられなかった。「王立バレエ団の公演なのに！」

一瞬、ママは、しっぺ返しに、チケットを突き返してやろうかと思った。――「こんなもの、いただきたくございませんわ」とでも言いながら――でも、王立バレエ団の公演なのだ！

「ミセス・シェリンは、ちゃんと対応なさったと、言わざるをえないわね」と、ママは言った。「もちろん、当然のことだけど。それにしても、この席は、おそろしく高いんでしょうね。何ポンドも何ポンドもするはずだわ。行けるなんて、夢にも……」なのにクリスタルが、「あたし、行かない」と言ったときには、呆れてものも言えなかった。

「だって、クリスタル、王立バレエ団よ。」

「でも、焚き火の日でしょ」と、クリスタルは言った。

十一月五日は、昔、火薬を使った陰謀を企んだ、ガイ・フォークスという男が逮捕された記念日で、あちこちで大きな焚き火をするのがならわしだった。すでに、男の子たちは、中庭に焚き火の用意をしていた。何週間も前から、みんなは、服を着せたガイ・フォークスの人形を古びた車椅子に乗せて、通りから通りへと練り歩いていた。ドゥーンも参加したくて、自分のパジャマを提供した。それは、ティムからヒューイーを経てきたお下がりで、あちこちすり切れていたが、マは、それが新品だったかのように文句を言い、ドゥーンに、「一週間のあいだ、おやつは抜きで、外出禁止」と、申し渡した。でも、「ガイのお祭りに二ペンス」、「ガイのために五ペンス」と、男の子たちが呼び歩いているのが聞こえてくると、自分も貢献したんだぞ、という気がした。いまやみんなは、花火を山ほど用意し、仲間を集め、ソーセージやジャガイモやリンゴを、焚き火で焼いて食べようとしていた。

「どっちにしても、それは逃すしかなかったはずだぞ」と、パは、クリスタルに言った。

「踊ることになってたからよ。自分が踊るためなら、惜しくないわ。」クリスタルは、あけすけに言った。「ほかの人が踊るのを観るためじゃなくて。」

「けど、クリスタル、世界でも指折りの人たちの踊りが、観られるっていうのに。」

「でも、焚き火の日だもの。いろんな友だちに会いたいわ。」

「一人でなんて、行けないわ。」マは、いまにも泣きそうだった。「ウィリアム、あなたは？」

「モーディ、おれがここにいなきゃならないことは、わかっとるだろ。子どもたちが寄ってたかって、焚き火をするんだからな。」

「そうよね」と、マは、困りはてたように言った。「ウィル？　あんたは？」

「無理だよ、マ。ケイトを芝居に連れてくことになってるもの。」ケイトは、マの言うところの、「ウィルのお姫さま」だった。「ただの女の子だよ」と、ウィルは訂正した。「ごめん、マ。」

「バレエを観に行けだって?」ジムやティムやヒューイーが口にすると、「バレエ」は「バリー」に聞こえた。

「まっぴら、ごめん」と、ジムとティムが言った。

「行かせたかったら、つかまえてみな」と、ヒューイーも言った。

そのときになって、マは、さっきからずっと、だれかが袖を引っ張っていることに気づいた。「どうしたの、ドゥーン?」

「行きたい」と、ドゥーンは言った。「それ、行きたい。連れてって。お願い。」

「遅くまでかかるんだよ」と、パが言った。「眠ってしまうよ。」

「寝たりなんか、しない」と、ドゥーンは言った。「お願い、ママ。」ペッポが出ていって以来、ドゥーンがそう呼んだのは、はじめてだった。

「花火を見逃すことになるぞ」と、ウィルが言ったが、ドゥーンには聞こえてもいないようだった。「ママ、お願い。ねえ、お願い。」

「せっかくの座席に、もったいないけど」と、マは言った。「ほかにだれも行く人がいないんならね。」

「マ、あのエメラルドとダイヤモンドをつけてく？」

それは本当に、エメラルドとダイヤモンドがいくつもついた、エドワード王の時代の、ペンダントつきネックレスだった。ペンダントは、卵形をした大粒のエメラルドで、両側にブリリアント・カットの小さなダイヤモンドをちりばめた鎖がついており、それがブローチのような横棒にかけられていた。その横棒にも、細かいダイヤモンドの葉形飾りに縁取られた、べつの卵形のエメラルドがついており、ペンダントとよく調和していた。「たいへんな、お値打ちものでございますよ」と、保険会社の人は、パに言った。

マにとっては、それは、何よりの財産だった。高価だからというだけでなく、ひとかどの家柄だと言えたからだ。「これを遺してくれたのは、アデレイド大伯母さんよ。ゲイティ・ガールズとして活躍してて、もらったの。ええと……ファンからね。」

「彼氏からってことでしょ」と、クリスタルは言ったが、大伯母さんに彼氏がいたなどと想像するのは、むずかしかった。

パはときどき、そのネックレスを金庫から出して、子どもたちに見せてくれた。クリスタルは、それを首にかけてもみた。しかし、今夜、マは、いちばんいい花模様のドレスを着て、そのネックレスを身につけ、その上に、いやいやながら、古びたコートを羽織った。その前に美容院へ行って、髪の染めなおしも、してもらっていた。「磨きあげた真鍮のようだな」と、パは言った。マがこんなふうにしているのを見るのが好きで、いまなお、きれい――押し出しがいい、と言ったほうが、よりぴったりだったが――であることを、ありがたいと思っていた。

　ドゥーンは、クリスタルのお古の、ビロードの襟のついた、男物っぽいコートを着た。「ボタンのつき方が、男物とは逆だよ」と、ウィルが反対したが、ドゥーンは、気にしなかった。畝織りになった茶色のビロードの半ズボンは新しく、その上に新しい白いシャツを着て、茶色の蝶ネクタイをした。髪には、つやつやするまでブラシをかけてもらい、靴はパが、ピカピカに磨いてくれた。銀色のバックルつきのその靴も、クリスタルのお下がりだった。「女みてえ！　女みてえ！」と、ジムやティムにからかわれた。「くだらない」と、マは言った。「ちゃんとした、小さな紳士に見えるわ。」そして、ドゥーンにむかっては、「あんたは自慢の息子だわ」と言い、ドゥーンは、顔を輝かせた。

　その晩、マとドゥーンは、完璧な一心同体だった。地下鉄の駅から出ると――ピルグリムス・グリーンからは、そこまででも、かなりの旅だった――興奮がどんどんつのってきた。

細い通りが入り組んだ迷路のようなところを通って、王立劇場にたどり着いたときには、たくさんの明かりのまぶしさと、自家用車やタクシーの長い列と、そしてとりわけ、深紅のコートとシルクハットの紳士が、自動車のドアを開けるなどして、人々を出迎えている様子に、くらくらしてしまった。「ここ、あのおじさんのものなの?」と、ドゥーンはたずねた。

「しーっ! コミッショネールさんよ。」

それは、案内係、という意味だったが、とてもえらそうな名前に聞こえ、ドゥーンは、「コミッショネール、コミッショネール」と、口のなかでくり返した。中にはいると、壁がバラ色をした大きなロビーがあって、たくさんの人が押しあいへしあいしていた。ドゥーンは、自分が森のなかの小さなネズミになったような気がしたが、心細くなることはなく、興奮がどんどんつのってきた。

二人は階段を上がったが、その階段は、家の居間よりも幅が広く、まんなかに、真鍮の手すりがあった。階段のとちゅうの踊り場を見たマは、あえぐような声を出して、「見てごらん、ドゥーン」と言った。「あの花!」ドゥーンは、うっとりして、動けなくなった。「パが売ってる花なんて、目じゃないわね。」マとドゥーンは、しばらくそこに立ちつくしていた。いくつもの花瓶にいけられた花々は、マよりも背が高かった。

二人は、自分たちの席へ行ったが、ドゥーンは、この観客席のように、途方もなく大きくて豪華な場所は、見たことがなかった。ストーナムのパントマイムを観るには、まだ小さすぎると思われていたので、ピルグリムス・グリーンの映画館以外、行ったことがなかったのだ。

オーケストラが下に見えた。オーケストラのことは、フェリクスさんから聞いており、ドゥーンは、いくつかの楽器を見分けることができた。ピアノがあり、横手の囲まれた場所に、ハープが三台ある。そして、たくさんの譜面台が、演奏者たちを待っていた。いちばん気に入ったのは、いくつかの巨大な太鼓だった。「あれ、たたいてみたいな」と、ドゥーンは、マに言った。二人は、三階席にすわっていた。それより上にも、何階もの座席があり、そこにも、蟻みたいに小さいたくさんの人たちがいて、手すりごしに首を伸ばしてみたりしていた。もしその首を上に向けたら、空色をした丸天井が見えたはずだ。

それはまさに、マが夢見ていたとおりの光景だった。「どうしてこんなに、そっくりそのままなのかしら？」と、マは、自分に問いかけていた。「きっと、前知らせだったんだわ。」マはすっかり圧倒されて、ささやき声でしか話せなかったが、ドゥーンはなぜか、気持ちよく、落ち着いていた。手もとには、つやつやした表紙のプログラムがあり、マが読んでくれようとしたが、それもわずらわしくて、余計なことのように思えた。ドゥーンは、ひざを座席にぎゅっと押しつけて、ただ待っていた。小さくて前が見えないので、自分のコートだけでなく、マのコートも重ねた上にすわっており、足は床に届いていなかった。

あたりが、ゆっくりと暗くなっていった。舞台の幕に光が当たった。「あそこについているのは、女王さまの頭文字よ」と、マがささやいた。割れるような拍手が湧き起こった。「コンダクターさんによ。」ここのコンダクターさんといえば、指揮者だが、ドゥーンが知っていた唯一のコンダクターさんは、バスの運転手だった。しかし、いま、はるか下に見えるコンダクターさんは、ちっぽけな人で――とても遠いので、そう見えるだけだが――持ち上げた手に、小さい棒を持っているのが見えた。「あれは指揮棒よ」と、マがささやいた。その瞬間、場内が静まり返ったので、ほんとはささやくべきではなかった。指揮棒が動くと、音楽が、ひっそりと忍び出てきた。それは、ドゥーンがこれまでに聞いたことのない、甘くて美しい音楽だった。ドゥーンは、自分がその調べに乗って、遠くまで運び去られていくように感じた。そして、幕が上がりはじめた。


「どうだい？　すてきだったかい？」パは寝ないで、待ってくれていた。焚き火の集いのあとは、きれいに片づけられており、二人のために、ココアとサンドイッチが用意してあった。「どうだった？」

「全部が全部、思ったようではなかったけど。」最後の演目の『エリート・シンコペーションズ』は、マを当惑させた。「何が『エリート』！」と、マは、鼻であしらった。「ミュージック・ホールの下品な踊りみたい。」でも、すぐに態度をやわらげた。「前の二つはよかったわ！　特に、二番目のが。」

それは、『バラの精』だった。「はじめての舞踏会から、疲れはてて帰ってきた娘が、パートナーにもらったバラの花を手にしたまま、眠りに落ちる」と、プログラムには書いてあった。「すると、窓から、バラの精がはいってくる。」「あんな跳躍って、見たことないわ。」マは、ユーリ・コゾルズが踊るのを、はじめて見たのだった。「男性がバラの精になって踊るなんて、思いもよらなかったわ。」

「なんか、気取ったもののようだな。」

「そんなことないわ、ウィリアム。力強いし、とても美しかったわ。」

パは、もうちょっと言ってやりたいところだったが、マが喜んでいるのをぶちこわしたくなかったので、黙っていた。

「最初のは、『ラ・ブティック・ファンタスク』といって、お店が舞台だったの。」そう言うと、マとドゥーンは、わっと笑いだした。

「リビエラのおもちゃ屋さんよ。フランスのね。」

「おもちゃは、人がやってるんだよ」と、今度はドゥーンが言った。

「イギリス人のオールド・ミスが二人、はいってきて、次にアメリカ人が一人来るの。それから、ロシア人の家族が……」

「子どもがおおぜいいてね。店には店員の男の子がいるんだけど、これがいっつも、水っ鼻をたらしてるんだ。」ドゥーンは、身体を二つ折りにして、笑いこけた。

「人形たちが踊るのよ。イタリアの人形や、ポーランドの、ロシアの。みんな二人組で、恋人同士なの。」

「カンカンとかいうのも、踊ったよ。」

「イギリスのオールド・ミスたちは、ショックを受けるの」と、マが笑いながら、つけ足した。

「プードルも何匹か、いたよね」と、ドゥーンが言った。

「ダンサーたちが着ぐるみを着てるのよ」と、マが補足した。

「一匹が、後足を上げたよ！」ドゥーンはがまんができなくなって、うれしそうな笑いを爆発させた。

「ダンサーに舞台でそんなことをさせるのは、あまりいいこととは思えないな」と、パが言った。

「でも、ほ、ん、っ、と、に、愉快だったよ。ぼく、あのプードル、やりたいな……」

「恋人同士の人形たちが、べつべつに売られちゃうんだけど、真夜中に、ほかの人形たちが、包みをほどいて、出してあげるの。」

「それから、みんなしてカンカンを踊るんだよ。」

ドゥーンははしゃいでいたし、マも興奮気味で、いきいきと元気になっており、まるで、パが十九年前に求婚した若い娘のモードのように見えた。「どうやら、おおいに楽しめたようだな。」

マは、まじめな顔になった。「あたしは今晩、長年かかっても学べなかったことを、学んだの。あなたにも、あの舞台を観てもらいたかったわ、ウィリアム。」マのなかの何かが、自分が踊りというものの生きた神経のすぐそばにいたことを、感じていた。「ドゥーンは、骨の髄までぞくぞくしちゃったみたい」と、マはパに言った。休憩時間に、二人は飲みものの売店へ行った。ドゥーンが、「サンドイッチ、食べていい？」とたずねると、マは、「今夜は、好きなもの、なんでも食べていいわ。レモネードもね。母さんは、シャンパンをもらうわ」と言った。それどころか、マは、シャンパンをひと口だけ、味見させてもくれた。「でも、あの『シンコペーションズ』で、せっかくの気分が台無し」と、マはパに言った。「すごくしゃれてて、おかしいと思ってやってるんでしょうね。ちっちゃい男の人が、背の高いバレリーナと踊るの。その女の人が、腕のなかに跳びこむと、男のほうは倒れてぺしゃんこ。

ドタバタ喜劇ね」と、マは、ばかにしたように言った。「やたらギクシャクと動きまわって、おかしな顔をしてみせて……。あたしは、ぞっとしたわ。喜んでる人たちもいたし、気が利いてはいたんでしょうけど。でも、『バレエ』と聞いて、あたしが思うのは、あんなものじゃないわ。」マは、それだけ言うと、ふわーっと気持ちをやわらげた。「だけど、あの『バラ』は……」そのあとパは、ドゥーンを抱いて――この一日の疲れで、ちょっとよろめきながら――ベッドまで運んだ。「考えてもみて」と、マが言った。「クリスタルはそのうち、バラの精と踊る娘になるかも。そう思わない、ドゥーン？」

「クリスタルが？」ドゥーンは、パの肩から、眠そうな頭を上げた。クリスタルになんの関係があるんだろう？　ぼく、ドゥーンが、バラになるんだ。

第3章

翌年の九月、ピルグリムス・グリーンで、アート・フェスティヴァルが行なわれることになった。地域の新聞に開催のお知らせが載り、その催しの一つとして、ＬＤＡの主催によるダンスの競技会が開かれることが発表された。「ＬＤＡっていうのはね、ロンドン・ダンス・アカデミーのことよ」と、マが、おごそかに言った。競技会には、ピルグリムス・グリーン、ストーナム、そのほか北西の郊外にあるバレエ教室の生徒で、七歳から十歳までの子どもなら、だれでも参加できることになっていた。「クリスタルに、ちょうどいいわね。」その前の週くらいには、暑さもやわらいでいるだろうし、最終選考に残った二十人は、ストーナムいちばんの映画館のステージで踊り、点数をつけられることになる。その催しは、一般公開もされることになっていた。審査委員会が、最も高得点だった子どもたちに、金、銀、

銅のメダルを授与し、その三人を含む六人には、ロンドンの有名校へ進む奨学金が与えられ、そのうち三人は、アカデミーへ行くことができる。計画は、もうできあがっていた。

「もちろん、アカデミーのことは知ってるわ」と、マは言ったが、じつは、その新聞を読むまで、聞いたこともなかった。「でも、ほかの学校はどうなのかしら？　なかには、いいところもあるのかしら？」と、マはたずねた。

「どれも、いいところですよ」と、ミセス・シェリンは言った。「ルースをそのうちのどこかへやるお金があったら、どんなにいいか。奨学金がもらえたら、交通費も出していただけるんでしょうね。」その目は、あこがれるように輝いていた。しかし、マは、奨学金には興味がなかった。「もし、クリスタルが、金メダルをとったら……」しかし、マも、ミセス・シェリンも、びっくりさせられることになった。マがそのチラシを持っていくと、マダム・タマラは、すぐに、「それなら、持っています」と言った。

「だれを出場させるご予定ですか？」

「だれも」と、マダムは言った。「わたくしは、競技会というものは、認めておりません。」

「でも、どうして？」

「子どもたちに、よくないからです。ああいう競技というのは、どれもそう――型にはめてしまいます。わたくしは……わたくしは子どもたちに、もっと自由でいてほしいのです。

試験もおんなじ――階級とか、そういったものも。わたくしは、自分の生徒たちを、そんなことに追いやりたくはありません。」

「あたしたちじゃ、最終選考に残れないからかもね」と、ルースがささやいたのを、クリスタルは、聞きとがめた。

「どうして、残れないのよ?」

「ちゃんと教わっていないからよ。」

「あたしは、どっちみち、そんなものには出たくないわ。」

「あたしは、出たいわ」と、ルースは言った。「どうしても。」しかし、競技会に出たいのは、じつは、クリスタルもおなじだった。「マダム、どうしてだめなんですか?」

「ここは、ピルグリムス・グリーンで、いちばん古い学校です」と、マダムは、背筋(せすじ)をそびやかした。「たぶん、ロンドン北部で、いちばん古いでしょう。競技会など、必要ありません。」マダムは震(ふる)えていたが、だれもそれには気づかなかった。

「マダム、お願いです。」

「認(みと)めません。」

「残念だわ。奨学金(しょうがくきん)がいただければ、とてもありがたいのに――でも、たぶん、マダムは、賢明(けんめい)でいらっしゃるんでしょうね。」ミセス・シェリンは受け入れたが、マは、そうはいかなかった。「マダム・タマラ、あたしたちは」――「あたしたち」というのは、自分や、ほかのお母さんたち、アンジェラの、ゾエの、メアリ・アンの、ジョアンナのお母さんたちのことだった。――「あたしたち、子どもたちを、ぜひとも出場させたいんですの。お願いですから、手続きを……」みんなは、「もし、してくださらないのなら」とは言わなかったが、マダムは理解し、またもや、降参した。

「後悔することになるぞ、ミニー」と、フェリクスさんは言った。

競技会は、三つの部門に分かれていた。一つは少年たちのための、一つは少女たちのためのヴァリエーション*の競技で、振付は、審査員の一人によって、手が加えられたものだった。そのあと、少女たちは、バレエの古典である『くるみ割り人形』のなかのソロを、少し単純にしたものを踊ることになっていた。

「少なくとも、それなら、そらでおぼえていますよ」と、マダムは、ほっとしたように、ため息をついた。

「クララの踊りね。ほら、あのバレエに出てくる、女の子」と、ルースが言った。「ポルカみたいなもんね。」

さらに、競技会の日には、それぞれの学校が、キャラクター・ダンスを披露できることになっていた。二、三人で踊るのでもいいし、大勢で出てもいい。マダムはこれで、元気づいた。民族舞踊では、名が高かったからだ。「ロシアの農民の踊りがいいわ」と、マダムは言った。

「それは、どこもがやる演目ですよ」と、マが反対した。

「じゃあ、ナポリの踊り？」

「何か、オリジナルなものは？」と、マが言った。「ハーレキナーダを思い出したんですけど。」

「ハーレキナーダ？」マダムの目が輝いた。「コメディア・デラルテ*ね？」

「コメ……、なんでございますって？」

「イタリアの昔ながらの旅芝居よ。古典のいろんなキャラクターは、そこから生まれたの。ハーレキンも、パンチネッロも、ピエロも……」

「そういうのじゃなくて」と、マは言った。「あたし、子どものとき、三人でやったんですよ。ハーレキンと、コロンビーヌと、ピエロとでね。あたしが、コロンビーヌでした。とても信じられないとおっしゃるでしょうけど、そのころは、アザミの綿毛みたいに軽かったんですよ」と、マはため息をついた。「そのときの音楽は、いまでも家に置いてあります。とってもきれいなんですよ。だれもそんなこと、考えつかないと思いますし、マダムなら、かんたんに振り付けてくださいますでしょ。ほんの二、三回のリハーサルでいいんですよ。」そして、なだめすかすように、「もちろん、配役は、マダムがお決めになってください」と言った。しかし、マダムを含めてだれもが、コロンビーヌになるのはクリスタルだと承知していた。

「サクランボの模様の、ひだになった白いドレスね。」マダムは、『カルナヴァル』というバレエのコロンビーヌを思い出していた。

「バラの蕾の模様の、淡いピンクのドレスですよ」と、マが訂正した。「バラの蕾です」と、マは、力強く、断言した。「あたしが、その衣裳をお作りしますよ。ハーレキンには、だれをお考えです？」

「ルースね」と、マダムは言った。

「ルースですって！　だめよ！」困惑したようにそう叫んだのは、クリスタルだった。「あの子とは、踊れないわ、マダム。」

「あんたには、あの子が必要よ。力がありますもの。」マダムは、マが、コロンビーヌ役はポアントでと言い張ることを、すでに承知しているようだった。「ターンがはいることになっても、あの子なら支えてくれますよ。」

「支えがないと、転ぶもんね」と、横で聞いていたドゥーンが言った。「よく転ぶの、わかってんだろ。」

クリスタルは、警告するように、にらんだ。

「でも……」マダムがまた、当惑顔をした。「ピエロの役も必要だし。」

「アンジェラ・バレルがいいわ」と、クリスタルが言った。「いつもアクロバットをやってるもの。逆立ちで歩くことだって、できるのよ。」

「でも……」

「アンジェラはきっと、喜びますよ」と、マは断言した。「これで、決まりですね。音楽は家にあります。息子たちのだれかに、持たせてよこしますよ。とてもきれいで、耳に残る曲なんですよ。」

フェリクスさんが、ぎょっとしたように、顔を上げた。

「でも……」マダムは、いまにも泣きだしそうな声をあげた。「ミセス・バレルには、なんて言えばいいのかしら?」

「演技力が重要な、キャラクター役だとおっしゃればいいわ。ほんとにそうなんですし、アンジェラは、演技がとてもお上手ですもの。ピエロだとは、おっしゃらずにね。」

「でも、わかったときは?」

「もう、間に合いませんよ。リハーサルには、いらっしゃらないんでしょ?」

「え、ええ。でも……」マダムはあきらめて、口をつぐんだ。

「じゃあ、決まりですね。」マは、意気揚々と言った。しかし、みんなが帰ってしまうと、マダムは崩れるようにピアノの椅子に身を沈め、両手で顔をおおった。

ドゥーンは心配した。「マダム、大丈夫？」

マダムは両手を下におろし、首を振った。「疲れたわ、ドゥーン。骨の髄まで、くたくたよ。」

「ぼくも、以前、よくそうなったよ。」ドゥーンは、大まじめに言った。「そこらじゅう、痛かったけど、ベッポが、それは、いいしるしだって言った。本気で力を出してるから、そうなるんで、そうしていれば、強くなれるって。」

「でも、あたしは強くないわ」と、マダムは言った。「全然、力が足りないの。」

ドゥーンは、どう言えばマダムをなぐさめられるか、わからなかったので、その膝を軽くたたいた。それから、ふっと、いいことを思いついた。「ねえ、マダム、ぼくが大きくなって、ダンサーになったら、すごーく有名なダンサーになったら、みんなに、ぼくに教えてくれたのは、マダムだって言うよ。」

マダムはびっくりして、少年を見つめた。「でも、ドゥーン、あたしは、あんたには、何も教えてないわ。一度だってレッスンしたことないもの、そんなこと言ったら、うそになるわ。」

「ほんとだもん。」ドゥーンはそう言うと、ベッポ以外のだれ相手にも、したことのないことをした。その両腕(りょううで)でマダムを抱(だ)いて、ぎゅっと抱きしめたのだ。


アカデミーは、審査員(しんさいん)の人選について合意し、その名前が発表された。女性二人と、その上に立つ審査委員長で、長になるのは、フィリップ・ブラウンという男性だった。

「ブラウンですって！　なんて、ありふれた名前。たいして期待できそうにもありませんわね」と、マは決めつけた。

「ダンサー協会の会長でいらっしゃいますわ」と、ミセス・シェリンは言った。

マは、目をパチクリさせた。その新聞をマダム・タマラに見せたときには、なおいっそう、目を白黒させることになった。

「フィリップですって！」と、マダムは叫(さけ)んだ。「大変だわ、フィリップだなんて！　噂(うわさ)には聞いても、ほんとじゃないといいと思ってたのに。」

「どうして？　子どもに冷たい方なんですか？」

「そんなことはないけど、でも……」

「でも、って？」

「厳しいのよ。ほんの小さな欠点も、見逃さないの。」

「欠点?」マの声が高くなった。

「欠点は、常にあるわ。クリスタルにも欠点がある。だれにだって、それは、よくわかってるわ。」

「だれにだって、ですって?」マの言い方は、喧嘩腰だった。

「そうよ。」マダムは、いつになく、激しい言い方をした。それから、「でも、まあ……」と、弱よわしくほほえんでみせた。「少なくともフィリップは、本物のダンサーを見逃したりはしないわ。」

「ああ!」と、マは安心し、納得した。

「子どもたちは、その年齢、経験と照らし合わせて、採点される」と、競技会のルールにはあったが、キャラクター・ダンスは、べつだった。その賞は、教師たちに与えられたが、それぞれの子どもにも、「パフォーマンス全体に対して」の得点が与えられた。――「つまり、あたしたちがすることすべてに対して、ってことよ」と、ルースが言った。ルースは、ルールの書類を、何度も何度も読み返していた。そして、心配そうに、「もし、あたしが、すごく下のほうだったら、母さんはがっかりするでしょうね」と言った。しかし、クリスタルは、たいして気にしていないようだった。もうしっかり経験を積んでるもの、と、クリスタルは考えていた。それより、着るもののことのほうが、ずっと心配だった。

「ルース、あなた、ヴァリエーションのとき、何を着るの?」

「いつものチュニックよ。」ルースは、驚いたようだった。「あなたはちがうの?」

「そんなの、着ないわ。母さんが、いま、チュチュを作ってるの。」

「チュチュですって! ヴァリエーションを踊るのに? クリスタル、それはだめよ。」

「どうしてよ?」

「すごく間が抜けて見えるわよ。」ルースは、容赦なく言った。「水着で踊らせることだって、あるくらいなのよ。さもなきゃ、タンクトップと、ショート・パンツとか。」

「水着ですって?」今度はクリスタルが、肝を冷やす番だった。

「身体の動きが、ちゃんと見えるようによ。」

「あたしは、着たいものを着るわ。」クリスタルはそう言ったが、その言い方は、言葉ほどきっぱりしてはいなかった。「でも、クララを踊るのに? 衣裳じゃないと、だめでしょ。」

「あたしは、そうは思わないわ。うちの母さんに、聞いてみなさいよ。」

「結構よ」と、クリスタルは言った。ママは喜ばないだろうと、わかっていた。「どっちみち、どうだっていいわ——ばかみたいなポルカなんて。」

「あたしは、楽しいと思うわ。」しかし、次の瞬間、楽しげな表情は、すっと消えた。「あんなにむずかしくなきゃ、いいんだけど。」

「むずかしいですって？　あれの何がむずかしいのよ？」

「スタイルがよ」と、ルースは言った。「大切なのは、スタイルなのに、うっかりすると、はしゃいだ感じになりすぎるんだもの。」しかしクリスタルは、スタイルのことなど、聞いたこともなかった。

クラス全員が競技会に出るわけではなかった。――「メアリ・アンとジョアンナは、まだ、お稽古をはじめて、そんなにたってないものね。ゾエはまだ、小さすぎるし。」――しかし、ヴァリエーションの練習には、全員が参加した。ポルカを試みる者も何人かいたが、興味は、キャラクター・ダンスに集まった。それまでは、練習も秘密のうちに行なわれていたからだ。クリスタルとルースとアンジェラが「選び出された」ように、踊る演目も「選び出された」ものだった。もっとも、三分を超えてはいけないので、ごく短いものだ。マダムは、音楽に合うステップを考え、「すてきな小品」を作ってくれていた。フェリクスさんもそれを認めたが、「あんな音楽でなきゃあな」とも言った。

「ミニー、まさか、こいつで、あの子たちを踊らせようってんじゃないだろうな」と、楽譜を見せられたフェリクスさんは言った。

「ミセス・ペニーが、持ってきたのよ。」ママは、みんなの代表をつとめたらしかった。

「タ・タタ、ラン・タン、タ・タ・タ・タ
ラン・タタ、タン・タン、タ・タ・タ・タ！　うぇーっ！」

「わかってるわよ、フェリクス。」マダムは、フェリクスさん同様に、どうしようもないという身振りをした。フェリクスさんは、それ以上、何も言わなかった。

『ハーレキナーダ』は、ハーレキンと呼ばれるミステリアスな道化師が、主役をつとめる無言劇、という意味で、いきいきとしていて、とてもおかしくて、楽しかった。おなじ道化でも、ピエロはこっけいな役で、ふつう、白いダブダブの衣装だが、ハーレキンは、色とりどりの菱形をつないだ模様の、総タイツを着る。「クリスタルさえ、やりすぎないでくれれば、いいんだけど！」というのが、マダムの最大の心配だった。しかし、クリスタルは、本当に興味を持ったときには、あらんかぎりの力を尽くして、踊った。ルースは優雅なハーレキンになり、クリスタルがポアントで立つときには、よろめかないように、支えの役をしっかりと務めた。アンジェラは、その熱意のすべてを、ピエロにそそぎこんだ。マダムさえもが、そんなに心配しなくなって、いまでは、目をキラキラと輝かせていた。しかしそれも、競技会の二日前になって、衣裳をつけた最後のリハーサルを行なっている最中に、ミセス・バレルが駆けこんでくるまでのことだった。

ルースとクリスタルは、それより前に、アンジェラが、まだコートを着たまま、更衣室ですすり泣いているのを見つけていた。

「アンジェラ、あんた、言ったのね。」

「言うしかなかったの。鼻を塗ってるのを、ママに見つかったもんだから。今日は、荷物を取りに来ただけ。じきにママも、ここへ来るわ。」

「まさか、あんたが踊るのを……？」

「やらせると思う？」

「アンジェラに！　うちのアンジェラに、道化をさせるなんて……」ミセス・バレルは、かんかんだった。「ピエロって役だって、言ったじゃないの。」

「フランス語では、道化をピエロって言うんだもの。」

「白い顔に、赤い鼻をして、道化芝居の犬のトビーみたいに、ひらひらを首につけるなんて。あたしが認めないのをわかってて、やったことね。この二枚舌の、ごまかし屋の、うそつき娘。」

「教室で、そんなふうにあたしを、ののしらないでよ。」

「でも、それがおまえの本性だもの。アンジェラが、あたしのアンジェラが、道化にされて、あのクリスタル・ペニーは……」

「これは、キャラクター・ダンスなんです。そういう役柄なんですよ、バレルさん。」マダムは、このときばかりは誇りを取りもどし、断固としていた。「コロンビーヌが踊れる女の子は、ほかにもたくさんいます。でも、もちろん、クリスタルのようにはいきませんけどね。」マダムは、マが部屋のなかにいることを思い出した。マは、おおぜいの生徒たちといっしょに、ミセス・バレルのあとについて、部屋にはいってきていたのだ。「ピエロの役も、踊るだけなら、できる子はたくさんいます」と、マダムは言った。「でも、ピエロの役には、演技も必要で、アンジェラにはそれができるんです。アンジェラだけなんです――とんぼ返りをしたり、逆立ちで歩いたりなんていう、アクロバットができるのは。」

「クリスタルも、とんぼ返り、できるよ」と言ったのは、ピアノの下にもぐりこんでいた、ドゥーンだった。「クリスタルも……痛っ！」クリスタルの靴の硬い小さなかかとが、ドゥーンの手を踏みつけたのだ。しかし、みんながドゥーンの言葉を聞いてしまい、部屋にはいってきていたミセス・シェリンが、「それはいい考えね」と言った。「クリスタルとアンジェラが、役を取り替えれば……」

マは、まっ赤になった。「クリスタルは、コロンビーヌのお役をいただいています……」そして、ミセス・シェリンのほうをむいて、「あなたは、ルースがピエロの役をすることになっても、かまわないとおっしゃるの？」と言った。

「適役ということなら、かまいませんわ」と、ミセス・シェリンは、ミセス・バレルに聞かせようとするかのように、はっきりした声で言った。「あの子に適したお役で、そこから何か学べるのであればね。もし、ダンサーになろうというのなら」――そう言うミセス・シェリンの声は、心に何かを秘めているかのように、痛切に響いた。「どんな役だって踊らなければ――たとえピエロであろうと……」

「やんちゃなプードルでもね」と、ドゥーンが、手をさすりながら、口をはさんだ。

「やんちゃなプードルでもよ。」ミセス・シェリンは、ドゥーンにほほえみかけて、続きをうながした。ドゥーンはまた、口を開いた。「クリスタルは、とんぼ……」

「ドゥーン、出ていきなさい！　すぐに外へ出るの」と、クリスタルが命令した。ドゥーンは、きょとんとして、出ていった。助け船を出したかっただけだし、自分にはクリスタルにならできるとわかっているのに、マダムができないかのように言うのが、気にくわなかった。ドゥーンは、廊下にあった椅子の上で身体を丸めたが、部屋のなかの会話は、そこにいてもちゃんと聞こえた。

「わたくしは、アンジェラを、選んだのです。」マダムのその言い方は、特権を与えたのだと言いたげに聞こえた。「ピエロはダンスにおいて、重要な役柄で、あなたはアンジェラを、ダンサーにしたいと思っておいでのはずです。『ペトルーシュカ』では、ピエロが主役なんですよ。」しかし、ミセス・バレルは、『ペトルーシュカ』のことなど、考えてみる気はなかった。

「アンジェラ、靴(くつ)を取ってきなさい。」

「でも、そんなの、困(こま)りますわ。」ママは、いまにも泣きそうだった。「衣裳(いしょう)はもうできてるんですよ。配役も提出して、もう印刷にかかってるはずです。最後のお稽古(けいこ)は、土曜日で、今日はもう木曜日……」

「ミセス・ペニー、どうか、もう。」マダムは、堂々とした態度を保って、ミセス・バレルのほうをむいた。「ミセス・バレル、アンジェラは、とてもがっかりしていると思いますわ。この暑さのなかで、ずいぶんよくがんばってきたんですもの。あの子のことも、考えてあげてください。」

「まさに、そうしているところですよ」と、ミセス・バレルは、かみつくように言った。「あの子を、笑い者にしないでいただきたいわ。競技会でも、教室でも、どうぞお続けになって。アンジェラは、二度とここへはまいりませんから。」

二人は、廊下(ろうか)にいたドゥーンのそばを、急ぎ足で通りすぎ、ドアを開けっぱなしにして、出ていった。そのとき、フェリクスさんが、「ミニー、すわったほうがいいよ」と言うのが聞こえた。

「たぶん」と、マは、自信なさそうに言った。「ピエロがいなくても、ハーレキンとコロンビーヌだけで、踊れるんじゃないでしょうか？」

「それじゃ、意味がありません」と、マダムは言った。「ピエロがいなければ、だいなしです。完全にだいなし。」

「そのとおりだと思いますよ」と、ミセス・シェリンも言った。

「でも、とってもきれいだと思うんですけど。」

「きれい！」

「ピエロがいるからこそ、あの作品は、単なるきれいさから、救われてるんですわ。」ミセス・シェリンは、マが理解できずにいる様子を見て、もう一度説明しようとした。「対比なんですよ……お料理だってそうでしょ。甘いばっかりじゃ、たまりませんもの。」

マダムは、もう何を言ってもむだだと悟って、立ち上がった。「ばかだった！」と、マダムは言った。「あたしがばかだったのよ！　こうなることくらい、わかってたのに。あなたがた、お母さんたちの言うことに、耳を傾けたが最後だって！　競技会に出るのを辞退する以外、どうしようもないわ。」

「辞退ですって！」マと、ミセス・シェリンは、声をそろえた。

マダムは、うなずいた。

「ほかにも出場者がいるのに」と、二人は言った。「ヴァリエーションを踊る子たちも、『くるみ割り人形』に出る子たちも……クリスタルもルースも、ものすごくがんばってきたのに。」

「あれだけが、あの『ハーレキナーダ』だけが、恥をかかないですむ、唯一の望みだったわ」と、マダム・タマラは言った。それを聞いて、みんなは黙りこんだが、やがて、かすかに聞こえてくる音楽が、しばらく続いたその沈黙を破った。

「タ・タタ、ラン・タン、タン、タ・タ・タ・タ・タ
ラン・タタ、タン・タン、タ・タ・タ・タ・タ」

マダムが、静かに、と注意するかのように、片手を上げた。「ほら、聴いて。」みんなは耳をすました。

やがて、ルースが、「あれ、あたしたちの『ハーレキナーダ』の音楽だわ」と言った。

「でも……」フェリクスさんは、ピアノの前の椅子にすわって、ただじっとしていた。第一、それは、ピアノの音ではなかった。「いったい、だれが……」

「ドゥーンだわ」と、クリスタルが言った。「外へ出てなさいって言ったの。ドゥーンが、

ハーモニカを吹いてるんだわ。」

それはただのハーモニカだったが、その音楽は美しく、本物で、リズムも正確だった。

「あの子は、立派に吹けるわね！」と、マダムが言った。

「吹けるだけじゃない」と、フェリクスさんが言った。「ミニー、あの子は、あんたのピエロが踊れるよ。」


映画館のステージは広かった。「迷子になったり、しちゃだめよ」と、マダムはドゥーンに言った。「ステージの上に、あんたのために、チョークで輪を描いておけるといいんだけど。」

「そんなもんなくても、あの子には、わかってるさ」と、フェリクスさんは言い、たしかにドゥーンには、マダムが描いた輪があるかのように、いるべき場所がわかっていた。

「こんなちょっとのあいだに、どうやって覚えたのかしら？」と、マダムはたずねた。

「とっくに覚えてたんですよ」と、ミセス・シェリンが言った。「このところ、何週間も、廊下で踊ってましたからね。あの子があんなに真剣そうじゃなかったら、何度大笑いしたか、わからないほどです。」

「あの子、アンジェラよりうまいの」と、ルースが言った。「見たら、わかるわ。」

しかしマダムは、心配していた。「あんたは、観客のみなさんが、ハーレキンとコロンビーヌをちゃんと見られるように、自分の場所にいなくちゃだめよ。でもその前に、二人のまわりをぐるっとまわって、コロンビーヌにバラを渡すんだからね。」

「わかってるよ」と、ドゥーンは言った。

「最後にも、もう一回、まわるのよ。」

「わかってる。」

舞台に上がってしまったら、だれも助けてはくれない。「花とか、鉢植えの棕櫚くらいでも、置けばいいのに」と、マは言った。そこには、薄汚れた灰色の背景幕がかかっていて、下手、つまり、客席から見て左のほうに、ピアノが置いてあるだけだった。ピアノは、それぞれの学校の人が弾いた。客席は、親たちや、その友人たち、審査員たち、それぞれの学校の卒業生や、まだ競技会には出られない小さい子たちで、いっぱいだった。「新聞記者もいるわ」と、マが、興奮気味にささやいた。ステージのまん前には、テーブルが置いてあり、その上には、たくさんの書類と、ラッパのような拡声器が置かれていた。そこが審査員席で、二人の女性と、最重要人物である、フィリップ・ブラウン氏らしい男性がすわっていた。

「そうにちがいないわ」と、マはささやいた。「あの、頭がはげてて、眼鏡をかけた人。」なぜか、マは、ダンサーでもはげ頭になることがあるとは、考えたことがなかった。その人が、どことなく親切そうだということは、認めないわけにはいかなかった。優しいお父さんのようで、しかも、控えめにしていても、威厳があるのだ。「厳しそうではないわね」と、マはパにむかって、ささやいた。マは、みんながクリスタルのことをどう思ったか、知りたくてたまらなかった。「あのドレスを着ると、絵のようだわ」と、マは言った。

ドゥーンは、食事のときに吐いた。「そんなにピリピリしないの」と、マは言い聞かせたが、ドゥーンは、気分が悪いことも、おびえていることも、ほとんど気にしてはいなかった。ある意味でそれは、恐怖というより、興奮だった。しかしそこには、ぼくにできるだろうか？　この、ぼくに？　という、鋭い刃もひそんでいた。——舞台裏の大きな部屋で待ちながら、ドゥーンはルースに、「君も怖かったりする？」とたずねてみた。ルースもクリスタルも、舞台に立って、自分のヴァリエーションやクララのソロを踊るのは、はじめてだった。ルースは椅子の上に足をのせて、シューズのリボンを結びなおしていたが、それはもう、十回目くらいだった。「怖かったりしない、ルース？」

「母さんは、心配でピリピリするくらいでないと、ありったけの力を出すことはできないって、言ってるわ。」

「じゃあ、ぼく、ありったけの力、出せるな」と、ドゥーンは、身震いしながら言った。

驚いたことに、ルースが、ドゥーンのピエロのかつらを優しくトントンとたたき、キスをしてくれた。「あんたは、最高よ」と、ルースは言った。「ママもあたしも、そう思ってるわ。」

会場は、がやがやというざわめきと興奮で、いっぱいだった。何人もの先生たちが、それぞれの生徒たちに囲まれていた。マダム・タマラのところは、ルースとクリスタルとドゥーンだけだったので、いちばん少人数だった。それぞれの役のための衣裳は、椅子の背にかけてあった。それに着替えるのは、まだ先だった。呼び出し係は、白い上着に黒いスカートの女の人で、表と鉛筆を手に持って、名前を呼び続けていた。審査員に質問をされないかぎり、それぞれに与えられた時間は、たったの二分だった。お母さんたちのほとんどは、正面席で見守っていたが、午後の部がはじまる二時になると、マはドゥーンに、「まず、おまえの着替えを手伝うわ」と言った。「そしたら、ゆっくり見られるし、クリスタルの着替えも手伝えるから。」

少女たちはみんなチュニックを着ており、ルースのは、ていねいに洗ってアイロンをかけた、薄いグレーのチュニックだった。しかし、クリスタルは、マに大急ぎでチュチュを脱がせてくれと言いはしたが、着ているチュニックは、白いサテンに青で縁取りをし、腰のところに忘れな草をあしらった新しいもので、髪にも忘れな草の小さな束を飾っていた。「それもだめとは言われないでしょ」と、マは言った。「見た目も勝負のうちよ。」出番を待ちながら、クリスタルはルースに、「あたし、どう見える？」とたずねた。

ルースは、テーブルのふちにつかまったまま、「あたし、ウォーミング・アップちゅうなの」と言った。それから、顔を上げると、「ねえ、クリスタル、あたしがあんたなら」と言った。「髪のその花は、とってしまうわ。」

「自分が、みすぼらしいからって……」しかし、口論をしている時間はなかった。「ルース・シェリン」と、呼び出し係が言った。そして、クリスタルに、「クリスタル・ペニー、次はあなただから、用意してね、じゃあ、ルース・シェリン」と言った瞬間に、クリスタルが、「あんたなんか、前にのめって、転んじゃえばいいのよ」と言った。


「クリスタルが、あたしを呪ったわ」と、ルースは言った。

「ただのくだらないおしゃべりでしょ」と、ミセス・シェリンは言ったが、不思議なことに、ルースが、左足を前に出した五番のポジション*に構えて、両腕を下げ、フェリクスさんが出だしの和音を鳴らして、ヴァリエーションのワルツを弾きはじめ、ルースが踊りはじめ、まず右足に体重をかけてシャッセ*で下がり、左足で、タンデュ*、デガジェ*・ドゥヴァン*をやり、バランセ・アン・ナヴァン*から、腕をアラベスクに構えて、バランセ・アン・ナリエール*——というところで、バンと大きな音がして、苦痛の叫びが起こり、音楽が不意にとだえた。ピアノの蓋が突然閉じて、フェリクスさんの手を直撃したのだった。

審査員の女性の一人が立ち上がり、痛みで身をかがめているフェリクスさんのところへ行った。ルースはちょっとのあいだ踊りを続けたが――ポゼ*、タン・ルヴェ*――すぐにやめて、ステージのまんなかで、途方にくれたように立ちすくんだ。

「なんてこと。」袖で自分の出番を待っていたクリスタルが、ドゥーンにむかって、ささやいた。ドゥーンは、舞台の様子を見ようと、クリスタルのすぐうしろまで、出てきていたのだ。クリスタルは、「フェリクスさんがお気の毒」とも、「ルースがかわいそう」とも言わず、度を失ったように、「次はあたしの番なのよ」と言った。「だれがピアノを弾いてくれるの？」

ルースは、灰のような顔色で、ゆっくり立ち去ろうとしていたが、フェリクスさんが頭を上げて、「もう、大丈夫だ」と言った。しかし、その顔は、ルース同様に血の気を失っていた。

「ほんとに大丈夫ですか？」と、ブラウン氏がたずねた。

「弾けます。」

「じゃあ、ルース」と、ブラウン氏が、審査員席から、声をかけた。「もどってきてくれますか？」そして、ルースが姿を見せると、「ルースさんですね？」とたずねた。

ルースは口がきけないようで、ただうなずいた。

「ショックだったね、気の毒に。」ブラウン氏は、親切で、同情的だった。「ふつう、踊りを途中でやめたら、どんな理由があろうとも、再挑戦は認めないんだが、これは君のせいではなく、ピアニストのせいでもない。さあ、息を整えて、いったんもどって、もう一回、やりなさい。」

ルースは隅へもどって待ち、フェリクスさんは、ルースが再び身構えるのを待って、最初の四小節を弾いたが、そのとき……

観客たちが見たのは、ほんのかすかなためらいだけで、それはフェリクスさんによって、うまくかき消された。しかしルースは、そして審査員たちも、一、二秒のあいだは危うかったことに気づいていた。パニックを起こしたように、目が大きく開かれていた。思い出せない。最初の一歩が思い出せない。幸いルースは、声に出してそう言いはしなかった。ちょうどそのとき、袖から、小さな声が聞こえてきたからだ。歌うようなそのささやきは、ドゥーンが、マダム・タマラから聞き覚えていたものだった。「うしろへシャッセ、左足でタンデュ、デガジェ・ドゥヴァン、バランセ・アン・ナヴァン……腕をアラベスク、バランセ・アン・ナリエール」――おかげでルースは、踊りはじめることができ、ヴァリエーションを踊りきり、そのあとのクララのソロは、自信を持って、きちっと、それでいて流れるように、踊ることができた。踊り終えたとき、フェリクスさんはにこにこしていたし、拍手がどっと湧き起こった。

「よくやったな。」パは盛大に拍手したが、マはいらだっていた。なんだか、クリスタルへの拍手を横取りされているような気がしたからだ。そのとき、ブラウン氏の声が響いた。「次は、クリスタル・ペニー、八歳です。」クリスタルが出てきて、さっきとおなじ、はじめの姿勢をとった。「でも、おんなじじゃなかったな」と、ウィルは言った。

これは、ペニー一家にとって、とても重要な行事のように思えたので、パは、その午後は店をミセス・デニングに任せて、やってきていた。ウィルも、見にいくと宣言していた。「クリスタルのためじゃないぞ。おちびのドゥーンには、支えが必要だからな。」

ウィルは、ルースに心を寄せずにはいられなくなっていた。パにむかって、「勇敢な子だね」と言い、盛大に拍手した。ブラウン氏には、自然に好意と信頼を感じはじめていたが、クリスタルが踊るのを見ているうちに、落ち着かなくなってきた。二人の踊りはおなじだったが、クリスタルは、ずいぶんちがったふうに踊っていた。――ごてごてしてるな、と、ウィルは思った――あんなに手や髪ばっかり気にしていていいんだろうか？　ウィルは、妹のことをよく知っていた。ちゃんと注意を払っていない、と、ウィルは思った。それに、審査員たちにむかって、あんなにほほえむべきではない。

審査員席を見ると、みんなは、ルースのときのように踊りをきちんと見ようとはしないで、頭を寄せあって、何か話していた。

クリスタルへの喝采は、ルースのときと変わらなかったが、ウィルは、審査員席を囲む、最前列と次の列のまんなかあたりからは、あまり拍手が聞こえなかったことに気づいた。

「クリスタルのことを話してるのかな」と、ウィルは、落ち着かない気分で言った。

「もちろんよ。」ママは、舞台裏へ行こうと、立ち上がっていた。「みなさん、感心なさったんだわ。あの子はとってもきれいに見えたし、気の毒なルースのあとで見ると、はるかに堂々としてたわね。あたし、行って、着替えを手伝わなくちゃ。」

キャラクター・ダンスの部がはじまった。ウィンストン・スクールからは、八人の少女たちが出て、中国の踊りを踊った。みんな扇を持ち、黒いかつらをかぶって、すてきに見えた。女の子二人、男の子二人による、ロシアの踊りもあった。「ほらね、男の子だって、踊るんだよ」と、ドゥーンは言った。「踊るですって！　ブーツはいて、足踏みしてるだけじゃない」と、クリスタルは、あっさり片づけた。羊飼いと乳しぼり娘たちによる『牧歌』には、もっとたくさんの男の子が出てきた。「つまんないの」と、クリスタルは言った。クリスタルには、いまのところ、自分たちの『ハーレキナーダ』を脅かすものは、何もないように思えていたが、舞台袖で出番を待っているあいだに、六人の少女たちが踊った『ヴィクトリア時代の花束』は、非のうちどころのない出来ばえだった。「あの子たちも、ウィンストン・スクールですって」と、ルースがクリスタルにささやいた。「みんな、すごくうまいわ。特に、あの、背の高い、ジャネット・アバクロンビーって子。」クリスタルでさえ、それには何も言い返せなかった。そのとき、拡声器からブラウン氏の声が聞こえてきた。「マダム・タマラ・バレエ教室――『ハーレキナーダ』。」

フェリクスさんにそのかされたマダムは、おわりとはじめの部分を変更し、ドゥーンのための特別な出番を作っていた。舞台と客席の明かりが消え、まっ暗ななかから、だれかがたった一人でハーモニカを吹くのが聴こえてきた。それは、ペニー一家なら、だれもが聴き慣れている調べだったが、映画館の広い客席にすわった人たちには、心細く、さびしげに聴こえた。舞台が明るくなると、何もない空っぽな舞台のまんなかに、一人ぼっちのちっぽけなピエロが、かつらをかぶり、首まわりや袖口にひだのついた衣裳で、その調べを奏でているのが見えた。とても小さいその姿に、自然に拍手が湧き起こったが、ピエロは吹くのをやめはしなかった。その調べは陽気になっていき、もう心細そうではなかった。それがピアノに引き継がれ、明るくて楽しい音楽になっていくと、小さなピエロは、逆転宙返りをした。

そして、観客が驚いて息をのんでいるうちに、すばやく三回それをくり返すと、舞台の隅にひっこんで、そこでハーレキンとコロンビーヌの登場を待った。

ドゥーンは、音楽にうながされるままに動いただけだったが、マダムに言われたことは忘れておらず、ほかの二人のじゃまにならないように気をつけていた。少なくとも、そうしているつもりだった。アンジェラがやっていたステップを、なんとかこなそうとしたが、靴についている飾り房が足にひっかかり、しょっちゅうバランスを崩した。でも、そうやってよろけるたびに、観客は笑った。ドゥーンは、ハーレキンの動きをまねるふりをし、逆立ちで歩き、アンジェラがしていたようにしただけだったが、観客たちには、悲しい顔をしたかと思うと、コロンビーヌにバラの花を渡すところでは、うれしげな顔になっているように見えた。クリスタルは花を受け取ったが、その目は怒りに燃えていた。「やめなさいよ」と、クリスタルはささやいた。「みんな、あたしたちじゃなく、あんたを見てるわ。」しかしルースは、組んで踊ったときに、「いいわよ、ドゥーン」と言ってくれた。ピエロはコロンビーヌの手にキスをしようとし、軽く平手打ちされることになっていたが、その平手打ちはとても強く、涙が出てきたほどだった。ピエロは、赤い水玉模様のハンカチを持っているはずだったが、それが見つからなかったので、ドゥーンは手の甲で涙をふき、濡れた手を、腰についていたフリルでふき、今度は鼻を、やっぱりハンカチが見つからなかったので、またフリルでふいた。観客たちはまたもや笑い、ドゥーンは当惑を隠そうとして、三回、宙返りをし、ちょうどうまい具合に舞台袖にころげこんだ。そして、ほうほうの体で自分の隅っこに逃げこみ、すっかり落ちこんで身体を揺らしていた。

ウィルは、審査員たちも大笑いをしているのに気づいた。自分も笑いたかったが、クリスタルのやり方に当惑していたので、笑えなかった。――「やりすぎだわ。」袖でミセス・シエリンといっしょに見ていたマダム・タマラも、がっかりして、そう言った。観客席に目で訴え、頭をそびやかし、手首をわざとらしく曲げ、審査員たちに色目を使うなんて。「もう、なんてこと！」と、マダムは両手で目をおおった。

その二分間は、永遠に続くかのように思われたが、やがてフェリクスさんのピアノが、最後にドゥーンに与えられていた役割を思い出させてくれた。ハーレキンとコロンビーヌが退場したら、ドゥーンは最初にいた場所にもどり、しゃがんで、ハーモニカを吹かなくてはならない。なのに、それが見つからないのだ。ドゥーンはあわてふためいて身体じゅうを探し、舞台の上のさっき踊ったあたりをかけまわり、もういちど、身体じゅうを探して、やっとポケットのなかの水玉模様のハンカチの下にあるのを見つけた。そのハンカチも、さっきは見つからなかったのだった。ハンカチを見つけてほっとしたドゥーンは、いまにも泣きだしそうだったので、もう一度、鼻をかまなくてはならなかった。でも、やっとのことで、本来いるべきだった舞台のまんなかにもどり、足を組んで、ハーモニカを吹こうとした。最初の二つ三つの音はきれいに吹けたが、そこへまた、すすり泣きの発作が襲ってきた。なにせ、まだ、幼い子どもにすぎなかったのだ。なんとか、四つ五つの音を出したところで、フェリクスさんは、賢明にも鍵盤から手を離し、あとはドゥーンに任せた。ドゥーンはそれを、三つの音だけでやった。すすり泣き、音が二つ……一つ…そしてドゥーンは、ハーモニカを投げ捨てると、身体を丸めて、本当に泣きだしてしまった。

だれかが――「霊感に導かれて」と、あとになってマダム・タマラは言ったが――照明を落とした。嵐のような拍手のなかで、フェリクスさんは、ドゥーンを抱き上げ、舞台から連れ出した。

ダンサーたちは、ほとんどがまだ衣裳のままで、観客席にいた家族たちのところへ行き、教師たちは、舞台袖で待っていた。だれもが審査員たちを見つめ、いったいどういうことになるかと、しきりにささやきあっていた。審査員たちは、メモを見せあったりしながら、まだ議論を続けていた。そのなかの一人の女性が、「マダム・タマラはおられますか?」と呼んだ。

マダムは、黒い服に黒玉のアクセサリーというふうにいつもの姿で、舞台に出てきた。

「マダム、どうもよくわからないんですが、『ハーレキナーダ』に出てきたあの小さなピエロは、九歳のアンジェラ・バレルではありませんでしたね。」

「えー―ええ。」マダム・タマラは、明らかにおびえあがっていた。「あ――あのう、アンジェラは踊れないと、届けをお出ししました。」

「ヴァリエーションと、ソロについてですね。はい。しかし、キャラクター・ダンスのことは書かれていませんね。」

「え――ええ。そのう、最後のぎりぎりになって、そのう……キャンセルしてしまったら、ほかの子たちもチャンスを失うと思いましたものですから、そのう……ほかの子に代役をしてもらいました。」マダムは、ほかの「生徒」と言いかけたが、うそになるので、そうは言わなかった。

「あれは、なんという子ですか?」

「ドゥーン・ペニーという六歳の子です。」

観客席にどよめきが起こり、審査員たちも、いっせいに身じろぎした。「たったの六つ?」

「はい。小さすぎて、出場はさせられませんでした。ですので、かまわないだろうと思ったんです。まちがったことをしてしまったのなら、申しわけありませんでした」と、マダムは言った。

「私たちも残念です。それでは、あなたの『ハーレキナーダ』に出場権を認めるわけにはいきませんからね。」そしてその審査員は、がっかりしたようなため息とともに、「規則は規則です」と言った。ブラウン氏が、拡声器を手にして、「出場資格があるのは、この競技会のすべての段階の熱戦をくぐり抜けてきた子どもたちだけです。とはいえ」と、観客たちに語りかけた。「もし、マダム・タマラが、この小さい少年のように優秀な生徒を、まだまだかかえておいでだとしたら、たいへん幸運でいらっしゃると言わざるをえません。あの子はどうしました、マダム？」

「あの子――ドゥーンは、ちょっと、まいってしまったようです」と、マダムは言った。ドゥーンは、フェリクスさんに抱かれて、まだ、身を震わせながら、すすり泣いていた。

「無理もないですな」と、ブラウン氏は言った。「では、みなさんがお待ちかねにちがいないことに、移りたいと思います。審査の結果の発表です。」

結果は、女性たちの一人によって、読み上げられた。

「第一位、金メダル受賞者は、ウィンストン・スクールの、ジャネット・アバクロンビー。得点は、なんと、八十六点です。」そのあとに、ブラウン氏が、「姿勢もダンス力もたいへんよく、とても美しく踊れていました」と、つけ足した。ジャネットは、クリスタルもルースも注目していた女の子だった。クリスタルは、顔をしかめた。ウィンストン・スクールは、第二位の銀メダルもさらってしまった。ほかのバレエ学校が、第三位の銅メダルを取り、第四位は、男の子だった。ブラウン氏は、その一人一人に、ひとこと、言葉を添えた。「左足に気を配ったほうがいいね、シルヴィア」、「ジェイムズ、君のビート*は、もっとよくなるはずだし、君なら、がんばれば、もっと高く跳べると思うよ」、「モニカ、床を見てたんじゃ、平衡感覚はつかめないし、軽やかさも出ないよ。いや、はずかしがらなくていい——君には、そんな必要はない。とてもうまく踊れてるんだから、観客やパートナーを見るようにしなさい。それに、ときどきは、にっこりしたほうがいいね。」

「第五位だった、マダム・タマラ・バレエ教室のルース・シェリンは」と、ブラウン氏は言った。「神経がまいってしまっていなければ、もっとしっかり踊れたはずです。ダンサーが、まずいちばんに取り組むべきことのひとつは、はずかしがったり神経質になったりを、克服することです。しかし、ルースはきっとじきに、そんな気持ちをコントロールできるようになると、信じています。よくやったね、ルース！」

ルースはまっ赤になり、まわりにうながされて、やっと、ほかの人たちとおなじように、立ち上がってお辞儀をすることができた。

マは、信じられなかった。ルースがクリスタルより先に、呼ばれるなんて。ルースがクリスタルより、上だというの？　クリスタルは、もちろんみんなといっしょに拍手せざるをえなかったが、まっすぐに身体を伸ばして、唇を噛んでおり、ルースのほうは見ようとしなかった。パが、「いつもいつも勝つってわけにはいかないよ」となぐさめにかかったが、クリスタルは邪険にその手を押しのけた。発表はどんどん進んでいった。第六位、第七位……点数はどんどん下がり、第九位は十四点だったが、クリスタルは、まだ呼ばれなかった。憤慨は、当惑に変わっていった。「どうしたのかしら?」と、マはたずね、それから、「何か、特別にとってあるのかもしれないわね。特別なメダルか何かを」とささやいた。クリスタルは、「あのジャネット・アバクロンビーなんか」よりよかったし、ルースよりよかったのはもちろんだ。しかし、審査の発表は、キャラクター・ダンスに移っていた。第一位は、『ヴィクトリア時代の花束』――またもやウィンストン・スクールだ。第二位は、クリスタルが「つまんないの」と片づけた、『牧歌』だった。第三位は、中国の踊りだった――これまた、ウィンストン・スクールだ。それからやっと、ブラウン氏が、「審査委員会は、マダム・タマラの『ハーレキナーダ』に、特別賞を贈ることを、決定しました」と言った。「音楽には感心できませんでしたが、もしルール違反がなければ、優勝していたでしょう。その独創性に、その構想に、ユーモアとロマンスをあわせ持つところに、ハーレキンを踊ったルース・シェリンのサポートの見事さに、そして、とりわけ、小さなピエロの本当にすばらしかった演技に、賞を贈りたいと思います。」同意する声が轟いたが、コロンビーヌについては、何も言われなかった。どうして、クリスタルのことが出てこないの、と、マは当惑していた。パは自分の席の端のほうに腰かけており、ウィルは青ざめた顔をしていた。何が起ころうとしているかを察して、ひどい気分になっていたのだ。

ブラウン氏は、片手を上げた。そして、「順位の発表を続けるにあたって、申し上げておくことがあります。我々がまだ読み上げていない名前で、みなさまが、なぜ出てこないのかと疑問にお思いのものが、おありだと思います。なぜなら、その参加者は、本日の若いダンサーたちのなかでも、とりわけ目立っていた――目立ちすぎていたと言ってもよい、一人だったからです」と言った。

観客たちは、好奇心をそそられて、ざわめいた。

「たいへんたいへん、残念なことに」と、ブラウン氏は話を続けた。「クリスタルは、非常に低い得点になってしまいました。その件に関しては、あとでご両親とお話をさせていただきたいと考えています。とりあえずは、残念ながら、クリスタル・ペニー、二十位、無得点と、発表せざるをえません。」

あっけにとられたような沈黙が続いた。マは呆然としており、パの隣にすわっていたクリスタルは、驚きのあまり、あえいだ。ルースが「そんな！　そんなのないわ！」と叫ぶのが聞こえ、両手で耳をふさぎたかったが、バラの蕾の模様のピンクのドレスを着た姿はとても目立ち、みんなが自分を見ているのを感じずにはいられなかった。そのとき、パが、ときどきやることのある、思い切ったことをやった。そんなときに、パを止めることは、だれにもできはしない。パは、その腕でクリスタルを抱き上げ、みんなが見ているまんなかを、堂々と出ていった。おなじ列にいた人たちは、パが通りやすいように、敬意をこめて席を立ってくれた。パは、ついてきていたウィルに、「コートを頼む」と、手短に言った。「クリスタルを連れて帰る。」

「もう、一ペニーも出さんぞ」と、パは言った。「一ペニーもだ。」

「ミスター・ペニー、ペニーは出さぬ。」ヒューイーは、しゃれで場をなごませようとしたが、ウィルに「黙れ」と言われた。双子でさえも、何か深刻なことが起こったことに気づいていた。「出て行け！　一人残らずだ！」と、パは吠えた。「これは、おまえたちのマと、おれだけのあいだの問題だからな。」

パとウィルがクリスタルを連れ出したあと、マは、人々がそのまわりを通って出ていってしまうまで、自分の席に、ただじっとすわっていた。それから、立ち上がって、通路を進み、さっき審査員たちが出ていくのが見えたドアのところまで行った。歩いていったのではない。

進軍したのだった。ほっぺたを、二つの炎のようにまっ赤に燃やし、バッグをかかえているのが、まるで手斧のようだったが、その目をのぞきこんでみれば、単に傷ついたというのではなく、すっかり当惑し、涙をこらえていたのがわかっただろう。

　小さな特別休憩室で、女性の審査員のうちの二人が、入賞した子どもたち相手に話をしていた。五人の少女たちに、少年が一人だ。マは、ジャネット・アバクロンビーの金髪の頭と、奇跡に出くわしたような表情のルースとを見た。ルースには、まさにそうだっただろう。

「こんなにぼんやりしてたのに、第五位で、奨学金がもらえるなんて！」マの姿を見ると、ルースは壁に背中を押しつけて、ちぢこまった。

「ブラウンさんは、どちら？」

「そちらです。」女の人たちの一人が、奥の事務室を指さした。「どなたかと、お話をされています。もし、お待ちになるのでしたら……」

「待ってなんか、いられないわ」と、マは言った。「ブラウンさんに、いますぐお会いしなくては。」マはドアを、勢いよくバタンと開けたつもりだったが、それは防音のための詰めものがしてあるスウィング・ドアだったので、静かにしか開かなかった。マはそれを開け、目をパチパチさせて、立ち止まった。ブラウン氏は、たしかにだれかと話をしていた。ブラウン氏の腕に抱かれて泣いていたのは、マダム・タマラだった。「ほらほら、ミニー」と、ブラウン氏は言っていた。「この世の終わりじゃないんだから。」

「あたしにとっては、終わりよ。料理番か掃除婦でもしてれば、よかったんだわ。そうしたら、あたしの大事な芸術を、汚す――ええ、汚すようなことには、ならなかったでしょう。」

「ミニー、そんなに芝居がからないで。」

「でも、そのとおりですもの。」

「まあまあ。あの小さいルースは、とてもうまくいってるじゃないか。」

「あの子は、ジュディスの娘ですもの。お母さんほど才能があるってわけじゃないけど、それでも……いい生徒は、教師から最上のものを引き出す、と言いますものね。でも、ほかの子たちは……」マダムは身震いをして、また泣きはじめた。「あの女の子を、だめにしてしまったんだとしたら……」

今度は、ブラウン氏の答えはなかった。

「なにも、マダム・タマラが、ロシア人だからってだけで……」と、パはマに言おうとした。

「ロシア人じゃないの。」マは、自分がブラウン氏相手に自己弁護をしようとしたことを思いだして、そのときもそうだったように、はずかしく思った。「マダム・タマラは、ロシア人でいらっしゃるから、いい先生のはずだと思いましたの」と言ったら、ブラウン氏は、ほほえんだのだ。「あの人は、私同様に、ロシア人ではありません。本当の名前はミニー・プライスですよ」と言い、以前、フェリクスさんが言ったのとおなじことを、つけ加えたのだった。「いい先生ですよ——そうさせてもらえればね。」そして、厳しい目でマを見たのだった。

「ロシア人じゃないだと——それもうそっぱちか」と、パは、にがにがしげに言った。

「ええ——まあ」と、マは言った。「そろそろ八十でいらっしゃるのよ、ウィリアム。昔の人たちは、ダンサーというのは、みんな外国の名前でなきゃおかしいと、思ってたの。何も知らない人たちは。」

「おれたちのようにか。」

マはたじろいだが、「ええ、あたしたちのように」と言わないわけにはいかなかった。

「マダム・タマラね！」と、パは、あざけるように言った。

「ウィリアム、やめて。泣いてらしたのよ。クリスタルのことで、心臓が張り裂けるほど。」

「当然だろ。」パは、まだ怒り狂っていた。「行って、言いたいことを言ってやる。」

「そんなことしないで。あの人、教室をやめるの——というか、ミセス・シェリンに任せることにしたの。」

「ミセス・シェリンにだと?」

「ええ。」この日の驚きは、どこまで行っても終わらないようだった。「ミセス・シェリンのもとの名前は、ジュディス・クレメントなの。とても有名なダンサーの。」

「知ってたわ。」クリスタルは、あとになって、やっとまた、ダンスについて話せるようになったとき、そう認めないわけにはいかなかった。「マには言えなかったの。だって、マはびっくりして、教室へ来て、大騒ぎをするに決まってると思ったんですもの。クララのヴァリエーションを教えてくださってたのは、ミセス・シェリンだったんだけど、その厳しいことったら! あんなふうに言われたこと、なかったわ。」おかしなことに、クリスタルは、それに文句を言おうとはしなかった。それは、自分たちがもっと訓練を必要としていること、マダムに要求されていたよりも、もっと細かいところにまで神経を行き届かせる必要があることを、ちゃんと理解できたからだった。「だから、あの熱戦を乗り切ることができたのよ。」その経験で、クリスタルは、ミセス・シェリンとルースに新たな敬意をいだくようになっており、そうでなければ、着るもののことでルースに相談を持ちかけたりは、決してしなかっただろう。

「以前から、なんであんなにいろんなことをご存じなんだろうって、不思議に思ってたわ」と、マが言った。「足首にひどい怪我をされて、踊れなくなられたらしいけど、その前には、パリだとか、アメリカじゅうの大きな町や、オーストラリアなんかでも、踊ってらしたみたい。」

「なるほど、そう聞くと、いろんなことに説明がつくな」と、パは言った。

「それはそうだけど、どうしてあたしには、説明してくださらなかったのかしら？」

着るもののことについてもだ。「きれいなドレスや演出は、もちろん助けになりますが、肝心の踊りでの不注意の、埋め合わせにはなりません」と、ブラウン氏は言ったのだった。「そして、私たちは、どんなに年若かろうと、自意識が強くて、気取ったり、お上品ぶったりするダンサーを、容認することはできません。きつい言い方ですがね、ペニーさん、これだけは申し上げておかなくてはなりません」と……。いま、不安がどっと押し寄せてきた。

「どうしてマダムは、注意してくださらなかったのかしら？」

「おまえは、聞く耳を持ってたかい？」と、パがたずねた。「そんなわけないと、わかっとるだろ、モーディ。おまえはいつも、自分がいちばんよく心得とると思うとるんだ。」

「そうね」と、マは、やっと聞こえるような声で言った。「あの方……ブラウンさんは……あたしがマダムを無理につついて、まだその時期になっていないのに、クリスタルにポアントをはかせたとおっしゃってたわ。」

「そのとおりだったんだろ?」

「ええ」と、マはささやいた。ブラウン氏の言葉が、胸のなかで燃えているようだった。ブラウン氏の言葉には、なんの遠慮もなかった。「シックル・フットというのを、ごらんになったことがおありですか、ペニーさん? 子どものやわらかい足に起こりやすい症状で、内向きの鎌のような形に、ゆがんでしまうんです。関節を傷めて、とても若いうちから、関節炎になることもありますし、そのあと一生、不自由な足をひきずって生きることにも、なりかねないんですよ。これは、悪質な所業と言わざるをえませんな、ペニーさん。」マは、急に怖くなって、「クリスタルはどこ?」と、パにたずねた。

「自分の部屋だ。ヒステリーを起こしていた。平手打ちをしたよ。それしか、なかったんだ。」

「あんなことのあとで!」マは肝をつぶした。

「そうするしか、なかった。」パはあまりに気落ちしていて、冷酷に響くほど簡潔にしか、話せなかった。「噛みつかれるかと思ったよ。それほどはずかしい思いをして、怒り狂っていたんだ。」

「かわいそうな子。かわいそうに。」マは、みじめさをかかえこむようにして、身体を前後にゆすった。

「だから、平手打ちをして、ベッドへ追いやった。ウィルの話では、眠ったらしい。おれには、のぞいてみる勇気はなかった」と、パは言った。「もう、踊るのは終わりにしよう、モード。これで終わりだ。」

「だめよ、ウィリアム。」マは、自分の領地を明け渡そうとはしなかった。

ブラウン氏は、その午後、たくさんの夢をぶちこわしたが、結局のところは、親切という以上の人であることがわかった。マが、マダムから聞いた話では、マダムが「最悪なのは、フィル、あのクリスタルが、才能を持っているということよ」と言うと、ブラウン氏は、「わかってる。だからこそ、審査委員会は、ああするしかないと決断したんだ」と答えたそうだ。マは、ブラウン氏に、こうも言われた。「あれは、学んでもらうために、必要なことでした。あなたの娘さんのためだけでなく、ほかのみんなのためにもね」と。

「でも、クリスタルは?」マには、ほかのみんなのことなど、まったくどうでもよかった。「あの子の踊りがだめになる？　それも、永久に?」それは、口にするのもつらいことだった。

「クリスタルがそうなるまいと思えば、べつです。」ブラウンさんは、厳しく、だめ押しをした。「クリスタルが、であって、あなたが、ではありませんよ、ペニーさん。そのことをわれわれに、なにをご命令なさってるんだね？」

「それで」と、パはたずねた。「そのミスター・フィリップ・ブラウン殿下は、われわれに、なにをご命令なさってるんだね？」

ブラウン氏は、「ペニーさん、あなたは、レッスンの費用をお出しになれますかな？」と、言ったのだった。「クリスタルを、ブラウンさんがよくご存じの、ロンドンの学校へやるべきだとおっしゃったわ。ねえ、ウィリアム、もしあなたが、そうさせてやってくれるのなら、そして、あの子もそれを――ブラウンさんは、本人が望まなければだめだとおっしゃってたから――あの子自身もそれを望めばだけど――あなたがその費用を出す手助けとして、あたし……あたし、お店で働くわ。」

「モーディ！」

その晩遅く、マは、小さなピエロのかつらと衣裳を、クリスタルのドレス類と並べて、洋服ダンスにつるした。コロンビーヌの衣裳は、汚れもののバスケットにつっこんであったが、それはそのままにしておいた。マは、ドゥーンの衣裳をつるす前に、それにラベルをつけ、日付とともに、「ドゥーンのはじめての衣裳。『ハーレキナーダ』のピエロ」と書いたが、なぜそんなことをしたのかは、自分でもわからなかった。

ドゥーンには、なにが起こったのか、まったくわかっていなかった。ただ、マに、この一週間は、踊るのはお休みだと――「マダム・タマラは、お疲れなのよ」と――言われていただけだった。月曜日、クリスタルは、学校へ行こうとしなかった。「あの子も、疲れてるのよ」と、マは言った。クリスタルは、起こったことを思いだすたびに、ヒステリーに逆もどりしていた。「行けやしないわ。新聞という新聞に、出たにちがいないもの。女の子たちが、なんて言うか！」「だから、少し落ち着くまで、休ませることにしたの」と、マはパに言った。「まちがってるかしら？」

「大まちがいだね」と、パは言った。「かわいそうだが、ちゃんと立ち向かわなくてはいかん。」そして、水曜の朝、パはクリスタルに、「学校だ」と、厳しく言い渡した。男の子たちは、すでに出かけていた。「ドゥーンといっしょに行け。」

公園まで行ったとき、クリスタルは足を止めた。そしてドゥーンに、「あんたは、行きなさい」と命令した。「あたしは、学校へは行かないから。」

「行かないの？」

「行かない。三時半にはここへ来て、連れて帰ってあげるわ。」

「でも……それまでずっと、どうしてるの？」

「楽しむのよ」と、クリスタルは、高飛車に言った。「バス・ツアーをして、映画を見るの。散歩をして、フィッシュ・アンド・チップス〔魚のフライに、棒状に切ったジャガイモのフライを添えた、イギリスでは最もありふれたファストフード〕でも買うわ。」

それは、想像しただけでも、楽しそうだったので、ドゥーンはぐずぐずしていた。すると、クリスタルが、「なんで、さっさと行かないのよ」と叫んだ。「だれにも言わないのよ。わかった、ドゥーン？」

木曜日にも、おなじようにしたが、近所の人が、緑地で温室のなかをうろうろしていたクリスタルを見かけ、店をのぞいてパに伝えたので、パは大あわてでオーバーを着こんだ。

「なるほど！　さぼったんだな。こんなことは許さんぞ、クリス。さあ、学校へ連れていってやる。」

その午後、クリスタルは、友だちを引き連れずに帰ってきたが、そんなことははじめてだった。頭をつんとそびやかしていたが、いつものようにドゥーンをあとにしたがえるのではなく、その片手をぎゅっと握って、早足で帰って来たので、ドゥーンは走るように歩かなくてはならなかった。

ドゥーンには、自分のちっぽけな全世界が、ベッポがいなくなったとき同様に、転覆しかかっているということが、全然、わかっていなかった。マが、マダム・タマラは今週はお休みだと言ったので、ドゥーンは、一週間たった火曜日の放課後、いつものように三時に教室を出て、浮浪児みたいだと言われないように顔と手を洗い、ウィルにもらった櫛をポケットに入れてあるのを取り出して、髪をとかし、身なりをちゃんと整えた。それから、女子の教室へ行って、クリスタルを探した。

クリスタルはおらず、三時半ごろになって、ほかの子たちといっしょに、姿を見せた。

「遅くなっちゃうよ」と言いながら、ドゥーンは、腰かけていたロッカーから、ぴょんと下りた。「マダム・タマラが……」

「シッ！　黙るの！」と、クリスタルが、脅すように言った。「マダム・タマラのとこへは、行かないんだから。」

「行かないだって！」クリスタルが帰り支度をしても、ドゥーンは動こうとしなかった。

「行かないだって！」

「言ったでしょ。」ほかの少女たちが、バタバタ、ガチャンガチャンと音を立てながら出ていき、二人だけになったとき、クリスタルはドゥーンに、はっきりと声に出して、「言ったでしょ」と言った。

「でも、ぼく、マダムや、ルースや、ミセス・シェリンや、フェリクスさんに会いたいよ。」――特にフェリクスさんには、なんとしても会いたかった。

「それは、無理。あの連中とは、おさらばしたの。」

「あの……連中?」ドゥーンは、いま聞いたことが信じられなかったが、クリスタルは、「そう」と言った。そして、「そう、実際のとこ、だれにもかれにも、うんざりしたの。おかしいかしら?」と、あざけるように言い足した。

ドゥーンには、おかしいどころではないとわかりはしたが、マダム・タマラのときとおなじで、どうすればいいかは、わからなかった。クリスタルのそばへ行って、そのコートにほっぺたを押しつけたが、クリスタルは押しのけようとはしなかった。そして、疲れきったような声で、「家へ帰ったほうがよさそうね」と言った。


次の火曜日、クリスタルが出ていくと、ドゥーンの姿はなく、男子のコート置き場にも運動場にも、見当たらなかった。先に帰ったのかと思ったが、家へ帰っても、まだ帰っていなかった。「あの子はどこ?」と、マがたずねた。「一人で外をうろうろさせちゃ、だめでしょ」と言われたクリスタルは、「どこにいるか、見当がつくわ。連れにいってくる」と答えた。思ったとおり、マダム・タマラのところへ行ってみると、ドゥーンは、ドアの外にすわっていた。

「ドアが開かないんだ」と、ドゥーンは言った。「ベルを鳴らしたんだけど。だれも出てこない。」

「無理なのよ」と、クリスタルは言った。「閉鎖されたの。ほら。」外の歩道に出て、見上げてみると、ドゥーンにも、二階の窓がすべてしまっていて、なかには何も見えず、ただひとつ開いている待合室の窓のなかには、脚立が立ててあって、その上にペンキの缶が置いてあるのがわかった。「言ったでしょ」と、クリスタルが言った。「マダムは行ってしまって、いまは、片づけとペンキ塗りの最中なの。そのあとは、ミセス・シェリンが引き継ぐことになるみたい。」

「ミセス・シェリンが。」ドゥーンの顔が、ぱっと明るくなった。「じゃあ、また来られるね。」

「来ないわ」と、クリスタルは激しく言った。「もう、二度と！ ドゥーン、あんたは小さいから、わかってないのよ。だれもかれもみんな、バカ、バカばっかり！」

「フェリクスさんは、バカじゃないよ。」ドゥーンは、ひるむことなく、その目を見開いて、クリスタルをにらんだ。「ミセス・シェリンも、バカじゃない。ルースも、バカじゃない──ぼく、みんなに会いたいんだ。」

「戸口にそうやってすわってたって、だれにも会えるもんですか。」その言い方は意地悪かったが、クリスタルは、マがいつでもきれいなのを持たせてくれているハンカチを取り出し、ドゥーンの顔をふいてやった。いつもなら、怒ったように邪険にやるのだが、その手つきは、珍しく優しかった。それから、「ドゥーン、あんたは、あの人たちにくっついてたみたいに、あたしについててくれる？　もし、あたしが怒ったりしても」と言った。

「もちろんだよ」と、ドゥーンは、驚いて答えた。「きっと、そうしてくれるわよね」と、クリスタルは言った。「きっと、そうね。」

「もうたくさんだ」と、パはマに言った。「終わりにしよう。そう言ってやれ。」

「じゃあ、あの子がどう……」

「どう思っていようと、関係ない。モーディ、どうして、おまえとクリスタルは……」

「もう言わないで。話しかけようとするたびに、つっぱねられるんですもの。」本当は、「ののしられる」と言いたいところだった。

「ねえ、おまえの助けになりたいと思ってるだけなのよ。」

「助けになんか、ならないくせに。なったためしがないじゃない」と、クリスタルは、矛先を向けてきた。そして、「行ってよ」と叫んだ。「さっさと消えて。」

動転しているだけなのだと、マは自分に言い聞かせたが、クリスタルは、青い石のような目で、「まるで憎んでいるみたい」に母親をにらみ、ドアに鍵をかけて、閉め出してしまったのだ！　そのことを思い返すたびに、動揺せずにはいられなかった。

最悪だったのは、校長のミセス・カーステアスが、学校から電話をかけてきたときだった。なんと、学校でクリスタルが、教室の反対側にいた女の子に、木製の鉛筆ケースを――「とても重いのを」と、ミセス・カーステアスは言った――投げつけたというのだ。「幸い、当たりませんでしたが、もしメアリの頭に……」

「暴力をふるうのは男の子だけだと思っていたよ。女の子もやるらしいな」と、パは言った。

クリスタルは、廊下に出てすわっているように命じられた。「がまんできなかったんだわ」と、マは言った。「隅っこに立たされるようなものですもの。」クリスタルは、逃げ出したのだった。「おうちに帰っているといいんですけど」と、ミセス・カーステアスは言ったが、パがクリスタルを見つけたのは、五時すぎになってからのことだった。「一人で映画館にいた！」と、パは爆発した。「どうしてこんなことがやれるのやら？」

「クリスタルだもんな」と、ウィルが言った。

「ああ、ここは、ひとつ……」

「だめよ、ウィリアム。」マは、気力をかき集めて、クリスタルのドアをノックした。そのドアをノックしたのは、はじめてのことだった。

「何の用？」

「話したいの。」

「ごめんだわ。」

しかし、マは、いくらか気力を取りもどしてきていた。「いますぐ開けなさい。おまえに、大事なことを話したいの。」すると、ドアは開いた。

マは、クリスタルが、最近、自分で整えるようになったベッドに、ずっとすわっていたことを見て取った。「ただ、すわっていたの」と、マはパに報告した。壁を青く塗って、白い家具を置いたその部屋は、とてもきれいだった。クリスタルは、よく友だちをそこへ連れてきて、みんながうらやむのを楽しんでいたが、いまはそこに一人きりで、トランジスターラジオをいじっていた。マがはいっていくと、クリスタルはその音量を上げ、マは当惑した。

「消しなさい」と、つい、いつもの口調で言ってしまった。「消して――聞きなさい。」

クリスタルはラジオを消したが、ベッドから動こうとはしなかった。「何？」

その声は冷やかで、敵意に満ちていたが、マは気力をかき集めて、問いかけた。「おまえは踊りを続ける気があるの、ないの？　パとあたしは、それだけは知っときたいの。」

「え？」クリスタルの眉が上がった。

「やりたくないんなら、やらなくていいのよ。」

「どうして、やりたくなかったりするわけ？」

「あの競技会のあと……」

「ああ、あれ！　まちがいをしでかさない人なんて、いる？」しかし、クリスタルは、マとおなじくらい緊張していた。「あたしが、ふつうの女の子にもどりたがるとでも、思うの？」その言い方は、噛みつくようだった。「もちろん、続けたいわよ。でもどうして、あんたたちに」――クリスタルの言う「あんたたち」には、軽蔑がこもっていた――「その手助けができるっていうの？」

「もう、すませてるわ」と、マは言った。

クリスタルは目を見張ったが、すぐに、憤慨のあまり、まっ赤になった。「ミセス・シェリンのとこへ、行けって言うんでしょ。」

「そんなこと、言うと思う？」

「じゃあ、ウィンストン・スクールね。あそこじゃ、みんなに知られてしまってるわ。」

「母さんたちにも、もう少し分別があるわよ」と、マは言った。「じつを言うとね、おまえを、エニス・グリンのところへ行かせようと思ってるの。」

一瞬、クリスタルは、石のように動きを止め、マは、わからなかったのかと思った。そのとき、「エニス・グリン」と、クリスタルがささやいた。「エニス・グリン――でも……すごく有名な人なのよ！　本物の、バレリーナなのよ。」

「王立バレエ団の方よね。高い木のてっぺんにおられるのよね」と、マは満足しきった様子だった。

「教えたりしてるはずがないわ。」

「ご自分の、限られた生徒のためだけの学校を、お持ちなの」と、マは言った。

「ロンドンに？」

「そうよ。」

その驚きようは、マが楽しみにしていた以上だった。「でも、どうやって？」と、クリスタルはたずねた。「そんなとこのことを、どうやって知ることができたの？」

今度ばかりは、クリスタルも、相手をばかにしてそう言ったのではなく、純粋に、好奇心にかられたからだった。マは、うれしい思いで、「フィリップ・ブラウンさんが、おまえをそこへやるべきだと、助言をしてくださって、おまえのために、お手紙も書いてくださったのよ」と言った。「火曜には、おまえを連れて、その方のところへ行くことになってるわ。」

硬く見えていた青い目が、キラキラと輝きはじめた。「みんなが聞いたら、なんて言うかしら！」「みんな」というのは、学校仲間の少女たちのことだった。クリスタルは向き直り、はじめて出会ったかのように、マを見た。「マとパが、あたしをそこへやってくれるのね。」

クリスタルは、そう言うと、どっと涙をほとばしらせ、ママの腕のなかに身を投げだした。ママも涙を流していた。

「たったこれだけのことで、そんなに泣いていたら、ウォータールーの橋が流されかねんな。」そう言うパパも、強く鼻をかまずにはいられなかった。

クリスタルには、ひとつだけ、心配なことがあった。「ルースもそこへ行くのかしら?」

「いや、ロンドン・ダンス・アカデミーへ行くんだそうよ。」ママはそう言うと、クリスタルを安心させようとするかのように、「ルースには、もう二度と会わなくてすむでしょうよ」と、つけたした。

しかし、気がかりなことも、ひとつあった。ブラウン氏が書いてくださった手紙を、ミス・グリンに送ったら、それに対する返事の最後のところに、「下の坊ちゃんも、お連れください」と書き添えてあったのだ。

第4章

エニス・グリンを一目見ただけで、クリスタルは、これは自分の小指で操るわけにはいかない大人の一人だと悟った。マダム・タマラとこれほどかけ離れた人は、想像するのもむずかしいくらいだった。待つあいだに、クリスタルはマにむかって、「すごく若いのね！」とささやいた。ミス・グリンは、ちょうど電話に出ているところだったのだ。ミス・グリンは若いだけでなく、美しい人で、栗色の髪をきれいになでつけ、先をひねってお団子にして、頭のうしろに留めてあった。じきにクリスタルも、ダンサーは常に、髪をきちんと整えておかなくてはならないと、学ぶことになる。灰色の目は温かかったが、厳しくなることもあるにちがいないと、クリスタルは感じた。いま、みんなは、クリスタルを評価しようとしていた。ミス・グリンは、小さくはなかったが、背が高すぎることもなく、しなやかで機敏な身

体を、ブラウスと黒いキュロットスカートに包んでいた。――「あれだったら、膝もつけるし、ステップも踏めるものね」と、クリスタルはドゥーンに、説明してやった。「あの人は、まんなかに立って、杖で命令するようなことは、なさらないでしょうね。自分でやってみせて……」

ミス・グリンは、時間をむだにしたりはしなかった。「更衣室はあっちです。急いで着替えてきてください。二人ともね。それから教室へ行って、どんなことができるか、見せていただきます」と言うと、マにむかって、「かんたんなエクササイズを、ちょっと見せていただくだけです」と説明した。

「クリスタルは、ソロをお見せできます。音楽も、テープで持参しています。」

「エクササイズだけで、じゅうぶんだと思います。」ミス・グリンは、それさえ見れば知りたいことは全部わかるとは、言わなかった。しかし、マが傷つき、当惑したのをちゃんと察し、親切に言葉をそえた。「お嬢さんは、とてもおきれいね」と言われて、マは、望みをふくらませた。しかしミス・グリンは、それに続けて、「坊やのほうは、珍しいほど、小さなお顔をしておいでね」とも言った。以前、ある偉大なダンサーが、一人の少年について、「あの顔はものになるぞ」と言ったことがあり、エニス・グリンは、いま、そのことを思い出していた。しかし、クリスタルのあとに、おとなしくちょこちょことついていったドゥーンは、コーデュロイの半ズボンとセーターのままでもどってきた。

「二人とも着替えて、と言ったはずよ。」

クリスタルとマは顔を見合わせ、クリスタルのほうが説明した。「ドゥーンは、稽古着もシューズも、持ってないんです。」

「ああ、そう。だったら、靴下で踊ればいいわね。セーターを脱がせてあげて。」

「じゃあ、袖なしシャツだけになっちゃう。」ドゥーンがショックを受けて、そう言うと、ミス・グリンは、温かい笑顔を返してくれた。そして、「完璧よ」と言った。「男の子たちはたいてい、袖なしシャツで踊ってるわ。」

「男の子が?」ドゥーンは仰天したが、ミス・グリンは、「ここでお待ちいただけますか?」と言った。マも立ち上がったが、ミス・グリンに、「さあ、いらっしゃい」と言われた。

教室は、マダム・タマラのところとは、全然似ていなかった。三倍も広くて、風通しがよく、まばゆいばかりに磨き上げられ、ラジエーターがついていて、温かかった。壁にはぐるっと、おなじみのバーが取りつけてあり、隅には、見慣れたものとおなじような形の——「ずっと上等だけど」と、ドゥーンは言った——アップライトのピアノがあった。床には、おなじみの松脂のトレイもあった。ドゥーンは大まじめにそこへ行って、靴下のつま先を突っこみ、不思議な女の人からの指示を待った。「クリスタルのうしろへ行って、バーを握って、私がクリスタルに指示することを、やってみなさい。」

「どんなことをするように言われたの?」と、知りたくてじりじりしていた、マが言った。

「ごくふつうのことよ――バーでエクササイズをしてから、センターに出て、ポール・ド・ブラをやって、音楽に合わせてスキップしたわ。それから、ジャンプ。」しかし、クリスタルは、以前のようにそれをざっと片づけたりはしなかった。「それから、脚のターン・アウトができてるかどうかを調べて……ヒップも見てた。そのあと、マイムをさせられたわ。」

「マイムって、何?」

「何かになったふりをしたり、何かをするふりをしたりすることよ。あたしは、眠りの森の美女が、百年たって目をさますところをやらされたわ。」

「できたの?」

「あたしは、眠りの森の美女じゃないもの。」クリスタルは、ちょっと心細そうだった。

「ドゥーンのほうがうまくやったけど、課題がかんたんだったものね。蛙になれって言われてた。」

「まあ!」と、マは言った。

「おもしろかったよ」と、ドゥーンは言った。「大きく、ピョーン、ピョーンと跳んで、ほっぺたをふくらませたんだ。ピアノの人が助けてくれた。跳びたくなる曲を弾いてくれたから、それに合わせて、跳んだの。」

「そんなの、ダンスじゃないわ」と、クリスタルが言った。

「ダンスだもん」と、ドゥーンは言った。

「もちろん、そうよ。」ミス・グリンが、そう言いながら、姿を見せた。「それも、いちばん大事な部分ね。さて、クリスタル、もし、あなたが本気なら……」

「本気です。ああ、ほんとにそうなんです。」

「じゃあ、試してみましょうか。とりあえず、六カ月——もし、ご都合がつくのなら、ですけど、ミセス・ペニー？　土曜の朝と、午後に週二回。」

「二回ですか？」マは、週一回ならいいのにと思っていた。水曜なら、早く店を閉める日だ。マは最初、パにむかって、「ごくかんたんよ」と言ったのだった。「クリスタルは、ここで地下鉄に乗れば、乗り換えなしで、スイス・コテージまで行けるわけだし、そこから二分、歩けばいいんだから……」しかし、パは、「うちの子どもたちを、一人でロンドンの街に出したりはせんぞ」とがんばったのだ。「おまえが連れていって、迎えにいくしかないな、モード。家と店とを切りまわしながら、そこまでやれるか？」しかし、ミス・グリンは、「クリスタルには、それが必要です」と、言ったのだった。「とても長い、困難な道ですわ、ミセス・ペニー。いったんなされてしまったことを、もとにもどすというのは、とても大変なことですからね」と。

「あの子には、そのう……？」ママは、「治療」という恐ろしい言葉を、口にすることができなかったが、ミス・グリンがかわりに言ってくれた。「足の問題は、なんとかなるだろうと思っています。そうひどいことにはなっていませんし、幸い、クリスタルの足は丈夫で、いい形をしています。でも、家では、毎日、足のための運動をしなくてはなりませんね。一日一回ではなく、二回。」ミス・グリンは、そう言って、ほほえんだ。「あなたには、つらい日をすごしてもらうことになるでしょうね、クリスタル。一年か、もしかしたら、もっと長く、バーを使った運動と、センターに出ての運動をするだけ。ほかには、マイムと民族舞踊を、少しやるだけね。ここでは毎年、参観日を設けて、ご両親やお友だちに観にきていただくようにしているけれど、外で踊ることは、一切認めていません。だから、辛抱、辛抱、辛抱ということになるわ。それでも、がまんできるかしら、クリスタル？」

ママが驚いたことに、クリスタルは、「はい、お願いします」と言い、帰り道で、深い敬意をこめて、「信じられないほど、すばらしい方ね」と言った。「ママは、うれしくないの？」ママはうれしかったが、落ちこんでもいた。ミス・グリンは、「さて、ドゥーンのほうですけど」と、言ったのだった。

「ドゥーン？　でも……ただ、ついてきただけで」と、マは説明を試みた。「ドゥーンにダンスをさせようとは、考えたこともございません。」

「考えるべきだと思いますよ。この子の素質は、本物です。」

マは逃げ道を探し、「ほかのことはべつにしても、うちにはとても、それだけの余裕はございません、ミス・グリン。一人で、精一杯です」と言った。

「それじゃあ……」ミス・グリンは、見るからにがっかりしていたが、そのとき、いきなりドゥーンが、口を開いた。「ぼく、あなたから踊りを習うつもりはありません。ミセス・シェリンから習いたいんです。」

「ドゥーン！」

「まあ、なんて失礼な子。」

マとクリスタルが同時に叫んだが、ミス・グリンは、おもしろがっているような目で、ドゥーンを見下ろした。「いやなの？」

「ええ」と、ドゥーンは言った。「ほら、ミセス・シェリンは、ぼくを教え慣れてますから。」

「教えてもらったことなんか、ないじゃない」と、クリスタルが言った。

「教えてくれたもん。廊下で。」そしてまた、ミス・グリンにむかって、「ぼく、あなた、好きです――大好きです」と言った。なんとかミス・グリンの気持ちを傷つけまいと、気にかけていたのだ。「でも、ミセス・シェリンのほうが、もっと好きなんです。」

「ミセス・シェリンのことは、もうたくさん」と、マが言いかけたが、ミス・グリンは、ドゥーンにむかって、まるで大人を相手にするような敬意をこめて、こう言った。「自分の先生たちに忠実であるというのは、すばらしいことだわ、ドゥーン。それをけっして忘れないように……」

「ペッポも。」ドゥーンは突然、ペッポのことを思い出した。

ミス・グリンは、ペッポとはどんな人かとはたずねなかったが、「ペッポも、ミセス・シェリンもね――でも、あなたが、さらに先へ進むべき時も、いつか来るのよ。ミセス・シェリンに、どうお思いか、おたずねしてみれば」――ここでミス・グリンは、マのほうへ向き直った――「ひとつ、ご提案をさせていただきたいんですけど、あなたがクリスタルの授業料をお支払いくださるのなら、ドゥーンを授業料なしでお教えしますわ――ただし」ミス・グリンは、目をキラッとさせて、つけ加えた。「ただし、この子とミセス・シェリンが、同意してくだされば、ですけど。」

「ミセス・シェリンですって！　この子をミセス・シェリンに近づけたりはいたしませんよ。」

「私なら、喜んでそうしますけどね。」ミス・グリンは、返事をうながした。「で?」

「たいへんご親切なお申し出で……」

「全然、親切なんかじゃありません。この子は、私の誇りになってくれそうですわ。」

「しかし、この子のパは……」マは「父親」と言うのを忘れていた。「自分の息子が踊るのを許すとは思えません。」

「才能があっても? あなたも、ごらんになって、おわかりのはずですわ、ミセス・ペニー。」

「それは、なんとも……」マは、目をパチパチさせた。自分は、この子が踊りらしい踊りをするところなど見たことがない、とは、言わなかった。「考えてみてください」と、ミス・グリンは言った。「きっと――ええ、きっと、この子のためにも、クリスタルに対してとおなじように、できるかぎりのことをしてやりたいとお思いになると、信じていますわ。」マは、「もちろんでございますとも」と言ったが、その言い方は、いかにもあやふやだった。帰り道で、マは、「どうしたらいいのやら」と言った。

「信じられないほど、すばらしい方ね!」と、クリスタルは、くり返した。まだ、驚きと喜びで、有頂天になったままだったのだ。

「それはそうだけど、ドゥーンのことは、どうしたらいいものやら?」

クリスタルは、持ち前の計算高さを取りもどしていた。自分では認めたくないことだったが、クリスタルは、もし、ドゥーンもいっしょということでなかったら、ミス・グリンは自分を受け入れなかっただろうと察しており、歯を食いしばって、「いまに見てなさい！」と、自分に言い聞かせた。とりあえずは、ドゥーンも来させなくてはならない。しかたがない、と、クリスタルは考えた。

電車は揺れた。クリスタルも、疲れきって困ったような顔をしたマも、ドゥーンも、いっしょに揺れた。ドゥーンはまだ、蛙になったままだった。ジャンプ、ジャンプ――蛙の長い脚でジャンプ。ほっぺたを引っこめ――息を吐き出し――またふくらませて、ジャンプ……そのとき、クリスタルが、「マ」と言った――電車の音がうるさかったので、大声を出さなくてはならなかった――「マ、あの方、ドゥーンには、無料で教えるとおっしゃったの？」

「そうよ。一人分の授業料で二人。お得なお話ではあるけど……パがね。」

「パにお金を出してもらわなくてすむんなら、言わなくたっていいんじゃない？」と、クリスタルが言った。

ミス・グリンの授業や、そのアシスタントをつとめている、金髪のステラの授業が終わると、クリスタルはしばしば、すっかり汗だくになった。マダム・タマラのところでは、そんなことはなかった。脚や腕が痛むこともときどきあったが、ミス・グリンが一度でも笑いかけてくれると、顔を輝かせて帰ることができた。

ミス・グリンは、クリスタルのポアントを取り上げてしまった。生まれ変わったクリスタルは、「あたしの用意が整ったら、返してもらえるの」と言った。家で、毎朝毎晩するように言われている足の運動も、雑に片づけたりはしないで、きっちりやった。「ほんとに、よくがんばること」と、マは言った。パは、「いつまで続くことやら」と言ったが、何週間たっても、何カ月たっても、それはきちんと続けられていた。

「あたしは驚かないわ」と、マは言った。「あのね、ウィリアム、あなたに話してなかったことが、ひとつあるの。マダム・タマラが——あの日」——マは、競技会という言葉を口に出すことができなかった——「あの日、こんなことを言われてたの。『ああ、フィル、あたしが言いわけとして言えるのは』——フィルって、ブラウンさんのことよ——『唯一の言いわけとして言えるのは、教えはじめたときからずっと、いつかはと、希望を持ち、信じてた、ということなの。そのうちきっと、だれか特別な……』」

「特別な、なんだい？」と、パはたずねた。

「『本当に特別な才能を持った子に、出会えるだろうって。』」マは、そこまで言うと、ぐいとあごを持ち上げた。「ねえ、ウィリアム、あたし、それが、クリスタルだったんだと思うの。」

六カ月がすぎるころには、クリスタルがミス・グリンのもとを離れることなど、考えられないほどになっていたが、それはみんなにとって、不思議なことでもあった。マは約束を守って、店を手伝ったが、土曜日の朝と、毎週二回の午後には、ロンドンへ出かけた。幸い、校長のミセス・カーステアスは、その二回の午後、クリスタルとドゥーンが学校を休むことを、「勉強についてこられれば、ですよ」という条件で、許してくれた。家へ帰ってお茶を飲むとすぐ、小さいドゥーンさえもが、本を相手の勉強に取り組まなければならなかった。それは、骨の折れる毎日だったが、そうすることで、二人がバレエの世界の現実に近づいていきつつあることが、マにさえも感じられた。

エニス・グリンの学校には、優雅な静けさが浸透しており、それは最年少の生徒たちにまで及んでいた。クリスタルにも、ルースがスタイルのことを言ったとき、何を言おうとしていたのかということが、なんとなくわかりかけてきた。まず第一に、そこには制服があった。「バレエ学校に制服があるなんて、知らなかったわ」と、マは言った。ミス・グリンのバレエ学校の少女たちは、短い白いチュニックを着て、白い靴下の上に、薄いピンクのサテンの靴をはき、髪は頭のてっぺんにまとめて、薄いピンクのリボンで縛ることになっていた。マは、クリスタルのために、白い肩掛けを編んでやらなくてはならなかった。肩や胸を冷やさないための、半袖の小さなウールのセーターも必要だった。少年たちは、黒い半ズボンをはき、エニス・グリンの頭文字であるEとGを組み合わせた飾り文字のついた、白いベストを着た。

「ドゥーンがしゃべらないかしら」と、マは言った。

「しゃべらないわよ。第一、しゃべったって、だれも聞きゃしないわ」と、クリスタルは言った。

ドゥーンの授業は、クリスタルとはべつの部屋で行なわれた。男の子は、ほかに四人いた。「四人も！」ドゥーンはすごいと思ったのだが、ミス・グリンは、「女子二十人あたり、男子一人しかいないんだから」と、嘆いていた。

ほかの四人は、みんなドゥーンより年長だった。マーク、シドニー、セバスチャン、そして、チャールズだ。「マーク、シドニー、セバスチャン、そして、チャールズ」と、ドゥーンは、聖歌を歌うときのように、何度も何度も唱えた。「マーク、シドニー、セバスチャン、そして、チャールズ」。みんな、ドゥーンには、ろくに目もくれなかった。「みんな、ロンドンに住んでるからね」と、ドゥーンは説明した。そのことで四人は、ピルグリムス・グリーンが自分の世界であるドゥーンとは、壁で隔てられていたのだった。四人はドゥーンのことを、「一ペニー」と呼んだ。「ちびなもんで、二ペンスにもならないんだよな」と、チャールズが言った。最初、みんなは、セバスチャンのもとに団結し、「幼稚園じゃないんだからな」と言って、ドゥーンが仲間入りすることに反対した。「待ちなさい」と言ったのは、みんなを教えていたステラだった。ドゥーンのジャンプを見ると、みんなは黙り、列を作るときには入れてくれ、自分の番なのにぐずぐずしていると、つついて教え、ステップにつけられたフランス語の名前の意味を教えるなど、何かと手助けをしてくれるようになった。「どうして、フランス語なの？」と、ドゥーンがたずねると、チャールズが、「バレエは世界じゅうに広まってるから、共通の言葉が必要なんだ」と言った。

「世界じゅう！　でも、どうしてフランス語なの？　英語じゃ、だめなの？」

「それは、バレエがフランスではじまったからさ。」

「マが、ロシアではじまったと言ってたよ。」

「いや、フランスだよ。もっとも、昔のロシアでは、宮廷ではフランス語が使われていたんだ。」

「へえ」と、ドゥーンは言った。「ありがとう、チャールズ。」まもなく、ドゥーンの聖歌からは、「マーク、シドニー、セバスチャン」が抜け落ち、ただ、「チャールズ、チャールズ、チャールズ」となった。

チャールズ――チャールズ・イングラムは、クリスタルと同い年で、ドゥーンよりもずっと大人だった。明るい赤毛で、茶色い目は親切そうで、ひきしまった身体をしていた。「これまで見たうちで、いちばんうまいんだ。ルースやクリスタルより、うまいよ」と、ドゥーンはウィルに報告した。いまやチャールズは、ドゥーンのヒーローで、ドゥーンは、「ぼく、ミス・グリンのとこへ行って、よかった」と言った。

　ドゥーンは、ミセス・シェリンに会いにいった。ミス・グリンに忠告してもらったので、マには言わないで、出かけた。今度は、ドアが開いていた。

　そこは以前のままであると同時に、ちがってもいた。教室の壁は、白く塗られて、きれいになっていた。ガスを燃やすヒーターはなくなっており、窓はきれいに輝いていたが、バーはもとどおりついていたし、アップライトのピアノもあった。ミセス・シェリンは、オーバーオールの仕事着ではなく、ミス・グリンとおなじような服装だった。いちばんうれしかったのは、ピアノの前にフェリクスさんがいたことだった。ちょうど、クラス・レッスンの最中で、ドゥーンはじゃまをしないようにそっと部屋にはいり、いつも居場所にしていた、ピアノのすぐそばの腰かけにすわった。フェリクスさんは驚いたかもしれないが、そんな様子は見せずに、そのままピアノを弾きつづけた。しかし、左手だけで弾くところに来ると、右手を下ろして、ちょっとドゥーンの髪にさわってくれた。

「お母さまは、あなたがここへ来てることをご存じなの？」

「ううん」と、ドゥーンは言った。「でも、行くだろうとは思ってるよ。」クラス・レッスンが終わり、ミセス・シェリンとフェリクスさんだけになると、言いたかったことが次々に転がり出てきた。ミス・グリンのこと、新聞の取材のこと、自分やクリスタルがしたこと――ドゥーンは蛙のジャンプをやってみせた――ミス・グリンが、マに提案してくれたこと。

「エニス・グリンが、授業料なしで教えてくださるんですって？」と、ミセス・シェリンは言った。「あんたは、とんでもなく運のいい子ね。」

「運なんて、よくなくていいよ」と、ドゥーンは言った。「ぼく、これからも、おばさんに教えてもらいたいんだもん。」

ミセス・シェリンは、真剣な顔になった。「ドゥーン、ちゃんと聞いて。私は、あんたには教えられないわ。まず第一に、お母さまがお許しにならないでしょ――たとえ授業料なしでもね。でも、それだけじゃないの。」ミセス・シェリンは、ピアノの椅子にすわり、ドゥーンを抱き寄せた。「あんたは、王立劇場で観たようなダンサーになりたいのよね。」

「あのバラみたいな？」と、ドゥーンはたずねた。「それとも、プードル？　うん、なりたい！」

「それがあんたの望みなのよね。だったら、あんたは、ダンスがあんたを連れていくところへ、行かなくちゃならないわ。どんどんどん、よくなっていける機会があれば、一つだってのがさずにね。私は、ごくふつうの教師にすぎないわ。どうしてルースが、よそへ行ったと思う？」

「奨学金をもらったからでしょ。」

「ええ、私よりずっとずっといい先生から習うための、奨学金をね。あんたに起こったのも、そういうことよ。それはまるで……梯子を上っていくようなものなの。いろんな人を、置いていかなくちゃならないのよ。」

「ミス・グリンも、そう言ってた。」

「きっと、そうおっしゃったでしょうね。そのとおりよ。」

「ちがうよ」と、ドゥーンは言った。

「でも、そうなの」と、ミセス・シェリンは言った。しかし、まだ小さい少年にすぎないドゥーンは、ふくれっつらになった。ミセス・シェリンは、急いで顔をそむけた。

そのとき、「ちょっと言わせてもらっていいかな？」と、フェリクスさんが、口をはさんだ。そして、「いいかい」と、ドゥーンに語りかけた。「ミセス・シェリンとお母さんがおっしゃるようにしなさい。君は、ミス・グリンから、ダンスを習うんだ。いいね？」

「わかった」と、ドゥーンは震える声で言った。

「でも、だからといって」と、フェリクスさんは、話を続けた。「君が私たちから、離れることにはならない。」

ミセス・シェリンは、いったいどういうことかと振り向き、ドゥーンは、ふくれっつらをひっこめた。そして、信じきった目で、フェリクスさんを見つめた。「君には、もうひとつ、学ぶべきことがある」と、フェリクスさんは言った。「本物のダンサーになろうと思うならばだ。君は、音楽を学ばなくてはならん。」

「お、おんがく？」

「君は、ハーモニカを吹くね？　うん、それはとてもいいが、君がいま必要としているのは、もっとべつの楽器だ。」楽器などというのは、ドゥーンには、これまで縁がなかった言葉だった。「ピアノはどうかね？」

「ピアノ？」頭がくらくらして、ほかのことが、みんな吹き飛んでしまったような気がした。「ぼくに、ピアノ、習わしてくれるってこと？」

「教えて、だ」と、フェリクスさんは、厳しく訂正した。「この、古バケツみたいなやつでじゃない。」フェリクスさんは、そのアップライトのピアノを、ジャーンと鳴らした。「私のピアノでだ。あんたのママが、やらせてくれればだがな。出かけていって、頼んでみよう。」

「クリスタルにも、教えてくださいます？」と、マはたずねた。

「いや」と、フェリクスさんは言った。

「あなたは、ちゃんと聴くということを、なんとかして学ばなくちゃだめね」と、クリスタルは、ミス・グリンに言われていた。以前、マダム・タマラが、「あんたたち、耳がついてないの？」と、悲鳴のように叫んだことがあったが、ミス・グリンは、そのときのマダムとおなじくらい、かんかんになっていた。「音楽のレッスンを、受けなきゃだめね」と、ミス・グリンは言った。

「暇がなくて」と、クリスタルは逃げようとしたが、「暇を作りなさい」と言われてしまった。ミス・グリンの言葉は、託宣のようなもので、マは、「ふっと、フェリクスさんのことを思いだしたの」と言った。マは、パには、フェリクスさんの来訪が神のおはからいのように思えたとは言わなかったし、ドゥーンのことも言わなかった。

「クリスタルの月謝は、ちゃんとお払いしますわ」と、マは、フェリクスさんに言った。そして、パには、「あの人、お金に困ってるにちがいないのに」と言った。「オーバーはみすぼらしいし、マフラーは、ぞっとするほどよれよれだし、やせこけてることといったら。ろくに食べてないにちがいないのに、月謝のことを言ったら……」

「私は、月謝はいただきません。」みすぼらしい姿にもかかわらず、フェリクスさんは、背の高さといい、誇り高い顔つきといい、銀色になった髪といい、ペニー家の居間には場違いなくらい、威風堂々として見えた。「私が教えるのは、ひとえに、愛のためです」と、フェリクスさんは言った。「私は、ドゥーンに教えます。」

マは、クリスタルのことを思って、がっかりした。「わけがわからないわ」と、マは言った。「このところ、どこでも、ドゥーン、ドゥーン、ドゥーンなんだから。」

「クリスタル、クリスタル、クリスタルが、ちょっと変わっただけだろ」と、ウィルが言った。


フェリクスさんは、ヴィクトリア朝時代に建てられた古い建物の、四階の二部屋に住んでいた。そこまでピアノをどうやって運び上げたのか、ドゥーンには、見当もつかなかった。宙を飛んできたんだと言われても、驚かなかっただろうが、フェリクスさんは、脚をはずして、布でくるんで、横倒しにすれば、運べるんだと教えてくれた。

それは、スタインウェイのグランド・ピアノで、とても大きく、つやつやと輝き、居間のほとんど全部を占領していた。二部屋とも、マダム・タマラの部屋以上に雑然としており、そこらじゅうに、本や、楽譜や、洗っていないカップと受け皿――フェリクスさんは、マグカップが嫌いだった――や、食べ忘れたものがそのまま載っているお皿があり、椅子の上や床のあちこちには、脱ぎっぱなしの服が散らかっていた。隅っこには蜘蛛の巣がかかっており、古いストーブから飛び出す火花などのせいで、あちこちに焼け穴のある敷物の上には、灰がちらばっていた。しかし、ピアノは、完璧なまでに磨き上げられており、ドゥーンがはじめてそこへ行った日、フェリクスさんは、回転する椅子をぐるぐるまわして高くし、その上に電話帳を四冊置いた。そうしないと、ドゥーンの手は、鍵盤に届かなかったからだ。手を広げて、はじめてその鍵盤にさわったとき、ドゥーンは、たいていの男の子が、ロールスロイスを運転する機会を与えられたら感じるような気分を味わった。

「音、出して、いい?」と、ドゥーンはささやいた。

フェリクスさんは、ほほえみたくなるのをがまんした。小さいドゥーンがそこにすわると、ピアノはとても巨大に見えた。「そのために、ここへ来たんだろ?」と、フェリクスさんは言った。「さあ……」

ドゥーンは、フェリクスさんが、自分がピアノを大事にしているのとおなじくらい、だれかに大事にしてもらえるといいのにと思った。一度、浴室兼用のトイレへ行ったら、バスタブのなかは靴下の山だった。どうやら、フェリクスさんは、ありったけの靴下を使ってから、粉せっけんといっしょにバスタブに放り込み、かきまわして洗うらしかったが、洗ったところで忘れてしまい、すすいでつるすべきところを、そのまま放っておいたのだった。ドゥーンは、なんとかしたかったが、手を出さないほうがいいような気がした。どっちみち、そこにはいっている靴下は、みんなすり切れて薄くなり、穴だらけだった。フェリクスさんが裸足だったことも、あったのではないだろうか？　ドゥーンは、心配になった。特に、その住まいのなかに、パン以外の食べものが見当たらないことに気づいたときには、とても心配し、小さいかごに果物を――オレンジや、バナナや、梨を入れて、ピアノの鍵盤の蓋の上に置いてくるようにした。パがいつも子どもたちに、「果物は、いつでも好きなだけ取って、食べていいぞ。果物は身体にいいからな」と、言っていたからだ。ドゥーンは、「くだもんいいから、たべてね」とカードに書き、果物かごの上に置いてきた。ドゥーンもフェリクスさんも、それについては何も言わなかったが、次に行ってみると、果物は常になくなっていた。

　一週、また一週と、時がたてばたつほど、ドゥーンの驚きは増すばかりだった。自分、このドゥーン・ペニーが、こんなに巨大な楽器に力を及ぼし、しかも、ゆっくり、ゆっくりとではあるが、その力を増していきつつあるなんて……。英語を読むのにあんなに苦労したのに、楽譜なら、こんなに楽に読めるなんて……。

　フェリクスさんの教え方は、昔風だった。まずは、五本の指を動かす練習、それから、音階へ、そして、和音とアルペッジョへと進む。はじめてアルペッジョをやってみたとき、ドゥーンは、駆け上がっていく音が部屋のなかに響きわたるのを聴いて、ミス・グリンのところで、はじめてアラベスクをやったときのことを思い出した。フェリクスさんがレッスンをしてくれたのは、いつも、土曜日の午後だった。バレエのレッスンは火曜日と木曜日の午後で、それ以外の午後には、自分で練習をするために通った。フェリクスさんは、平日の午後には、ミセス・シェリンのバレエのレッスンのために、ピアノを弾きに出かけていたが、ドゥーンを信じて、鍵を渡してくれたのだ。一人でピアノの前にすわると、ドゥーンは、以前、ハーモニカを吹いたときに感じたように、これまでに聴いたことのある音楽が、そこから引き出せそうな気がした。最初のうちは、右手で音を一つ一つ鳴らしてみるだけだったが、やがてフェリクスさんが、三度、五度、七度の和音を教えてくれて、左手もいっしょに使えるようになってきた。

フェリクスさんは、ドゥーンがこんなふうに弾いたら、怒るだろうか？　ドゥーンにはわからなかったが、やってみずにはいられなかった。フェリクスさんは、土曜日のレッスンの最後に、何か弾いて聴かせてくれることがあり、ドゥーンはよく、「ぼくも、それ、習える？」とたずねた。「たぶん、そのうちな」と、フェリクスさんは言った。そんな曲の一部分か、何かそれに近いものを、ドゥーンがすでに弾けるようになっているとは、フェリクスさんは知らなかった。マークやシドニーやセバスチャンやチャールズも、ピアノの練習をしているのだろうか、とドゥーンは思った。もし、チャールズが……だが、ドゥーンは、あいかわらず内気だったので、みんなにたずねてみたり、ミス・グリンのところに何台かあるピアノにさわったりすることはできなかった。──どっちみち、どれも全然、スタインウェイみたいじゃない。やがてドゥーンは、しぶしぶ椅子から下りた。「三十分以上はだめだぞ」と、フェリクスさんに釘をさされていたのだ。しかし、やがて、「上出来だ。一時間弾いていいぞ」と言ってもらえた。ドゥーンはいつも、ピアノの蓋をそっと閉めると、磨き抜かれた板をなでた。そのなで方は、まるで、大好きな友だちに、おやすみなさいの挨拶をするかのようだった。

ペニー一家は、どんどんバラバラになっていくようだった。ウィルはいちばん年上なので、常に、一人、離れていた。ジムとティムとヒューイーは、それぞれ自分のしたいようにしていて、お互いのことには、ろくに関心を持たなかった。それでもみんな、クリスタルのことは、当然のように、よく知っていた。みんなの尻尾にくっついているドゥーンは、ウィル以上に一人ぼっちで、何をしようが、どこへ行こうが、だれにも関心を持たれなかった。ただ、ウィルだけは、秘密に勘づきはじめていた。何カ月かたったころ、ウィルは、ドゥーンが箱のような小部屋のなかで、ベッドの手すりに指を走らせて練習しているところを目撃し、火曜と木曜にはひどく疲れて帰ってくることにも気づいた。黒くて小さい半ズボンと、白い袖なしのシャツが、クリスタルのチュニックと並べて、よく物干しの紐にかかっていたし、このところドゥーンはうれしそうで、何かに没頭している様子だった。しかし、ウィルがたずねてみると、「秘密なんだ、ウィル」としか言わなかった。「マが、パに言っちゃ、いけないって。」

「どうしてか、わからないな」と、ウィルは言った。「どうしておまえが、あのドシンバタンとうるさいクリスタルみたいに、レッスンを受ける必要があるんだ？」

「クリスタルも、ミス・グリンのとこへ行くようになって、前みたいにドシンバタンしてないよ」と、ドゥーンは熱心に言った。「ほんとに、そうなんだから、ウィル。」しかし、厳しい練習にいそしみ、従順になり、自分を制御できるようになっても、クリスタルはやっぱり、クリスタルだった。

二人が二度目の夏学期を迎えた、ある火曜日に、二人はマに、いつもより三十分早く、エニス・グリンの学校へ行くようにと言われた。「ほんの少しだけ授業をしてくださるそうよ。ミス・グリンは、それには必ず出るようにとおっしゃってたわ。なんでも、そのあと、バレエの衣裳が見られる大事な催しがあって、あんたたちには、ぜひそれを見てほしいんですって。」

マはもう学校へは、ついてこなくなっていた。クリスタルは、もうじき十歳になろうとしていた。「なんとまあ！　エニス・グリンのところへ通わせていただくようになって、そろそろ二年になるんだからね！」と、マは言った。

それは、だれにとってもつらい二年間だった。マから見ると、踊ることの楽しさも興奮も、すっかり失われたように思えることが、しょっちゅうだった。「練習、練習、練習ばっかりじゃないの」と、マは一度、いらだちをぶちまけたことがあった。

「マには、わからないのよ」と、クリスタルは、偉そうに言った。「マには何ひとつ、わかっちゃいないんだから。」マは、いつかもそうだったように、あまりに傷ついて、何も言い返せなかった。そして、たぶん、子どもたちが行こうとしている催しが、バレエの衣裳の展覧会だったせいで、二人が出かけるとすぐ上へ行き、洋服ダンスを開けて、そこにかかっている衣裳をながめた。衣裳はどれも、とてもていねいに作ってあった。コロンビーヌの衣裳は、汚れ物のなかにつっこんであったのを、助け出しはしたが、つらくて、まともには見られずにいた。虹色のドレスがあり、タランテラ用の広がるスカートがあり、リボンで飾ったタンバリンもあった。パウダー・パフと呼ばれる、ふわっとした袖のドレスもあったが、涙が出てきて、まともには見られなかった。こんなにきれいですてきなものは、みんな過去のものになってしまったのだ。そう感じずにはいられなかった。まばゆい光も、花々も、拍手も、そして、自分に理解できるような音楽も……。そのうちまた、そうしたものと再会できる、何もかもが、夢にも思わなかったほどすばらしくなって、もどってくると、マに教えてくれる人はいなかった。マは、指を伸ばして、青い絹地のひだをなでようとしたが、ハンガーのひとつが揺れてじゃまをし、伸ばした指にさわったのは、ドゥーンが首につけていた、ピエロのひだ襟だった。

その展覧会は、ヴィクトリア・アンド・アルバート博物館で開かれていた。「このパスがあれば、みんな入場できるわ」と、ミス・グリンが言った。「バスはまっすぐそこまで行くし、ヴァレリーが、あなたたちを連れてってくれるわ。」

「ヴァレリーが!」と、クリスタルは喜んだ。

「ええ。ロンドンの地理にはくわしいしね。もう十二だから、ちゃんと責任が持てるでしょうし。」ミス・グリンが「でしょうし」と言ったその声には、ちょっと心配そうな響きがあった。「ヴァレリーが、あなたたちをここへ連れて帰ってくれるわ。博物館は五時までで、お母さまには、ちゃんと家へ帰れる列車に乗せますとお約束したし。」

クリスタルは、ずっと前から、黒い目に、黒っぽい巻き毛で、頰の赤いヴァレリーにあこがれ、うらやんでもいた。頰が赤いのは、頰紅を使っているからだった。「アイ・シャドウも使ってるのよ。それに、ピアスもしてるし。パは、十六になるまでだめだと言うの！」クリスタルは、バスの停留所まで歩くあいだに、ヴァレリーに自分を印象づけ、気に入ってもらおうとがんばった。クリスタルは、その気になれば、人を楽しませることができ、不機嫌だったヴァレリーも、明るい表情になり、「ちっちゃい子を二人も、連れ歩かなくちゃならないなんて」と、文句を言っていたのに、じきにクリスタルと、しゃべったり笑ったりしはじめた。ヴァレリーはドゥーンとは、口をきこうとしなかった。

博物館は、ドゥーンの想像をはるかに超えて、大きかった。王立劇場よりも大きく、入口の巨大なアーチだけでも、そのままそこで、ずっと見ていたくなるほどだった。玄関広間はさらに大きく、大理石の柱が立ち並び、制服を着た案内の人たちがおり、いくつもの廊下がずっと先まで続いていた。しかしヴァレリーは、先を急ぎたがっており、「さっさと片づけましょ」と言った。「このくだらない展示を見るのは、今度で三回めだもん。」

クリスタルが足を止め、「いいことがあるわ」と言った。「オデオン座で、映画をやってるの。でも、大人といっしょじゃないと見られないの。」ヴァレリーの輝く目が、ますますキラキラしてきた。「でもチケットさえ買えれば——ほら、あなたは十八には見えるじゃない

――だれかのあとにくっついて、はいれるわ。次のマーブル・アーチ行きのバスに乗れば、ちょうど間に合うわよ。」クリスタルはいつも、お小遣いをたくさん持っていた。「あたしがおごるわ」と、クリスタルは言った。

「でも、ミス・グリンのほうはどうするの？　展示にあった衣裳のこと、きっと聞かれる……」

「あなた、もう二回見てるんだから、教えてくれるでしょ。ドゥーンもいるし。この子は、こういうことに強いのよ。ここへ置いていけば……」しかし、ドゥーンは、異議をとなえた。

「ぼくも、見ちゃいけない映画を見たいよ。」

「あんたは、だめ」と、クリスタルは言った。「あんたは展示が見たいでしょ。ほら、ここに入場券があるわ。あたしたちのは、半券をちぎっとく。カタログも買ってあげるわ。ミス・グリンが、一冊買いなさいって言ってたから。」そしてさらに、「何もかもよく見て、ちゃんと覚えとくのよ」と、だめ押しをした。「時間はいくらでもあるんだから。五時にはもどってくるから、この入口のとこに来てなさい。いい？」

「こんなとこに、いたくないよ。いやだ」と言ったが、クリスタルはドゥーンを、ドアのなかへ押しやった。

見まわすと、そこから延びる通路の両側には、ガラスケースがいくつも並んでいて、ケースのなかには、見慣れないものが、いろいろはいっていた。もっとも、そのなかには、ドゥーンにはあまり珍しくないものもあった。それは、さまざまなバレエ・シューズで、先の硬いのもあれば、やわらかいのもあったが、すっかり使い古したものばかりで、内側にサインがしてあるものもあった。どれも、とてもていねいに並べてあったが、へんなところに書くんだなあと、ドゥーンは思った。へんてこな小さな角がついた、金色のかつらもあった。「牧神」のなんとかというバレエで、「ニジンスキーが使用したかつら」と、書いてあった。「ニジンスキー」という名前は読み取れたが、ニジンスキーって、だれなんだろう？　牧神って、何なんだろう？　扇や、マフや、花や、櫛や、幅の広いリボンや、梨みたいなへんてこな形をした木製のものもあった。そのへんてこなものは、房のついた紐で、二つずつ、つながれていた。「カスタネット」と書いてあるのが読めたが、「カスタネット」って、何なんだろう？　そこにはたくさんの人がいて、子どももたくさんおり、先へ移動しなくてはならなかった。「こちらです」と、案内係が言った。トンネルのようなところにはいると、急にまっ暗になった。それまでが明るかったので、まるでまっ暗闇のなかに落ちこんだような気がした。

一瞬、ドゥーンは、恐怖に襲われた。まるで、子ども時代に、手探りでベッポのところへ行こうとしていたときみたいだった。しかし、すぐに音楽が、以前、王立劇場で聴いたような、オーケストラの音楽がはじまった。ドゥーンは忍び足で先へ進み、立ち止まると、まるで舞台の縁からフットライトに照らされるときのように、足もとがゆっくりと明るくなった。頭の上にも、たくさんの明かりがともり、黒いカーテンを背景にした黒い台の上に、ピンクのチュチュを着た人形が立っているのが見えてきた。チュチュのふちの飾りは濃いピンクで、銀と金で刺繍がしてある。照明が暗くなり、ドゥーンはうろたえて、あえいだ。すると、また明るくなって、今度は、一群の若者たちの人形が現れた。みんな、兜に羽根飾りをつけており、金糸で刺繍したチュニックを着て、首もとにレースの襟飾りを垂らしている。またまっ暗になり、再び明るくなると、そこには、丸い縁なし帽をかぶったとても愉快なヒキガエルが、うずくまっていた。まだら模様のクリーム色のタイツをはき、金属のように光るごわごわした布で作られた皮膚には、鈍く光る宝石のような石が、いちめんにちりばめてあった。

ドゥーンにも、この展示の仕組みがわかりはじめた。人形には、番号がつけられていた。台やカーテンが黒いように、人形も黒かったが、ドゥーンは、どの顔もみんな、静かで美しいと思った。人形たちに、かわるがわる照明が当たると、それぞれのグループの前に置かれた小さな立て札にも照明が当たり、そのバレエの題名や、ときには、まさにその衣裳を着た有名なダンサーの名前を読むことができた。ドゥーンは歩きまわって、それぞれの衣裳を、再び暗くなるまでながめた。踊りたくなるような音楽が流れていたが、人形たちはじっとしていた。『狐になった奥さま』というのがあったが、どうやって狐になるのかなと、不思議に思った。その衣裳は、もしゃもしゃした赤茶色の素材で、身体にぴったり合うように作られた、おかしな服で、首もとからは白いひだ襟が垂れ下がっていた。タイツは、ポアント・シューズの足元まであり、シューズの先には黒い爪のようなとんがりが、いくつかついていて、手には小さな黒手袋をはめていた。たぶん三回どおり見たとき、眠りの森の美女――それまでに、名前を読み取っていた――のそばに、オレンジ色のタイツに、オレンジ色と金色の錦織りのチュニックを着た、とても立派な王子がいるのに気づいた。明かりがまた暗くなるまでのあいだ、ドゥーンは、その王子ばかり見ていた。クリスタルやヴァレリーのことは、すっかり忘れてしまっていた。

ずっとそこにいたわけではなかった。二時間半はとても長く、休みたくなると、絵葉書や本などが売られている玄関広間へ行って、並んでいるものをひとしきりながめてから、また、展示のほうにもどった。会場係の人たちは、好きに出入りさせてくれた。そのうち、外には出ずに、ずっとなかにいるようになった。脚が痛くなると、展示台のはしっこの、衣裳のすぐそばにすわった。さわろうと思えばさわれそうだったが、そんなことはしなかった。ときには、まぶしくなって目をつぶったが、そうすると、音楽が身体の内側で鳴っているような気がした。

録音テープは二十五分くらい続き、少し休んで、またはじまった。そして、いつも、ちょっと気味が悪くて悲しげな、不思議なメロディーとともに終わった。そのとき、照明は、会場のまんなかの大きなショーケースのなかにある、白い羽根の衣裳に当たった。ほぼ全体が白い羽根でできていたが、胸のあたりに一つだけ、深紅の宝石が輝いていた。二回目のひとめぐりのとき、ドゥーンがそこに立っていると、だれかがうしろからささやいてくれた。「それは、矢が当たったところで、赤いのは血の滴よ。パヴロワが『瀕死の白鳥』を踊ったときの衣裳ね。」声はさらに続いた。「パヴロワはね、亡くなるときに、白鳥の衣裳を持ってくるように頼んで、それから、白鳥のように死んでいったの。」ドゥーンは、のどが詰まって苦しくなるのを感じた。音楽は、ゆっくりと、静かに、死にゆくものの最後のひそやかな吐息のように、消えていった。

毎回、録音がその最後の部分にさしかかるたびに、ドゥーンはその展示ケースのところへ行って、じっと立っていた。

四回目のころには、観客は減りはじめており、ドゥーンはほとんど一人ぼっちで、白い羽根のなかの深紅の宝石を見つめながら、音楽の最後の、悲しくてさびしげな調べを待ち受けていた。そのとき突然、轟くような声が響きわたり、静寂をぶちこわした。「オズワルドは、すばらしく見事にやってのけたと、言わざるをえないね。」

「黙ってよ！」と、怒り狂った小さな声がした。「いま、しゃべっちゃ、だめ。静かにして！」

ドゥーンは、あまりにかんかんになっていたので、自分がしゃべったことにさえ、ろくに気づいていなかった。逆上した少年は、目を怒りで燃え上がらせて、大人たちの一群をにらんだ。大声を出した男は、声に負けないくらい大きな男で、ビロードの襟のついた濃紺のオーバーを着ていた。それより若い紳士が二人いて、一人はグレイのフランネルのズボンの上にセーターを着ており、いかにも展覧会の関係者らしかった。そのほかに、レディが一人いた。ドゥーンは頭のなかで、直感的に、「レディだれそれ」と大文字で書く称号を思い浮かべた。髪が灰色だったので、年寄りなんだなとは思ったが、背筋はすっと伸びて、ほっそりしていたし、目はクリスタルとおなじくらい、青かった。

「いやはや！　こいつは、やられたな」と、大きな紳士が言った。二人の紳士は大笑いし、ドゥーンは、床の下にもぐりこめたらと思った。しかし、レディは笑わなかった。それどころか、「この坊やの言うとおりよ。私たちも見習って、ちゃんと敬意を払わなくちゃ」と言ってくれた。そして、ドゥーンのそばまで来て、見下ろすと、「お名前はなんていうの、小さな坊や」とたずねた。

「いったい全体、どこにいたの？」と、ミス・グリンが、このときばかりは、おだやかとは言えない声で言った。ヴァレリーとクリスタルも加わった。「何、やってたのよ？」「だれなの、あれは？」

当然、予想していていいことだったが、二人が見るべきでなかった映画は、遅くまでかかった。「五時、すぎちゃったわ」と、ヴァレリーが心配そうに言ったが、「大丈夫よ」と、クリスタルは言った。「ドゥーンは待ってるわ。いつだって、あたしが言ったとおりにするから。」

「でも、ミス・グリンに、なんて言うつもり？」

「衣裳があんまりすてきだったから、最後の瞬間まで見てたって言えばいいわ。」

しかし、クリスタルは、バスを降りながら、「あっ！」と叫んだ。博物館は閉まっており、ドゥーンの姿は見えなかった。「あの子、皮をひんむいてやるわ。こうなったら、言わないわけにはいかないわね。」

「そうね。グリン女王陛下は、かんかんでしょうね。あの人の大事な展覧会のかわりに、映画を見てたなんて。」

しかし、ミス・グリンは、「映画のことはかまわないわ。私だって、以前ならやったかもしれないもの。でも、うそは許せないわね」と言った。

「クリスタルが考えたんです」と、ヴァレリーがすばやく言った。

「責任逃れをするつもりね。二つも年上なのに。」ミス・グリンはがっかりしていた。「うそつきの、ごまかし屋ね、そろいもそろって――それにしても、ドゥーンはいったいどこなの？」

ミス・グリンは博物館に電話をかけた。しかし、小さな少年はいなかった。博物館が閉まったときに、とじこめられたのだろうか？「あの子のことだから……」と、クリスタルは言ったが、「もちろん、どなたも残ってはおられません」というのが、返事だった。

「でも、ほんのちょっと、たしかめていただけたら」と、ミス・グリンは頼みこみ、やっぱりだれもいないとわかって、「お母さまにお電話するしかないわね」となった。ミス・グリンは、うろたえているのを声に出さないように努めたが、ちょうどそのとき、自分には無関係だと思いたい「騒動」から逃げようとして、窓辺へ行っていたヴァレリーが、叫び声をあげた。

「いたわ！　車に乗ってる――運転手つきの車よ！」

その運転手が、ドゥーンを上まで連れてきて――「ここでいいね、ドゥーン？」――帽子に軽くさわってミス・グリンに挨拶すると、みんながわっとドゥーンを囲んでいるあいだに、下へ降(お)りていった。「いったい、どこにいたの？」「あれは、だれの車？」「いっしょにいたのは、だれ？」

「大きな紳士(しんし)の車で、いっしょだったのは、レディだよ」というのが、ドゥーンの返事だった。「クリスタルとヴァレリーがいなかったから、あの人たちが送ってくれたの。」

「なんてレディ？」

「レディだよ。」ドゥーンには、くり返すたびに、それこそが、さっきの人にぴったりの名前だと思えるようになっていた。

「マにいつも、知らない人とおしゃべりをしてはいけません、って、言われてるでしょ」と、クリスタルが言いはじめた。

「知らない人じゃないもん。あの人は……」しかしドゥーンは、あの人がだれかを、言うことができなかった。

「あなたはダンスが、本当に好きなのね？」と、あの人は、言ったのだった。

「うん。」ドゥーンの世界のすべてが、その「うん」にこめられており、気がつくとドゥーンは、マダム・タマラのことを、ミセス・シェリンのことを、ミス・グリンのことを話していた。

「エニス・グリンね？」と、その人はたずねた。「それはすてきね。それから？」そしてドゥーンは、いつのまにか、『バラの精』のことを、フランスのおもちゃ屋さんのことを、プードルのことを話していた。その人は、「ほんとにみごとだったわよね」と言い、また明かりがついて、音楽がはじまると、ドゥーンの手をひいて、案内してくれた。三つか四つの場所では、立ち止まって、バレエの内容を説明してくれた。その人が説明をはじめると、音楽が止まることに、ドゥーンは気づいた。ほかの子どもたちも、まわりに集まってきた。ドゥーンは、その子たちのお母さんたちが、何やらささやきかわしているのに気がついたが、その人は、全然目を向けようともしなかった。

シューズのところへ来たとき、その人は、そこに書いてあることについて、説明してくれた。「バレリーナにとって、片方のシューズに、自分の名前をサインして渡すというのは、それ以上はないほどの、敬意のしるしなのよ」と、レディは言った。

「でも、これ、すごく古いよ。」

「古くはないわ。はきつぶされてるだけ。」それはドゥーンには、おなじことに思えた。

「そのうち、『眠りの森の美女』っていうバレエを見る機会があると思うけど、それに出てくるお姫さまは、四人の求婚者と、ローズ・アダージオっていう踊りを踊るの。その一つの踊りだけで、右足のシューズのつま先は、完全にすり切れてしまうのよ。」

「どうして、もう片方はすり切れないの？」

「ほとんどのあいだ、右足のポアントで立っているからよ。でも、フィナーレを踊ると、今度は左足のがすり切れてしまうの。」最後まで見終わると、レディは立ち止まり、ドゥーンにむかって、こう言った。「さあ、今度は、おしゃべりはしないで、音楽と照明だけで、しっかり見ましょう。」

「マダム、もう閉館です」と、紳士たちの一人が、レディに言った。ほかの子どもたちは、押し合いへし合いしながら、出ていこうとしていた。「あと十分だけ待ってほしいと、言ってちょうだい。このテープがあと十分で終わるから。」そして、「何も傷みはしないでしょ」と言ってのけた。会場に残っているのが、自分たちと紳士たちだけになると、レディとドゥーンは、また音楽と照明のなかを歩いていった。やがて、白い羽根でできた衣裳ひとつだけを展示した、大きなガラスケースの前に来ると、もうじゃまをする者はだれもおらず、レディはドゥーンといっしょに、黙ってそこに立った。最後の音も消えていき、ドゥーンはもう、がまんができなくなった。ドゥーンは頭を垂れ、その手を握っていたレディの手の上に、涙が一滴、落ちた。

一瞬、レディは、それを見下ろした。ドゥーンは、レディが何も言おうとしなかったことを、ありがたく思った。「男の子は、泣かんもんだ」という、パの声が聞こえるような気がしたが、どうにもならないときはどうすればいいんだろうと、ドゥーンは思った。レディはそっと、ドゥーンの手を放した。そして、「さあ、もう行かなくちゃね」と言いながら、その指で、ふわっと、ドゥーンの頬に触れた。「いつかそのうち、あなたが踊るのを見にいくわ。」

ドゥーンは、ぎょっとした。「ミス・グリンは、見学をさせないんです。」

「きっと入れてくれると思うわ――それに、私があなたを引き止めておいたことも、たぶん怒らないでくれるでしょう。」そして、大柄な紳士のほうに手を伸ばして、「ペンを貸して、アレックス」と言った。そして、ドゥーンが持っていたカタログに、「ドゥーンへ、バレエ衣裳の展覧会にて」と書き、サインをした。

ミス・グリンは、そのカタログを見て、ミセス・シェリンとそっくりおなじに、「あなたは、なんて幸運な子なのかしらね。それは、ずっと大事に持ってるのよ」と言った。しかしクリスタルが、割ってはいった。「お願いですから、この子のかわりに、持っていてやってください、ミス・グリン。家へ持って帰ったら、みんなに見せるでしょうから、パにも見せないわけにいかなくなります。」

それを聞いて、ミス・グリンは、「お父さまは、いまだに、ドゥーンのことを、ご存じないの?」とたずねた。

そのことは、大きな問題として、マにのしかかってきていた。

エニス・グリンのバレエ学校では、毎年、生徒たちの両親や友人たちのための、参観日が設けられていた。卒業生の少年少女たちもやってきたし、王立バレエ団からも何人かが観にくるということも、よく知られていた。最初の年、クリスタルとドゥーンは、出演させてもらえなかった。「まだ、ここへ来て、あまりたちませんからね」と、ミス・グリンは、マに言った。それでも、マにも、招待状は来ていた。二年目である今年は、ちがっていた。クリスタルは、選抜された十人の男女による、デモンストレーション・クラスにはいっていた。それに、ハンガリーの踊りであるチャールダーシュも踊ることになっていた。それは、女子二人、男子二人の演目で、男子は、セバスチャンとチャールズの二人だった。「四人のうちの一人なのね」と、マはがっかりしていた。「でも、赤いブーツをはくのよ」と、クリスタルは言った。すると、パが、自分も行くと言いはじめた。

「ドゥーンを出さないようにしていただけませんか？」と、マは、ミス・グリンに頼んだ。

「それは、かわいそうじゃありませんか、ミセス・ペニー？」

「ドゥーンは気にしません。置いてきぼりには、慣れてますから。」

「うちでは、子どもたちを、そんなふうには扱いません。」ミス・グリンの、そっけないその言い方に、マは赤くなった。それを見てミス・グリンは、気持ちをやわらげた。「あの子には、『くるみ割り人形』のなかの中国の踊りを、子どもむきにしたものを、踊ってもらいましょう。あれなら、メーキャップと衣裳で、わからなくできますから。」

「うちの主人は、あの子がいると思って探しはしませんしね。なんせ、クリスタルに夢中なもので。」マは元気づき、思ったとおり、パはドゥーンには気づかなかった。それほど、クリスタルに注意を奪われていたのだ。クリスタルについては、「ずいぶんきちんと、上品に踊ってたな」と、驚いた様子だった。「あの子は本当に、踊れるようだな、モード。」パはすっかり甘くなって、クリスタルが音楽を勉強する費用も出してくれることになった。ミス・グリンが、マのために、先生を見つけてくれていた。それは、ミス・グリンのピアニストの一人の、ミス・ラモットだった。「いつだって、うちの小さいマダムのために、財布の底をはたくことになるんだからな」と言いながらも、パは上機嫌だった。「しかし、ほかの子たちに、不公平になりはせんかな？」

「子どもが求めるものは、その子、その子で、ちがっています」と、ミス・グリンが言った。

「ええ」と、マはため息をついた。そして、「ドゥーンが早く飽きてくれないかと、思ってるんですが」と言った。

「それどころか、あの子は、一日一日と、熱中するようになっていますよ、ミセス・ペニー。ご主人にも、もうお話しになったほうがいいと思いますね。」しかし、ドゥーンは、直接言うのではなしに、自分で、パに知らせはじめていた。

「水曜は、ドゥーンの誕生日だな」と、パが言った。「あの子は何がほしいんだって、モード？」

マはためらった。「本がほしいみたいよ、ウィリアム。」

「本とは、また！」ペニー家の子どもが、誕生日に本をほしがったためしはなかった。「ろくに読めもせんくせに。」

「それはそうだけど、それでもほしいみたい。」

ウィルは、学校で賞をとって、本をもらったことが、何度かあった。男の子たちはみんな、ときには学校の図書室から本を借りてきたが、それは決まって、スパイ小説かＳＦだった。本当に自分のお金を出して買う本はというと、マンガか雑誌に相場が決まっていた。「十一ポンドもする本だそうで」と、マは言った。「本一冊に、十一ポンド！」パは、ショックを受けた。おかしなことだが、もしそれが、その十倍する自転車だったら、実際、ヒューイーのときにそうしたように、パは、ぶつぶつ言いながらも、ドゥーンにも買い与えていたことだろう。「公平にしないとな」と言いはしたが、パには、自転車のことならわかっていた。

「いったい、何の本だ?」と、パはたずねた。

「ミス・グリンのとこで見たようで、写真がたくさん載っていて、『ダンスの魔法』というんだとか。」

「『ダンス』だと! 男の子が?」

「クリスタルにくっついていって、見たんだと思うわ。」

「なら、クリスタルについていかせるのは、やめにしよう」と、パはぶつぶつ言った。「誕生日にほしいもんが、ほかに何かあるか? こっちの気が変わらんうちに言えよ。」パは、皮肉まじりに、ドゥーンにそうたずねた。

「グランド・ピアノでもいいけど」と、ドゥーンは言った。


「グランド・ピアノだと。ドゥーンは、ピアノを習っているというのか。」パは、くらくらしてきたようだった。

「ちゃんと習ってるわけじゃ、なさそうだけど」と、マは説明した。「フェリクスさんが、教えてくださってるのよ。あの方は、ドゥーンをかわいがってくださってるようでね。クリスタルみたいにちゃんと習ってるんではなく、月謝も、払わせる気はおありじゃないようだけど。」

しかし、パが気にしていたのは、お金のことではなかった。「ドゥーンがやりたがっているというのか？　好きでやっとるということか？」

「週に何回か、午後に出かけていって、練習してるようよ。そのぶん、悪さはせずにすんでるわ。」そしてマは、訴えるように言葉を続けた。「ウィリアム、ドゥーンのことは、いったいどうしたらいいのやら、よくわからないのよ。上の子たちは、ずっと大きいもんで、あの子をじゃまにしてるし、クリスタルにはクリスタルの友だちがいるし。」

「あの子には、友だちがおらんのか？」

「どうやら、だれも……」

「いるよ、もちろん」と、ドゥーンは言った。「フェリクスさんでしょ、ミセス・シェリンでしょ、ルースでしょ……」たぶん、チャールズも、と思ったが、声には出さなかった。

「いま聞いとるのは、学校でいっしょの、遊び友だちのことだぞ。」

「そんな暇、ないもん」と、ドゥーンは言ったが、それは本当だった。クリスタルにとって、この二年間がたいへんだったとすれば、ドゥーンにとっては、それよりはるかにたいへんだったのだが、だれもそれに気づいてはいなかった。学校へ行き、置いていかれないために家でも勉強し、踊り――クリスタルとちがって、自分で練習もした――音楽もやり、それもちゃんと練習した。放課後や週末には、できることなら、みんなみたいに、サッカーやクリケットがやりたかったが、そんな暇があっただろうか？　どっちにしてもドゥーンは、自分がやっていることのほうが好きだった。しかし、パは、「うちの子にしちゃ、変わっとるな」と言った。

「チームに入れてもらえるまで、待ってやって」と、マは言った。「みんなの話じゃ、なかなかうまいそうだから。」

それを聞いて、パは安心した。「ほかのことには、そのうち飽きるだろう、ということだな？」マは、ミス・グリンに言われたことは、伝えなかった。「あの子は、一日一日と、熱中するようになっていますよ」と言ったのだ。パは、ドゥーンの誕生日に、クリケットのバットを買ってやった。ドゥーンはそれを、自分の部屋の隅の目立つところに飾ったが、それは、そのままそこを動かなかった。

「私には、よくわからないんですけど」と、ミス・グリンは言った。「ミセス・ペニー、どうしてあなたは、こういうことを、そんなに変わった、目新しいことのように思われるんでしょう。ダンスに関心をお持ちだし、テレビでだって、しょっちゅうバレエをやっているというのに。」

「うちには、テレビは、居間に一台あるだけなんです」と、マはしぶしぶ言った。「主人と息子たちは、サッカーとかの、いろんなスポーツや、西部劇や、ヒットしているポップスの番組や、ニュースなんかを見たがるもので。」

「クリスタルも?」

「あの子には、もちろん、自分の部屋にテレビがあります。」

「それをいっしょにごらんになったりは、なさらないの?」

「え——ええ、まあ、このところは——そのう」——マは、ミス・グリンに、こんなことを打ち明けたくはなかった——「あの子は、息子たちとおんなじものが、好きなようで、ほんとのところ、晩になると、店のこともございますし——主人は、毎朝、四時十五分前に出かけますし、家のことも、みんなの世話も、片づけやら、料理やら、以前は、クリスタルの送り迎えもございましたし、いまでも見送りだけはしていますけど、晩になると、くたびれすぎて、なにも頭にはいらなくなって」と、マは、みじめな思いで言った。「たしかに、あたしには、よくわかっていないみたいです。」すると、驚いたことに、ミス・グリンが、身をかがめて、キスしてくれた。そして、「あなたは、すばらしいことをなさってるのね。ほんとに、すばらしいわ! 子どもさんたちは、あなたがいらっしゃらなかったら、どこへも行き着けやしませんよ」と言った。

そのキスが、どれほどマを元気づけたかを知ったら、ミス・グリンは、驚いたことだろう。

ミス・グリンは、クリスタルがピルグリムス・グリーン小学校の催しで踊ることも、許可してくれた。虹に扮するとか、そんな特別なものではなく、単に「ワルツ」という踊りだったが、ミス・グリンは、わざわざクリスタルのために、それをアレンジしてくれた。

「ドゥーンは？」と、校長のミセス・カーステアスがたずねた。「あの子は、踊らないの？」

「あの子は小さすぎますので」と、マは口早に言った。パが来るからだ。

クリスタルは、マが作った、ひだになったチュニックを着て、髪をうしろでまとめ、銀色のリボンで結んで、カールを垂らしていた。マは、フェリクスさんに、ピアノを弾いてくれと頼んだ。

「曲は？」と、フェリクスさんは、疑わしげな顔をした。マは、手元の紙を見ながら、「ブラームスのワルツです。イ長調の」と言った。

フェリクスさんは、ほっとしたように、「ああ！」と、言った。そして、終わったあとで、「おなじ女の子だとは、わからないくらいだったよ」と言ってくれた。「おめでとう。」

マは、あまりそれが気に入らなかった。クリスタルも同様で、その踊りをばかにしていた。ワルツの最後の部分はテンポが速く、それを踊り終えて、ハアハア息を切らしながら、クリスタルは、「退屈だわ。ほかの女の子たちも、きっと、そう思ってるわよ」と言った。「ああ、ミュージカル・ナンバーがやれるといいのに。シルクハットで、燕尾服を着て、ステッキを持って、タップを踏むの。」それは、ヴァレリーがいつも言っていることだった。

ミス・グリンと話す前だったら、マも、そのほうが楽しそうだと思っただろう。しかし、いま、マは、「ミセス・カーステアスが、早引けをさせてくださってるのは、バレエのお稽古のためなんだからね」と、厳しく言い渡した。「クラシック・バレエの。」

　クリスタルは、わざとらしく、小さなあくびをした。マはそれが、自分に見せるためにわざとやったあくびだと気づき、冷たい恐怖の先触れのようなものが、心臓をつかむのを感じた。「子ども自身が望むのでなければ、だめです」と、ブラウン氏が言ったのだった。ミス・グリンのアシスタントのステラも、「踊りたくない子どもを、無理に踊らせてはだめ」とか、「決めるのは、子どもよ」などと、おなじ意味のことを言っていた。バレエの関係者であるこの人たちには、自分、マが、気づいていないことが、見えているのだろうか？　それでも、次の瞬間、クリスタルはまたステージに走り出て、拍手に対して、とてもきれいに腰を落としてあいさつしていたし、そのあとでは、先生たちからおほめをいただき、ほかの子どもたちに興奮で迎えられていた。でも、あの子は、ミス・グリンのところには、興味を失ってきているようだと、マは思った。なんとかして、何かちがうことを考えなくてはならない。

第5章

マは、大通りで、ミセス・シェリンに出会った。「クリスタルが、学校のコンサートで、ソロを踊らせていただきましたの。」

「存じております」と、ミセス・シェリンは言った。「新聞で読ませていただきましたわ。とてもよくやっていらっしゃるみたいですね。」

「ルースさんは、いかがですか？」

「がんばってくれています。じつをいうと、十月に、王立バレエ学校のオーディションを受けることになっていますの。」

「王立……」マは、驚きと困惑のあまり、開いた口が閉じられなくなってしまった。「そんな学校があるんですか？」

「ええ、バッキンガム・パークのなかの、クィーンズ・チェイスですわ。ほら、ルースも、もうそろそろ十一ですものね。プロになろうと志すのなら、勉強もちゃんと続けていける学校で、フルタイムのトレーニングをしていただくしかないですから。クィーンズ・チェイスなら、それができますし、運がよければ、さらに上の学校へも行けますものね。」

「でも、バッキンガム・パークは、ロンドンの反対側じゃありませんか。」

「ええ。寄宿舎に入れていただくしかありませんわ。」

「寄宿学校ですの！」マは、くらくらしてきた。そんなところの学費を、どうやって払うつもりなのだろう？　それをたずねたくてたまらなくなった瞬間に、ミセス・シェリンは、まるでマに質問されたかのように、こう言った。「先に、奨学金がいただけるように、申請しておくべきだったんですけど、ルースが合格できるとは、とても思えないものですから。なんせ、千人もの女子生徒がオーディションを受けるそうで、空きはほんの二十人かそこらですものね。」しかし、マは、もう、ほとんど聞いておらず、買い物袋をぎゅっと握りしめ、自分にむかって、「ああ、どうして気がつかなかったのかしら！」と、くり返していた。

「クリスタルがここで、すばらしい教育をしていただいていると、思っていないわけではございません」と、マは話しはじめた。

二人のほかにその部屋の中にいたのは、ドゥーンだけだった。ドゥーンは、隅っこにすわって、学校で講読している「ダンシング・タイムズ」を拾い読みしていたのだった。クリスタルは、ヴァレリーといっしょに、先に帰っていた。ヴァレリーのために、ほかの友だちをみんな捨ててしまったクリスタルは、ヴァレリーに泊まりがけで遊びにくるように誘われて、すっかり有頂天になっていた。パは反対したが、行かせるしかなかった。「十二になって、十歳の子と、つきあおうってのか？　ふつうとは思えんな」と言い、「そのヴァレリーとやらは、何者なんだ」とたずねた。マは、「お医者さまのお嬢さんですって」と答え、それですべて解決と言わんばかりだったが、話を聞いたミス・グリンは、ちょっと眉をひそめて、「ヴァレリーがクリスタルにとって、いい友だちだとお思いですか？」とたずねた。

「お医者さまのお嬢さんだそうで。」

「医者をなさっているのは、お母さまで、とてもお忙しくて、あまりヴァレリーのために、時間が割けないようですわね。」

「だれであれ、面倒を見てくれさえすれば、あの子を押しつけようとしてるわ。」そう言ったのは、ちょうどそこを通りかかった、ステラだった。マは、ミス・グリンが、ステラを、単に助手として使うのではなく、対等に扱っていることに気がついていた。――もし、たずねられたら、ミス・グリンは、「もちろんですとも！」と言っただろう。「私が去るべきときが来たら、ほかのだれが学校を引き継いでくれます？」――ステラはそのまま、話を続けた。

「お父さまのほうも、あの子をいったいどうしたらいいか、見当もつかないみたいよ。」

「そのこともあって、あの子をここにいさせてるんです」と、ミス・グリンは言った。「もちろん、ひととおり踊れますしね。」

「ませた子ね。それに、嘘の達人」と、遠慮知らずのステラが言った。

「クリスタルにも、伝染しかねないということですのね。」マは、素行の悪さがハシカの一種であるかのように言った。

「クリスタルも、結構、嘘をつくわね。」

「そんな！」マは憤慨した。「クリスタルには、ただの一日だって、手を焼いたことなど、ございませんわ。」

ミス・グリンは、「女の子には、いろいろとやっかいごとがつきものですからね」としか、言わなかった。「でも、何か、ご用がおありだったんですわね、ミセス・ペニー。」

「はい。」そう言うと、マは、大きく息を吸った。「あたくしどもは、何も、クリスタルがここで、すばらしい教育をしていただいていると、思っていないわけではございません。しかし、来年にはあの子も十一で、進学することになります。そうなると、宿題が増えたりなんだりするでしょうし、上の学校の先生たちは、ミセス・カーステアスみたいに、踊ることについて、ご理解くださるとはかぎりません。それに、あの子にはもっと――もっと踊らせてやらないと、と思いまして。」

「それで?」と、ミス・グリンはたずねた。

マはついに、話を持ち出さざるをえなくなった。「ミス・グリン、あなたは、あの子が、王立バレエ学校に志願すべきだと、お思いになりませんか?」

ドゥーンは、この言葉を耳にしたとき、読んでいた「ダンシング・タイムズ」を、下に置いた。「王立」という言葉が、魔法の世界を呼びさましたように感じたのだ。その学校は、宮殿なのかもしれないと、ドゥーンは思った。バッキンガム宮殿のような建物の前に、衛兵たちがいるところが浮かび上がった。いや、ウィンザー城のようなお城かも……いつだったか、日曜日に、パが連れていってくれたことがあった。そそりたつ壁や塔のあるお城……だから、ミス・グリンが、あたりまえな声で言ったひとことは、衝撃だった。「王立バレエ学校の中等部のことですね。つまり、クィーンズ・チェイスね。」

どうやら、宮殿ではないらしい。でも、クィーンズ・チェイス、つまり「女王の追跡」というのは、興味をそそる名前だった。どうして、「追跡」って言うんだろう? ドゥーンは、不思議に思った。

「はい、クィーンズ・チェイスです。」それは、ミセス・シェリンが呼んでいた名前だった。

ミス・グリンがじっと押し黙ったままだったので、マは、自分で話を続けるしかなかった。

「先生は、子どもたちがそこに挑戦できるように、はげましてくださっているんですわね？」

「何人かについてはね。実際、チャールズは、この秋の試験に挑戦する予定です。」

「チャールズが！」ドゥーンはいまや、耳をそばだてて聞いていた。じゃあ、男の子も、そのえらそうな名前のところへ行けることがあるんだ。マーク、シドニー、セバスチャン、チャールズ——そしてドゥーンも。ドゥーンの心のなかに、新たな興奮が生まれていた。

「チャールズには、とても重要なことなのです。お父さまのイングラム大佐が、パリの大使館つき武官のお仕事を、仰せつかったものですから。」マには「大使館つき武官」というのが、どういうものか、さっぱりわからなかったが、なんだかえらそうに聞こえた。「ただちに任務におつきになるそうで、お母さまは、チャールズがこのままイギリスでトレーニングを続けられるようにと、願っておいでなのです。」

「お母さまが？」マは、このことで、ミセス・イングラムとのあいだに絆が生まれたように感じていた。しかし、ミス・グリンは、さらに言葉を続けた。「本当に意味のあることをなさっているバレエ・マニアという方がおられるとしたら、イザベル・イングラムこそ、その方ですね。実際、この学校の理事のお一人でいらっしゃるし。」

「じゃあ、チャールズは、合格するに決まってますね。」

「理事は、審査には関与いたしません。」ミス・グリンは、マがウィルの言う「ほのめかし」をやると、いつもそうするように、冷やかな鎧の下に身を隠してしまった。「それは、審査員の方々にゆだねられていますし、みなさん、評価だけに従って判断しておられます。」

そう聞いたマは、「チャールズというのは、赤毛の坊ちゃんじゃありませんか？」と言った。「クリスタルと同い年ですよね。なのに、あの子のことは、考えてくださらないんでしょうか？」

「ええ。」その断固とした言い方に、マは不安になった。

「合格すまいとお思いだからでしょうか？」

「いえ、たぶん合格するだろうと思うからです」と、ミス・グリンは、マには理解しがたい返事をした。それに対して、何も言えずにいるうちに、ミス・グリンのほうから、「ミセス・ペニー」とたずねてきた。「あなたは、なぜ、クィーンズ・チェイスなどということを、思いつかれたのですか？」

「ダンスの関係の知り合いから」――マはもう少しで「ライバル」と言いそうになった――「クリスタルのお友だちが、この十月のオーディションを受けるとお聞きしたもので、ルースが受けるのなら、クリスタルだって、と思いまして。」

「たぶん、そのルースさんは、ちがうタイプのお子さんなのね」と、アシスタントのステラが言った。

「どういう意味でしょうか？」ママは、ますます腹を立てて、問い返した。「ルースやチャールズは、どこがちがうんですか？　クリスタルは、うまく踊れてないんでしょうか？　だったら、何が悪いのか、教えていただきたいもんです。この二年というもの、ちゃんとお月謝をお払いしてきたはずですが？」ママは、なんとか自分を落ち着かせた。「すみません、ミス・グリン、しかし……」

「踊りの問題ではありません。実際、クリスタルの踊りは、あの子にがんばる気さえあれば、すばらしいものになるでしょう。踊りの問題ではないんです。」

「だったら、何だとおっしゃるんです？」

「クリスタル自身の問題です、ミセス・ペニー。王立バレエ学校というと、とても華やかに聞こえます。もちろん、ある意味ではそうですが、ある意味では、全然そうではありません。そこにはいった少年少女は、みんな、自分が何年ものあいだ、身体じゅうがぼろぼろになるほど激しい努力を続けなくてはならないことを、承知しています。うまくいったとしても、七、八年はかかるでしょう。自分の踊りを少しでもよくするために、苦闘を続け、そのためならば、ほかの子どもたちが好きなものや、楽しんでいることを、すべてあきらめられるようでなくてはなりません。それくらい、踊ることを愛していなくてはならないのです。

しかも、その行き着く果てでいただけるのは、ひょっとすると、ほんの小さな、見過ごされてしまうような役にすぎないかもしれません。でも、それを踊れるだけでもすばらしいと、思えるようでないといけないのです。息子や娘をそんな道に進ませるにあたっては、親御さんは、よほど慎重でなくてはいけません。」

「そして、実際には」と、ステラがまた口をはさんだ。「最終的に決断するのは、子ども自身ね。」

「ぼくは決断してるよ」と、ドゥーンは言ったが、だれも聞いてはいなかった。「あたしにわかるのは」と、マは言った。「クリスタルは、まだほんのおちびのときから、踊ることしか、考えてなかったということです。」そう言いながらも、マは、それが完全に本当とは言えないことに気づいていた。

「でも、あの子は、踊ることに飽きてきてるわ」と、ステラが言った。

「ええ。私も、伝説の人物じゃなくなってるし」と、ミス・グリンはほほえんだ。「ただの、うるさいおばさんですものね。いいえ、ミセス・ペニー、率直に申し上げて、私には、クリスタルが踊っているのは、踊ることへの愛のためでもなければ、踊ることの魔法によってでもないと、思えてならないのです。あの子はその魔法を感じてはいません。あの子が踊っているのは、クリスタル自身への愛のためです。でも、あの子を責めてはいけません」と、ミス・グリンは言った。「踊り続けるための『特別な』資質を持って生まれるのは、千人に一人、ひょっとすると、十万人に一人くらいのものでしょう。『プラス・アルファ』と呼んでもいいかもしれません。クリスタルには恵まれた素質がありますが、刺激を必要としています。拍車をかけてやらないといけないのです。フルタイムで訓練してくれる学校に入れてもらえるかどうか、当たってみましょう。そこなら、演劇や劇場というものにも、もっと触れることができます。」

「じきに役がつくでしょうよ」と、ステラが言った。「とてもきれいだから、パントマイムの役や、映画の……」

マには、クリスタルがそれを喜ぶだろうということが、わかっていた。しかし、大きなバッグをそれまで以上にぎゅっとかかえて、まっすぐに立った。「あたしは、やっぱりあの子は、王立バレエ学校へ進むべきだと思います。あなたもそこにおられたんですよね、ミス・グリン。あなたは、王立バレエ団で、いちばん重要なダンサーのお一人でいらっしゃいます。だから、クリスタルのためにお口添えをと、お願いしているんです。あなたには、そうなさる義務がおありになると思います。」

ミス・グリンは、マダム・タマラとはちがって、あれこれと注文されることには、慣れていなかった。だから、「それは無理です」と言った。「第一、その必要はありません。実際、志願の書類が出されたら、私はサインしないわけには行きません。誇りを持って申しますが、審査員たちは、私のサインをごらんになったら、それを人物証明書と受け取るでしょう。私は単に『可能性あり』の子を送ってきたのではなく、『有望』な子を送ってきたのだとね。」

「クリスタルは、そのどちらでもないと?」マは、顔をまっ赤にしていた。

「申し上げたはずです、ミセス・ペニー、私には、あの学校がクリスタルにむいているとも、クリスタルがあそこにむいているとも、思えません。」

「マ、クリスタルが行けないんなら、ぼくは?」マは跳び上がった。ドゥーンがその部屋にいることに、気づいていなかったのだ。

「おまえは、こんなところで、何してるの」と、マは、鋭く聞いた。

待ってたんだよ——決まってるでしょ? そう言うべきところだったが、いまは、それどころではなかった。「マ、ぼくは?」

「もちろん、だめですよ。外で待ってらっしゃい、このチビのおばかさん。」

ドゥーンが出ていくと、マは、なんとか気力をかき集めた。「さて、みなさんがクリスタルを援助してくださらないのなら、あたしがやるしかないですわね。オーディションへの応募はできるんですよね?」

「どなたでも、応募はできます。書類をさしあげましょう。」

「サインはしてくださいますか？」

「しなければいけないでしょう。」

「でも、なさりたくないんですよね。」マは、みじめな思いを爆発させた。「どうしてです？　ミス・グリン、どうして？」

「なぜなら――もちろん、私が間違っているかもしれませんが――人は常にまちがいをしでかすものですから――あなたがた、お二人とも、がっかりなさることになるだろうと思うからです。」そこへステラが、「ミセス・ペニー」と、口をはさんだ。「ドゥーンは、ただの、チビのおばかさんじゃないですよ。お子さんを、王立バレエ団に入れたいのなら、あと二年、あの子を待っておやりになることですね。」


　帰りの電車のなかで、マは突然、ドゥーンに矛先を向けてきた。あまりに気が動転し、驚き、困惑していたので、「自分でも、どうしようもなかったのよ」と、あとでウィルに言った。ドゥーンはすっかり疲れ果てて、電車の揺れに合わせて、身体をふらふらさせていたが、そこへマが、「おまえのいやなとこは」と、怒りを浴びせてきたのだ。「おまえのいやなとこは、ミミズかなんかみたいに、ほかの人のとこまで、こそこそ掘り進んでいって、自分に都合のいいようにさせてしまうとこね。」

「ぼく、そんなこと、しな……」ドゥーンは、あまりにびっくりしたので、ほとんど何も言えなかった。

「してるじゃないの。ミセス・シェリン、マダム・タマラ、フェリクスさん、ミス・グリン、それに、あのステラも。」ドゥーンはいつも、絵で想像するたちだったので、頭は自分の頭だけれど、身体はピンクと茶色の中間のようで、緑がかった茶色の目をした虫が、自分の大好きなそれらの人たちの身体のなかに、身をくねらせながら食いこんでいっている光景を思い浮かべた。ぞっとしたドゥーンは、「ぼく、そんなこと、しないもん」と、叫んだ。

「してるくせに」と、マは言った。「先生のペットなんだから、まったく。」

「先生のペット？」ドゥーンがそのことを話すと、フェリクスさんは、考えこむように、そう言った。クリスタルには、以前からそう呼ばれ、兄さんたちもそれに口をそろえていたが、マにそんなことを言われたのははじめてで、ドゥーンははずかしくなり、心が痛んでいた。

「それが、そんなによくないことかい？」と、フェリクスさんはたずねた。「先生が、男の子であれ、女の子であれ、自分が教えようとしていることに興味を持つ子どもを好きになるのは、自然なことだよ。先生のペットになるというのは、誇っていいことだと思うね。」

「みんな、笑うんだもん」と、ドゥーンは言った。「ジムも、ティムも、ヒューイーも。」

「笑わせておけばいい。ばかなハイエナたちなんだから。」

「ハイエナって、何？」

「群れになって走って、ほかの獣が殺した獲物を食べる獣だよ。」フェリクスさんは、怒りをこめて言った。「笑うような声で鳴くんだが、自分たちが何を笑っているのか、知らないのさ。さあ、時間をむだにするのはよそう。七ページを開いて。スケルツォだ——まずは、ゆっくりと……」


ウィルは、マが書類を書くのを手伝ってくれた。ケイトとの婚約を公表したウィルは、柔らかい茶色の髪をした、ほっそりした若者になっていた。小さな口髭もはやしていて、灰色の目に、縁が鋼でできた眼鏡をかけると、一人前の大人に見えた。それに、もともと、年齢のわりに、大人びていた。「こんなに何人もに、あとを追われてるんだから、しかたないだろ！」と、ウィルはよく言った。いま、ウィルは、「父親の身長？　母親の身長？」と、言っていた。「どうしてそんなこと、知る必要があるんだ？」

「この先、どれくらい伸びるか、見当をつける助けになるからよ。ダンサーは、大きすぎても、小さすぎても、いけないの。」

写真も必要だった。「レオタードで、なんて」と、クリスタルはいやがった。

「うしろからと、前からとね」と、マは言った。「髪が身体にかからないようにするのよ。」写真代も払わなくてはならなかったし、オーディションの参加費も必要だった。「ウィル、あんた、二十ポンド、貸してくれない？」と、マは頼んだ。「家事手伝いの仕事で、少しずつ返すから。」マには、新しい靴が必要だった。「でも、なんとかするわ」と、マは言った。

「父親の職業。」ウィルは「八百屋」と書こうとしたが、マは、「青物商にして」と言った。「そのほうが、よく響くわ。」そして、ウィルの目つきを見て、「ほんとだもの。商人にはちがいないでしょ」と言った。

「奨学金をもらいたいんだと思ってたけどな」と、ウィルは言った。「『青物商』なんて言うと、パが、金貨の袋を持ってるみたいに聞こえるよ。」そして、「どうして、かっこつけるのを、やめられないの？」と、たずねた。「それに、どうしてパに言わないんだい？」

「クリスタルが落ちるかもしれないもの。結果がわかるまで、パをわずらわせること、ないでしょ？」

「クリスタル一人じゃないんだぞ。ドゥーンもいるだろ。どっちに対しても、フェアなやり方じゃないな。」

「パのことは、あたしに任せておいて」と、マは言った。「だんだんに、慣れてってもらうしか、ないのよ。わかってるでしょ。そのうち……そのうち……」やがて、ぴったりな言葉を見つけ出したマは、「折りを見てね」と、えらそうにしめくくった。

「ミス・グリンでいらっしゃいますか？　どなたよりも先に、お知らせしたいと存じまして。クリスタルが、オーディションに、通りましたんですの。」マは、声が誇らしげになるのを、抑えることができなかった。「ええ、うれしいじゃございませんか。チャールズさんは、いかがでした？」ドゥーンは、心配そうに耳をすましていた。咲き誇るヒマワリのように広がる赤い髪をし、栗色の目を輝かせ、力強く踊るチャールズは、ドゥーンには、「バラの精」にぴったりのように思われた。マが、「まあ、そうですの。おめでとうございます」と言うのを聞いて、ドゥーンは喜びの吐息をもらしたが、マの声は、なんだか、がっかりしたように響いた。「クリスタルのお友だち？　ああ、ルースさんのことね。まだ、おうかがいしていませんの。」今度のマの声には、敵意がこもっていた。しかし、クリスタルは、「ミセス・シェリンに電話して、ルースのこと、聞いてよ」と、せっついた。「知りたいの。あの子が通ったかどうか、知っとかなくちゃ。」マは、「心にもないお世辞を使うのはごめんだわ」と言ったが、ミス・グリンにむかっては、とてもまじめに、腰を低くしさえして、言われたことを伝えた。「クリスタルは、まだ左足に問題をかかえているそうでございまして、しばらくは、その調整に取り組む必要があるというお話でした。ありがとうございます、ミス・グリン。」そして、マは、受話器を置くとすぐ、クリスタルにむかって、「ミス・グリンは、もちろんご自分のところへ来て、三月には大丈夫(だいじょうぶ)なように、リハビリに取り組むようにと、おっしゃってるわ。ほら、二度目のオーディションがありますからね」と、最後はパにむかって言った。

「まだあるのか？　とことんより好みをせんと、気がすまんのだな？」と、パは言った。

「確実に選ぶためには、必要なことなんでしょうよ。」

マがパに伝えたのは、ウィルに言わせれば、「本当ではあるが、本当のすべてではない」ことにすぎなかった。たとえば、クィーンズ・チェイスというのが、どんなところで、クリスタルはそこの寄宿舎にはいらなくてはならない、などとは、まだ言っておらず、伝えたのは、華々(はなばな)しいことばかりだった。「考えてもみて、ウィリアム！　何百人もの女の子のなかから、選ばれたのは、たったの二十人よ。それも、イギリス人だけじゃないの。海外からも来てるのよ。」パは、あまりにも何も知らず、今度のも、ちょっと毛色の変わったコンクールだと思いこんでいた。「このあいだのとは、全然ちがうのよ」と、マは、安心させるように言っていた。一種の資格試験で、それに合格すれば、教育機関から援助(えんじょ)が受けられて、認(にん)可(か)されているバレエ学校で学ぶことができる。「なんといっても、ああいう授業を受けるには、ずいぶんお金がかかりますからね」と、マは言った。

「まったくだ。」

「だから、奨学金があるんです。場合によると、年に千ポンド以上も、いただけるんですよ、ウィリアム。」マは、わざと控えめに言ったのだが、それでもパは、びっくり仰天した。

「そんなには、かからんだろう。」

じきに必要になるわ、と、マは思ったが、言いはしなかった。かわりに、「あなたは、これまでずっと、クリスタルにとって、いいパパでしたものね」と言った。――マはいまでも、あらたまったときには、「パパ」を使っていた――「ささやかなご褒美をいただくに値しますよ。」

「ささやかだと！　おれにはどうも――クリスタルみたいな小さい子どもに、そんな大金を……」

「才能があるからですよ」と、マは、もったいぶって、言った。「三月の試験にも通りますよ。通るに決まってます。ウィリアム、あの子は完璧です――少なくとも、完璧に近いんです。」マは、ささやかな分別を働かせて、そうつけ加えた。しかし、完璧なクリスタルは、それからまもなく、二つの驚きをもたらすことになった。それらは、ささやかとはいえ、いささか不愉快な驚きだった。

パは、クリスタルにプレゼントをしてやろうと、買いものにつれていった。「なんせ、千人以上のなかから選ばれた、二十人のうちの一人なんだからな」と、パは言った。「もし、次の回には選ばれんで、奨学金がもらえんとしても、なんか、これぞというもんを買ってやるだけのことはある。」パは、ブローチを選んだ。「丸くて、小さいんだが、真珠と、それも、本物の真珠と、トルコ石がちりばめてあってな、クリスタルの髪や目の色と、年格好に、ぴったりなんだよ。」それは、心づもりよりも高価だったが、「あんまりきれいだったからな」と、パは言った。クリスタルは、その翌日、一日ずっとヴァレリーとすごし、夕食の席では、ヴァレリーと出かけたあとではいつもそうだったが、自慢話をしたり、やたらに気取ったりしていた。やがてパが、「もう、たくさんだ、クリス」と言った。「おまえはまだ、バレリーナじゃないんだ。のぼせあがらんように、気をつけんといかんぞ。」

「のぼせが頭に来たみたいだな」と、ヒューイーが、くすくす笑った。「耳に、ピアスの穴、あけてら。」

「それがどうしたって言うの?」クリスタルは、つんと頭をそびやかして、仮に通してあるリングを見せびらかした。「だけど、おまえ、ちゃんとしたピアスは、まだ持ってないじゃないの」と、マが言った。

「持ってるわ。」クリスタルにも、赤くなるだけのつつしみはあった。「パ、もらったブローチ、とっかえたの。パは、気にしないと思って。」

パは、気にした。「おまえのために、選んだんだぞ」と、パは言った。「耳に穴をあけるとは――まだ十一なのに。」

「小さい子でも、おおぜいやってますよ」と、マはクリスタルをかばったが、マ自身も、パとおなじく、傷ついていた。「最近は、あたしとは出かけないで、いつもヴァレリーといっしょなんだから。」でも、「育ってきてるってことよね」と、マはパに言った。「このオーディションに合格したら……」マはそこで、口をつぐんだ。少なくとも、クィーンズ・チェイスへ行けば、ヴァレリーはいない。ミス・グリンは、あそこの規律は厳しいと言われていた。「必要なことなのです」と。

しかし、それを話して、パをなぐさめるわけにはいかなかった。まだ、クィーンズ・チェイスのことは、話していなかったのだ。マはクリスタルに、「おまえのことが、はずかしいよ」と言った。

「そんなはず、ないわ。」クリスタルは、マの身体に腕をまわし、顔に顔をこすりつけたが、それは昔からの、相手の心をとろけさせずにはおかない仕種だった。「マは、あたしのこと、自慢なのよね。そうよ、いくらだって自慢していいわ。マはうれしくて、うれしくて、たまんないんだから、ミス・オスマシヤカマシ・グリンの言うことなんか、聞く必要ないわ。」

「聞く必要ないって、いったい、それ……？」

「あの人が言ったこと、あたしが知らないとでも、思ってんの？」

マは、クリスタルを、押しやった。「聞いてたのね？　ヴァレリーと出かけたんだとばかり、思ってたわ。」

「出かけやしないわ」と、クリスタルは、平然と言った。「あたしのこと、議論するの、わかってたから、二人して聞いてたのよ。」

「立ち聞きするなんて！」と、マは言ったが、クリスタルは、聞いた話をまねてみせた。

「『クリスタルにとって、いい友だちだとお思いですか？』、『嘘の達人』」そして、クリスタルは、からかうように言った。「かわいそうなマ、あたしが悪の道に染まるとでも思ってんの？　あたし、退屈――ときどき、だれにもかれにも、うんざりしてしまうわ。」クリスタルは、ふっと口をつぐんだ。何かほかのことを思い出したらしく、顔が曇った。「けど、ステラが言ってたこと、あれ、どういう意味なの、マ？　ほら、『ドゥーンを待ってやれ』って、言ってたでしょ？　あの人、あの子のほうが、あたしより上だと言いたいわけ？」

「盗み聞き屋さんは、聞きたくないことを聞かされる、って、言うでしょ」と、マは厳しく言った。それでも、「あの子のほうが上なの？」と、クリスタルはなおも問い詰め、息をひそめて、ほとんど聞こえないような声で、「そんなはずない。ありっこないわ！」と言った。

ドゥーンにとって、その夏は、人目につかない小さな幼虫のように繭に包まれている時代の、最後の夏だった。そんな状態でいることは、ある意味で心地よかったが、いまや少しずつ、重なりあった糸が切れはじめ、ドゥーンは否応なく、明るいところへ押し出されていこうとしていた。

まず第一に、大人ではない友だちが、一人、できた。それは、友だちになれたらなと、夢見ることさえできずにいた、チャールズだった。ミス・グリンのところへ通いはじめたときから、ドゥーンはチャールズにあこがれ、できるかぎりそのあとにくっついてまわったし、チャールズのほうでも、上から見下ろすようにではあったが、それなりに親切にしてくれていた。「アン・ドゥオール*じゃない、つまり、外向きにじゃない。アン・ドゥダン*、つまり、内向きにだ」などと、説明してくれることもあった。「ほら、君はおなかをひっこめてない……」「そっちの足じゃない、左だ、このぼけなす。」しかしこの「ぼけなす」には、親愛の情がこもっており、チャールズは、「ほら、こうすれば、もっと楽にできるようになる」とも言ってくれた。そして、急に、二人は対等になった。それは、クラスでの、ある出来事からだった。

ミス・グリンが、教室へやってくるなり、「ミス・ラモットはどこ?」とたずねた。ピアノは蓋が閉まったままで、チャールズは、「知りません。ここにはいらっしゃいません」と答えた。

「ご病気です。」すぐあとからやってきた、ステラが言った。「インフルエンザだそうで、お休みです。」

「あら、困ったわ!」ミス・グリンは、いつもとちがって、同情的ではなかった。「ムッシュー・フルーリーがパリから来られて、授業をごらんになりたいそうなのよ。ジョンを女子のほうから連れてくるわけにもいかないし。」ジョンというのは、もう一人のピアニストだった。「もうっ!」

「ぼく、弾きましょうか?」ドゥーンは、ついそう言ってしまい、胸がドキドキするのを感じた。これがマの言う「見せびらかし」なんだろうか?「ぼく、弾きましょうか?」

「あなたが?」ミス・グリンは、驚きあきれた。

「できます。」ドゥーンの返事は、静かな自信に満ちていた。「椅子をもっと、高くしてもらえたら。」

「でも……楽譜は、全部、ミス・ラモットが持ってるのよ」と、ステラが言った。

「楽譜、いりません」と、ドゥーンは言った。「どんな曲か、とか、どのステップか、なんてことを、教えてもらえたら。」そして、ステラが椅子をぐるぐるまわして高くすると、さっそく、男の子たちがジャンプの練習のときによく使うマズルカのひとつを弾きはじめた。ミス・ラモットは、ダンサーたちが強い拍のところで跳び上がり、弱いところで下りるように弾いていたが、ドゥーンの弾き方は、それとそっくりおなじだった。みんなは、最初、ただ驚いていたが、じきに、まずチャールズが、ジャンプをはじめた。

終わったとき、マークが、「ひゃあ！」と言った。ほかの子たちは、驚きあきれて、ものも言えずにいたが、ミス・グリンは、「はい、結構」と言った。「さあ、みんな、バーについて、プリエ。ゆっくりしたワルツを、お願いね、ドゥーン。」ドゥーンには、言われなくても、わかっていた。

「信じらんないわ」と、ステラが言った。

「でも、ほんとなんだ。」シドニーは、ドゥーン同様に、言われたことを言葉どおりに受け取るたちだったので、そう答えた。ドゥーンはもちろん、ミス・ラモットやフェリクスさんがやっていたみたいに、それぞれのダンサーの力量にあわせて、加減しながら弾くなどということはできず、ただ、フェリクスさんになったつもりで弾いていただけだった。だから、少年たちは、ドゥーンのテンポに合わせるしかなかった。「悪いことではありませんよ」と、ミス・グリンは言った。ミス・グリンは、授業をステラに任せ、パリから来たムッシューを出迎えにいった。

ミス・グリンがお客さまに教室を見せてまわって、もどってきたとき、ちょうどクリスタルとドゥーンを迎えに来ていたマは、その人が、「あなたのところには、神童がいますね、マドモアゼル」と言うのを聞いた。

「ええ、楽しみですわ。あの坊やがその先へと、育っていってくれるのが。」一瞬、クリスタルのことだと思いこんだマは、チャールズのことだったんだわと、胸が痛むのをおぼえた。

着替えを終えたドゥーンは、ミス・グリンに呼ばれて、教室にもどった。「帰る前に、ちょっと聞きたいんだけど、あなたは、ポール・ド・ブラのときに使うショパンのノクターンを、全部弾けるの？　それとも、ミス・ラモットが練習のときに弾くとこだけ？」

「あそこしか、いりませんから」と、ドゥーンは答えた。

「それはわかるけど、弾けるの？」

「フェリクスさんに習ったけど、まんなかへんは、あんまりうまくいきません。ぼく、ほら、たいして弾けませんから」と、ドゥーンは言った。

ミス・グリンは、「なるほどね」と言い、さらにたずねた。「お父さまやお母さまも、あなたが弾くのを聴いておられるの？」

「いえ、うちにはピアノ、ないんです。」

「お母さまは、フェリクスさんのところへは、いらっしゃらないのね。」

「フェリクスさんが、きらいなんです。クリスタルに教えてくれないもんで。でも、ベッポがいなくなって、いまは、フェリクスさんが、ぼくのいちばんの友だちなんです。」

また、ベッポが出てきた。ミス・グリンは、少しずつではあったが、いろんなことをつなぎあわせて、ドゥーンの生い立ちを理解しつつあった。「きっとベッポが、あなたを、こんなにすばしこく動けるように、してくれたのね。」ミス・グリンは、ほとんどひとりごとのように、そうつぶやき、それから、「お母さまが、待合室に来ておられるわ。お呼びして、いま、ここで、あなたが弾くのを聴いていただきましょうか？　クラスで弾いたときみたいに」と言った。

ドゥーンは動かなかった。ちょっと気をそそられたが、首を横に振った。「きっとパに言うから、やめさせられます」と、ドゥーンは言った。「パが好きなのは、ちゃんとした男の子だけですから。」

「でも、ドゥーン……」

「どっちみち」と、ドゥーンは言った。「フェリクスさんが、そのうちマに話そうと言ってくれてます。」

「だったら」と、ミス・グリンは言った。「あなたのパには、そのうち私が、話すことにしましょう。」


「お城みたいだった？」と、ドゥーンはたずねた。

「どうして、お城みたいじゃないと、いけないのよ？」クリスタルの返事は、不機嫌そうだった。「邸宅が学校になってるだけ。」しかし、そのすばらしかったことも、よみがえってきた。「きれいな邸宅ではあったわね。白っぽいクリーム色で、白い円柱が立ち並んでて、大きくて。王女さまたちが、育てられてたらしいわ。」ドゥーンはうなずいた。そうだろうな。「でも、もちろんいまは、教室と、寄宿舎と、食堂とになってる。」

「教室……寄宿舎……食堂！」ドゥーンの夢が、天から降ってきたようだった。「そこらじゅうで、音楽が鳴ってた？」と、ドゥーンはたずねてみた。

「ぞっとするほど、ピアノだらけ」と、クリスタルは言った。「寄宿舎にまで、あるんだから。」

「うわあ！」と、ドゥーンは叫び、それから、「なんでそんなに、怒ってんの？」とたずねた。

「パよ」と、クリスタルは、ぶっきらぼうに答えた。

クリスタルは、第二次のオーディションを通り、マは、ついにパに、「すべてを」――といっても、本当のすべてではなかったが――打ち明けざるをえなくなった。「パは、天井を突き破りかねないほど、かんかんになるでしょうね。」

パは、天井を突き破るほど怒りはしなかった。寄宿舎のことを聞いてさえ、不思議なくらい静かだった。「クリスには、まあ、それが、いちばんだろうな」と、パは言った。

「クリスタルよ。」

しかし、パは、そのまま話を続けた。「あの子は、おれたちの手にはおえんようになってきとるよ、モーディ。」クリスタルが、パの買い与えたブローチをピアスと交換して以来、パは、クリスタルを避けるようになってきていた。しかし、マが必要としていた、オーディションの費用と写真代は、「申し込むときにも、ウィルではなく、おれに相談すべきだったと思うがな」と言いながら、出してくれた。パは、「クリスが行ってしまえば、おれにもまた女房が持てるようになるかもしれんな」と、冗談を言いさえした。

その六月、パとマとクリスタルは、招待されて、クィーンズ・チェイスへ出かけていった。校長の言い方によれば、それが「活動中」なのを見るためだった。

「ぼくも行っていい？」と、ドゥーンは頼んだが、「その子はだめ」と、クリスタルが、どならんばかりにさえぎった。「その子に近寄られるのは、ごめんだわ。」マは理解していたが、パはあきれ顔で娘を見つめた。そして、「興奮するほどのことじゃないだろう」となだめてから、ドゥーンのほうをむいて、「おまえには、おもしろくなかろうよ」と言った。ドゥーンは口を開きかけたが、そのとき、肩の上にマの手が置かれた。「あんたはウィルと、留守番してなさい。——姉さんを怒らせるようなことを、言うんじゃないの。」

三人は、店の小型トラックで、バッキンガム・パークを進んでいった。「どうしてトラックなのよ？　ハイヤーってわけには、いかなかったの？」

「うちの車は、このトラックだ。」パはそう言ったが、やがて、優雅で美しいパークを抜けて、館にむかう車道にはいり、ひろびろとしたゆるやかな斜面の上に、玄関に大きな柱が立ち並んでいる建物が待ち受けているのを、目の当たりにしたときは、身震いせずにはいられなかった。玄関のすぐ近くにある展示室で、上がガラス張りになった展示ケースを見たり、玄関広間そのものを見渡したりするうちに、その身震いはますます大きくなっていった。玄関からは、青い絨毯を敷いた幅の広い階段がのびていたが、その横には、サクランボの模様の白いふわふわしたドレスを着た少女の、等身大の肖像画が飾られていた。「かもなね」と、マはささやき、マダム・タマラが言ったことを思いだした。「コロンビーヌ」と、パは言った。「しかし、モード、ここは、おれたちみたいな者の来るところではないぞ。」

「あたしたちは、関係ないわ」と、マが、小声で言った。「クリスタルが来るところよ。」

そして、実際、建物のなかにはいると、そこは少年少女たちでいっぱいだった。子どもたちは、階段（かいだん）を駆（か）け上（あ）がったり、駆け下りたり、教室のなかや外で待ったりしていた。女の子たちと男の子たち、そして、音楽だ、と、パは思った。その子たちほど、世話が行（い）き届（とど）いて、いきいきしていて、健康そうな子どもたちは見たことがないということは、認（みと）めざるをえなかった。——「しかも、みんな、すっかりくつろいどるな」と、パは、感心した。男の子たちは、青いスポーツウェアを着ており、女の子のは深紅（しんく）だった。「身体を冷やしちゃ、いけないからよ」と、クリスタルが説明した。マはすでに、そろえる必要のあるもののリストを受け取っていたが、スポーツウェアも、そのなかにはいっていた。そのリストの項目（こうもく）は、ほかの学校のものとはずいぶんちがっていた。緑のスカートとカーディガン、白いブラウスが何枚（なんまい）か、表が緑で裏（うら）は赤のマント、さらに、レオタード、白い毛糸で編んだ肩（かた）かけ、大量の白い靴下（くつした）。そのうち、タイツも必要になる。「でも、これらはみんな、ここの衣裳部（いしょうぶ）で、お手ごろな値段（ねだん）でお買い求めいただけます」と、クィーンズ・チェイスの校長であるミセス・チャロナーは、マに言った。

三人は、校長の書斎（しょさい）で、ミセス・チャロナーに会った。そこは、かつては図書室だったところだった。マとパは、たとえ邸宅とはいえ、個人の家に図書室があるのなど、見たことがなかった。ミセス・チャロナーは、温かくて親しみやすい人で、濃い色の髪を、身なり全体とおなじくらい、きちっと整えていたが、ミス・グリンを相手にしたときとはちがって、マに、自分は場違いだと感じさせたりはしなかった。三人は、女子寮の寮監であるミセス・ギルスピーに紹介された。男子寮は、別の棟にあるということだった。三人は、クリスタルが寝泊まりすることになる寮も見た。「全然、寄宿舎のようじゃないわね」と、マは言った。

「ここまで案内してくれたご婦人の話じゃ、以前は画廊だったらしいな」と、パが言った。パとしては、この館の歴史について、もっと聞きたかったのだが、マとクリスタルは、現在にしか興味がなく、「なんだか、ずいぶんへんな学校よね、これ」と言った。

「こんなに、すてきな場所なのにね」と、マは言った。問題は、そこが、「すてき」とは、ほど遠いということだった。二人とも、ベッドが狭いのと、そもそも空間が足りていないことに、びっくりさせられた。上級の少女たちは、べつの階を使っていたが、それは、かつて使用人たちのいた屋根裏だった。たしかに、壁を壊して、談話室にしてあるところもあったが、「こんなに狭い一部屋に、ベッドが五つも」と、マは悲鳴をあげた。

「ええ」と、ミセス・ギルスピーは言った。「ダンサーは、ツアーに出ると、列車の二段ベッドだろうと、船室の寝棚だろうと、狭い貸間だろうと、どこででも眠らなければなりませんから、慣れておいてもらわないとね。」

「持ちものは、どこに置くことになるんでしょう?」と、マはたずねた。

「各自に、引き出しが二段割り当てられ、戸棚は共有、それに、ロッカーが一つです。」

「ずいぶん小さいロッカーですわね。」

「ええ、さっきも申しましたように、楽屋では、ともすると、四十人もが一度に、メーキャップをすることになりますからね。使えるスペースはごくわずかですし、衣裳も、気をつけてかけておくようにしないと、衣裳部の主任さんと、トラブルを起こすことになりかねません。ここでは、生徒さんたちに、いつもきちんと片づけをすること、お互いのことを思いやることを、学んでもらっています。」そして、ミセス・ギルスピーは、クリスタルのほうを向くと、「持ちものは、できるかぎり少なくするのよ」と言った。マは、クリスタルの数えきれないほどの持ちもののことを——陶器の動物たちや、世界各国の人形たち、レコード、戸棚にぎっしり詰まった衣類のことを、思い浮かべた。パが、「自分の部屋が恋しくなるだろうな、クリス」と言った。「まあ、しかし、いい訓練になるし、金は、踊りと勉強につぎこむべきだということだろうな。」

「お食事がちゃんとしてると、いいんだけど」と、マは心配していた。

マがたずねてみると、ミセス・チャロナーは、「ここでは、一日に六回、食事をお出ししています」と言った。「まず、朝食をたっぷり。少なくとも、二皿は食べないと、踊ることは許されません。それが、ここの子どもたちにとっては、最大の罰ですからね。それから、十一時に軽食が出て、昼食。お茶の時間には、オレンジ・ジュースかミルクと、ビスケット。そのあと夕食が出て、寝る前には温かい飲みものが出ます。」

「心配する必要はないと思うね、モーディ」と、パは言った。

三人は、レッスンが行なわれている最中の教室をのぞき、壁が一面、鏡になった、風通しのいい部屋をいくつか見た。そのうちのひとつは、かつての客間だった。「ここは、さぞ、美しい部屋だったんでしょうな」と、パは言った。そして、レッスンの様子に目を見張り、ちょっと当惑顔になった。少女たちは、空色のレッスン着を着て、髪を編んで丸めてから、頭のてっぺんに留めていた。年長の少女のなかには、ひっつめて、お団子にしている子もいた。そのほかに、黒い半ズボンに白い袖なしシャツというでたちの少年たちも、大勢いた。パは、驚きあきれ、「男の子が」と言った。三人は、主任教師の、ミス・マッケンジーに会った。「あんな方が、あたしたちにも、教えてくださるのね」と、クリスタルは言った。クリスタルも、マも、どんどん興奮をつのらせていた。三人は庭園を散策した。「子どもたちにとって、この上ない環境だわね！」と、マは言った。ピルグリムス・グリーンから来ると、ひろびろとしていて空気がいいのが、とてもすばらしく思われた。「あたしたちは、五年生になるまで、夏には、四本イチイの庭や、睡蓮の池の庭へは、行っちゃいけないんですって」と、クリスタルが言った。「四本イチイの庭」「睡蓮の池」――マにはロマンティックに思えたが、パは「ふん！」としか言わなかった。なんとたちまち、「あたしたち」と言いだすことやら。パが苦笑いをかみしめた、ちょうどそのとき、クリスタルが、急に立ち止まった。「見て、マ、見てよ。あそこ、はいってくの。」クリスタルは、あえぐような鋭い声で言った。「ルースだわ。」

それは、まちがいなく、ルースだった。以前よりも背が伸びていたが、身体つきも脚も、あいかわらずほっそりしていて、優雅だった。ルースと、ミセス・シェリンが立っているのは、ちょうど一時間前、パとマとクリスタルが、これからベルを鳴らそうとして立っていた、その場所だった。「あの子も、はいったのね」と、クリスタルはささやいた。「そりゃ、はいるわよね。世界じゅうでいちばん、顔も見たくない子だけど、はいるでしょうよ！」

家へ帰る車のなかで、クリスタルはとめどなくおしゃべりを続けたが、パは黙っていた。家に着くと、マとクリスタルは、居間へ行った。パは、車を車庫に入れてから、やってきた。階段を上がってくるその足どりは重く、マとクリスタルは、顔を見合わせた。「行って、着替えをしなさい」と、マが言った。「パとあたしだけにして。」そして、パが居間にやってくると、「どうかしたの？」とたずねた。

「あの子は、あそこへはやらん」と、パは言った。

「ウィリアム！」と、マはあえいだ。「お上品に気取ったとこではあるけど……」

「そんなことは、どうだっていい。」

「じゃあ、どうして？」

「考えてもみなかった……」と、パは言った。「今日の今日まで、クリスタルが踊るのが、稼ぎ……金稼ぎの仕事になろうとは、これっぽっちも思っていなかった。」パには、それ以外にどう呼べばいいか、わかっていなかったが、マにはほかの呼び方があった。「金稼ぎの仕事なんかじゃないわ——立派な天職よ。」

「奴隷みたいなもんだ」と、パは言った。「あの子を売り飛ばすような気がしてならん。年に四千ポンドもかけるんだと言っとったぞ。それに、理事の紳士が言っとったことを、考えてもみろ。」

「イェーツさんのこと？」一瞬、マは黙りこんだ。

その人と、少し話をしたとき、マは、「どれくらいたびたび、クリスタルが踊るところを、見られますかしら？」とたずねた。理事のイェーツ氏と、高等部と中等部を統括する責任者であるミス・バクスターは、顔を見合わせた。そして、イェーツ氏は、「五年はお待ちいただくことになるかと思います、ミセス・ペニー」と言ったのだった。

「五年も！」

「学校で毎年開かれる発表会に選ばれれば、べつです。ただし、その場合も、入場券（にゅうじょうけん）をお買い求めいただく必要があります。」

「ご理解いただきたいのですが」と、ミス・バクスターは、率直（そっちょく）にではあるが、なるべく親切に説明を続けた。「クリスタルのことは、クィーンズ・チェイスに来たその日から、わたくしたちを信頼（しんらい）して、お任せいただかなくてはなりません。もちろん、健康上のことや、勉強のことについては、ご相談をさせていただきますが、踊（おど）ることに関しては、全面的にお任せを願います。そのためにここへ来られるわけですし、それについては、立ち入らないでいただきたいのです。」いま、パは、それを思い出しながら、「あんなことに、がまんできるか、モード？」とたずねた。

「そうするしか、ないでしょうね。あたしたち、二人とも」と、マは言った。「あたしたちは、クラシック・バレエのことが、何かわかってるかしら？　それに、かけられるお金のことなら、あの子はそれを、自分でかせいだんだわ、ウィリアム。考えてもみて！　いま、クリスタルと立場を交換（こうかん）できるのなら、二つの目をゆずり渡（わた）してもいいと思っている女の子たちが、何十万もいるのよ。」

「何十万もの女の子なんぞ、どうだっていい。おれが心配なのは、うちの子のことだけだ。こんなことが正しいとは思えん。あの子を行かせるわけにはいかん。」

「行かせないですって！」クリスタルが、居間へ飛び込んできた。「どういうこと？」

「おまえ、また立ち聞きを……」と、マが言ったが、クリスタルは耳も貸さなかった。そして、怒り狂った子猫のように、パに立ち向かった。

「マが調べてきた、ほかの学校のどれかへなら、行ってもいい。それなら、費用は出してやる。あんなに大きくもなければ、もったいぶってもないところならな。」

「ほかの学校へなんか、行かない。あたしは、クィーンズ・チェイスへ行くの。あたしは、あたしは、絶対に」クリスタルは、唾を飛ばさんばかりだったが、パは首を横に振った。

「あたしは合格したのよ。やめさせる権利はないわ。」

「それでもおれは、おまえの父親だ。おまえには、おれの同意が必要だ。」

「行かせてくれないんなら、死んでやる。スーツケースだって、制服だって、持ってるのに。全部、用意ができてるのよ。」そして、クリスタルは、「こんなに必死でがんばってきたのに」と、泣き叫んだ。

「そのとおりだわ、ウィリアム。この子は、このところ何年も、この日のためにがんばってきたのよ。」――マは、「あたしたちは」と言いたいところだった――「それを、最後の最後になって……ウィリアム、お願いだから。」

パはまた、首を横に振った。もう、口をきく気力がなかった。

「大きらい」と、クリスタルが金切り声をあげた。「死ぬまで、憎みとおしてやるわ。何もかも、ぶちこわすのね。どうして、あたしばっかり、ひどい目にあわすの？　どうして、あたしだけなの？　どうしてよ？　男の子たちには、好きなようにさせてるくせに。」

「あいつらは、こんなことは――こんな、気取りかえった……つまり……こんな……」パは言葉を探し続け、やっとのことで、言い方を見つけた。「あいつらがやりたがるのは、もっとふつうのことだ。」

「あら、そうかしら？」そしてクリスタルは、勝ち誇ったように言葉を続けた。「じゃあ、ご自慢のドゥーンのことは、どうなのよ？　ダンスはだめだって言うんなら、どうしてあの子もやめさせないの？」

「クリスタル、おまえ、約束した……」と、マが言いはじめたが、クリスタルは、「さっさと、ドゥーンも、やめさせるのね」と、吐き捨てるように言った。

「ドゥーンも？」パは、当惑して、口をつぐんだ。

「そうよ、ドゥーンもよ。マに、言っちゃだめと言われてたけど、言ってやるわ。」クリスタルは、パに襲いかからんばかりだった。「ドゥーンはずーっと、ダンスを習ってるのよ、あたしとおなじに。三年前から、ミス・グリンのとこへ通ってるわ。」

パは、まるで脚の力が抜けたかのように、すわりこんだ。「だが、どうして？」と、パはたずねた。「いつのまに？」

「そのう、いつも、クリスタルといっしょにいさせたもんだから。」マは、ドゥーンをではなく、自分を護ろうとして、そう言った。「そうすれば――そのう、悪さをしたり、せずにすむと思って。」

「悪さをせんだと。」パにとっては、踊ることも悪さのうちだった。「しかし、どうしておれに、黙っていたんだ？」

「たいしたことじゃないと思ったのよ。お金のかかることでもなかったし。そのう、ミス・グリンが、クリスタルをあそこに通わせるんなら、ドゥーンには、ただで教えてやるとおっしゃったから。」

「ミス・グリンがドゥーンを、ただで教えただと――おまえは、そうさせたのか？　それは、物乞いのすることだぞ。おれたちは、乞食じゃない。」

「ただで教えたわけじゃないわ。そうすりゃ、クリスタルを来させられたから……」そのとき、突然、マの心のなかに、疑念が湧き上がった。あれは本当は、ドゥーンを来させたかったからだろうか？　マは大急ぎでその考えを払いのけ、「それが、そんなに問題なの？」

と、パにたずねた。

「おれはあいつに、クリケットのバットを買ってやったのに。」パは、当惑したような声を出した。

「それよりも、ダンス・シューズを買うお金のほうが、ほしかったはずよ」と、クリスタルが、話に割りこんできた。この子は、事を荒立てようとしてるわ、と、マは思ったが、言ったことは事実だった。ドゥーンのシューズは、もうずっと前から、困った状態になっていた。マは、ドゥーンに、「おまえは、大きくなるのを、やめないんだから」と文句を言った。クリスタルの古いシューズを使わせるわけにはいかなかった。足の形がちがっていたからだ。マが一度、なんとかそれをはかせようとしたとき、ミス・グリンはかんかんに怒った。「子どもに、ほかの子のシューズをはかせるのは、絶対にだめです。どんな子にとってもよくないけれど、ダンサー相手の場合は、犯罪です。」

「ダンス用の靴だと！」パは、まるで悪夢を閉め出そうとするかのように、手で両眼をおおった。それから、その手を下ろした。「ドゥーンは、何も言わんかったぞ。」

「黙ってる習慣が、身についてるのよ。男の子たちに、さんざんからかわれてきたから。」

「どうして、あいつは、ほかの男の子のようにできんのだ？」

「あたしにはわからないけど、でも、できないようなの。」

「できるように、させんといかん。」パは立ち上がって、部屋のなかを行ったり来たりした。

「モード、そんなことでは、一人前の男にはなれんぞ。」

「ばかなこと、言わないで、ウィリアム。チャールズを見てみなさいよ。」

「チャールズなど、知らんぞ。どこのどいつだ？」

「世にもふつうの、男の子よ」と、マは言った。「それに、今日、見てきた、あの、きれいな男の子たち。」

「きれいだと。げっ！　うちの息子は、ただの一人も……」パは、ふっと口をつぐんだ。

マは、パがこんなにがっかりしているのを、見たことがなかった。

「ねえ、ウィリアム……」

「何が『ねえ』だ！　最初があのフェリクスさんだ」と、パは言った。「まあ、あのときは、金は払ったがな。」

「それが――払ってないの、ウィリアム。」洗いざらい話してしまったほうがいい、と、マは考えた。

「毎月、おまえに金を渡したはずだぞ。」

「ええ。だけど、あの人は、受け取ってくれなかったの。ちょうど、ミス・グリンが、クリスタルにも、音楽のレッスンを受けさせたほうがいいと言われたので、あれは、ミス・ラモットにお払いするのに、使わせてもらったわ。どっちみち、おなじことだと思ったもので。ちがうかしら？」と、マはたずねた。

「もちろん、ちがっとる。」

「フェリクスさんが受け取ってくれなかったことは、話したはずよ。」

「だったら、ドゥーンもやめさせんといかん。」

「ああ、ウィリアム、そんなに怒らないで。」

「怒るなだと！」と、パは叫んだ。「おまえがおれをだまして、金を巻き上げて、裏でこそこそやっとるというのにか？　自分の子どものことから、おれを閉め出しておいてか？　まずはクリスタルだ。あの子がどんなことに追いこまれるか、ちゃんと承知していながら……。今度は、ドゥーンも。」

「あの子は、この学期が終わったら、もう、ミス・グリンのとこへは行かないわ。」マはそう言うと、「ああ、ウィリアム、わからないの？」とたずねた。「あなたに言えなかったのは、言ったら、全部やめさせられると、わかってたからよ。」

「もちろんだとも。それがどうしてか、考えてみたことがあるか？」

「それは、あなたが無知で、偏見の塊だからよ。」マは、怒りを爆発させた。

「無知だと！　それはおまえだ、モード。自分の子どもたちが、これからどう育つべきか、わかっておらん。」

「あなたが言うことかしら！　二軒の店のことで、忙しがってばかりいて、子どもたちのことを、ろくに見てもいないのに……」

「言わせてもらうがね、奥方さま、おまえがこんなことを続けていったら、店二軒では、とうてい、まかなえんようになるぞ。」

結婚してこの方、パとマは、このときほど、本当の喧嘩に突入しかけたことはなかった。マは泣きはじめた。「もう、たくさんだわ。」

「こっちもだ」と、パは言った。「しかし、なんとか受け止めるしかなさそうだな。」パは、マが泣くのを見ることに、耐えられなかった。「わかった」と、パは言った。「わかったよ。したいように、すりゃあいい。」パは、ぐったりと椅子に腰を落とし、クリスタルがその顔じゅうにキスをするに任せた。

　ドゥーンもはいってきており、パがクリスタルのキスから顔をそむけようとするのを見て、びっくりした。「したいように、すりゃあいい。」そのとき、ドゥーンの姿が目にはいった。

「おまえは、いかんぞ」と、パは言った。「おまえは、やめるんだ。」


　ダンスもなし、音楽もなし、クリスタルもなし。

クリスタルがいないのが、こんなに物足りないとは、思ってもみなかった。クリスタルは、よくドゥーンにいばりちらしたし、いじめもしたが、少なくとも、言葉が通じた。ドゥーンは、クリスタルの部屋にはいりこみ、白いシーツがぴんと張られたままのベッドや、フリルをはぎとられた化粧台を見た。マは、フリルのたぐいを全部はずし、クリスタルが週末や休暇で帰ってくるときのために、きれいに洗っておこうとしていたのだ。クリスタルの甲高くて横柄な声が、たえず聞こえることも、なくなっていた。クリスタルは、クィーンズ・チェイスに、あの、ダンスと音楽でいっぱいの、魔法の宮殿にいるのだ。チャールズもだ。そして、ドゥーンは、とり残されただけでなく、すべてを奪われていた。

「クリスタルがいないんだから」と、マはドゥーンに言った。「ミス・グリンのとこへ行くのも、なしよ。」

ドゥーンは、目をぱちくりさせた。

「もう、行くこと、ないでしょ」と、マは言った。

「あるよ、あるもん」と、ドゥーンは必死になった。「どうやって、ダンスを続けりゃいいの?」

「そういうことは、さっさと忘れてしまわなきゃだめ。音楽もね。パにそう言われたでしょ。ミス・グリンにも、フェリクスさんにも、もうお伝えしたわ。」

「でも、ぼく……何をすりゃいいの?」

「ただ、学校へ行って、遊んで、ほかの子たちとおんなじようにすればいいのよ。」

「ぼくは、ほかの子たちじゃないもん。」ドゥーンは、途方に暮れたようにそう言ったが、そこには自負のようなものもひそんでおり、マは、うしろめたい気分になった。だが、それからまもなく、クリスタルだけでなく、マもいない、ということになった。マは、日曜の夜のごちそうを料理していて、気を失いかけたのだった。マがすっかり意識を失う前に、パとウィルが、ぽかんと口を開けたほかの子たちに見守られながら、なんとかベッドまで運んでいって、寝かせた。横になったマは、みんなには未来永劫続くかと思われた長いあいだ、血の気のない顔をし、目を閉じたままでいたが、やがて目を開き、「心配しないで――緊張が続きすぎただけだから」と言った。クリスタルのための最後の戦いは、この長年の苦労にも増して、マをくたくたにしていた。その戦いには勝ったが、いま、マには、「もう、だめ」としか言えなかった。「なんにもできない。」

ウィルが生まれてからの、この年月、ペニー一家は、毎年、夏になると、店も家も閉めきって、バンに乗りこみ、デヴォンの農場へ出かけることにしていた。しかし、三年前から、パは来られなくなっていた。「みんな、金がかかるようになったからな」と、パは言った。しかし、今年、パはマを、ポーロックのジョンおじさんと、メアリおばさんのところへ行かせた。「たっぷり休むことです」と、医者が言ったのだ。「家族からは離れて、ストレスなし、緊張することもなしにね。」

「でも、どうやって？」と、マはたずねた。「出かけるなんて、無理だわ。」

「ウィルとおれとで、なんとかするよ」と、パは安心させた。「下の子たちも、手伝ってくれるだろう。」みんなは声をそろえて、ちゃんとやるよと約束したが、マは、家を出る最後の瞬間まで、靴下の洗濯のこと、シーツを干すこと、食べものを冷蔵庫に入れて、二日以上そのままにしたりしないこと、買い物のリストを作ることなどについて、心配そうにあれこれ言い続けた。

「店はどうするの？」とは、すでにたずねていた。

「ミセス・デニングに、来てもらうよ。やりますよと、言ってくれてるんだ。心配するのはやめなさい、モード。」パはそう言い渡したが、マは、駅に着いてさえ、お手軽料理の本を見つけて買い、パに渡した。パは家に着くと、「何か、フライにして、食べよう」と言った。

「ピザを買おうよ」と、ジムが言った。

「フィッシュ・アンド・チップスがいい」と、ティムが言った。

「テイクアウトの中華にしよう」と、ヒューイーが言った。

しばらくは、マなしでやっていくのもおもしろかったが、じきに飽きてきた。パはいつも何かに追われているかのようで、どんどん怒りっぽくなっていった。昼間は、マがいないことを思い知らされてばかりだったし、夜は、大きなベッドのなかに、心地よい小山のようなその身体がおさまっていないと、眠ることができなかった。ウィルは指図がましくなるし、ほかの子たちは、反抗的になった。ドゥーンも、マがいないことをさびしく思っていた。マはドゥーンにきつく当たることが多かったが、それでも、寒かったり、おなかがすいたり、指を怪我して絆創膏を貼ってもらいたかったりしたときには、あたりまえのように、マのところへ行った。マのそばにすわるだけで、でんと構えた岩のようなその身体から、安心感がもらえた。マがそこにいれば、世界が砕け散る心配をせずにすんだ。ベッポがいなくなってからは、ドゥーンがベッドにはいると、いつもマが見にきて、しっかりくるみこんでくれた。それが罪の意識のせいだということに、ドゥーンは気づいていなかった。たしかに、最初のうち、マは、有無を言わさず、明かりを消していった。ところが、驚いたことに、クリスタルが、「ねえ、マ、この子は、本を読ませてやったほうが、よく眠れるみたいよ」と、口をはさんでくれた。それに、マはいつだって、自分がベッドにはいる前に、みんながベッドのなかで安心して寝ているかどうか、見にきてくれた。安心。マは、安心そのものだった。そのマが留守だというのに、ドゥーンは、不思議なくらい、幸せそうに見えた。

「ダンスはだめ、音楽もだめ。」ドゥーンは、がまんできるかぎりは、それに耐えてきたが、もはや小さな子どもではなく、もうじき九歳になるのだから、自分のことは自分でするしかないとわかっていた。いつまでも、クリスタルにドアを開けてもらうわけにはいかないのだ。ドゥーンには、自分の生命の源が、パに禁じられた、まさにそのこと、踊ることと音楽とにあることがわかっていた。「そうだよな」と、ドゥーンはドゥーンに言い聞かせた。「自分でなんとかするしかないんだ。」

パは、子どもたちを平等に扱おうと心がけていたが、ドゥーンは、みんなとはちがう学校へ行っていたので、みんなといっしょに行動するわけにはいかず、どこで何をしているかは、つかみにくかった。「学校からの帰りには、何をしている？」と、パはドゥーンにたずねた。「たいていは、遊んでる。」パは満足したが、「遊ぶ」、すなわち「プレイ」は、ドゥーンにとっては、パが思うのとはべつの意味も持っていた。ドゥーンにとっての「プレイ」は、フェリクスさんのピアノを弾くことを意味した。

本来ならば、土曜の音楽のレッスンのはずだった時間に、ドゥーンはフェリクスさんのところへ行った。ベルを鳴らしたり、もらっている鍵を使ったりはしないで、ただドアの前の踏み段にすわって待ったが、そうしていると、三度に一度くらいは、フェリクスさんが下りてきて、ドアを開けてくれた。「だめだよ、ドゥーン」と、フェリクスさんは言った。「教えるわけにはいかん。」その言い方は、残念というより、うんざりしているようだった。「君のおやじさんに逆らうわけにはいかんからな。」

でも――ぼくは逆らえるよ。ドゥーンは、そう言いはしなかったが、「フェリクスさん、ぼく、鍵、持っててていいよね?」とたずねた。

老人は少年を見下ろし、二人は、お互いの考えを理解した。「ああ、ほかにどうしようもないからな」と、フェリクスさんは言った。「私の予定はわかっとるな。」――予定とは、いつなら留守かということだ。「君がその鍵を使って何をしようと、それは君の勝手だ。」

翌日の午後、ドゥーンは鍵を使った。ピアノにさわったとたんに、この長い沈黙の日々が、自分にとって何だったかがわかった。まるで、目の細かい網にとらわれていた蝶が、自由になって、羽をはためかせ、舞い上がったかのようだった。

たぶん、そこへもどった最初のひととき、ドゥーンは、それまでについぞしなかったような弾き方をした。フェリクスさんは、譜面台の上に、楽譜を置いてくれてあった。それには、ドゥーンのための注意書きが書きこまれており、ドゥーンはそれに従おうと努めるとともに、没頭しすぎて長居をしないように気をつけた。五時半のお茶に遅れてはいけない。一度、六時近くになってしまい、パに、答えにくい質問をされて、困ったことがあった。ドゥーンは、来るたびに、ちょっとしたおみやげとして、リンゴ一個とか、ブドウとか、バナナなどを、鍵盤の蓋の上に置いて帰った。次に行くと、それは常になくなっていた。
火曜と木曜には行かなかった。それらの日の午後には、お昼の給食を食べ終えると、以前、クリスタルといっしょにしていたように、すぐに学校を出た。マは、もうダンスのために早引けさせてくれなくてもいいと、ミセス・カーステアスに伝えるのを忘れていた。だからドゥーンは、だれにも止められることなく、顔と手を洗い、髪をとかし、ダンスのための衣類と靴を入れたバッグを持って出た。そして、乗りなれた列車に乗って、ミス・グリンのところへ行った。

「来たよ」と、ドゥーンは行った。

「だけど、ドゥーン、お母さまのお話じゃ……」

「わかってる」と、ドゥーンは言った。「ぼく、なんとかなるようにしたから。」そして、ミス・グリンとステラが顔を見合わせるのを見て、「心配しないで、大丈夫だから」と、がんばり、「じゃあ、ぼく、着替えてくるね」と言った。

「家へ送り返すべきよね」と、ミス・グリンは言った。それから、「いいかしら?」とつぶやいた。

踊るということは、ドゥーンにとっては、音楽以上に自分本来のものであり、その世界の空気のなかにもどれたことは、天の恵みとも言うべき喜びだった。まさに、捕らわれていた蝶が、放たれて自由になったかのようだった。

「おまえも、シドニーみたいに、やめたのかと思ったぜ」と、マークが言った。「あいつは、もう飽き飽きしたんだとさ。」

「ぼくは、絶対に、飽きたりしないよ」と、ドゥーンは言った。いまではドゥーンは、最年少ではなくなっていた。新しい子たちが、はいってきていたのだ。八歳のジャイルズと、それより二つ小さいイタリア人の双子、ピエトロとジュゼッピだ。ドゥーンは、その子たちに、以前、チャールズにやってもらったように、エクササイズやステップのお手本を見せてやらなくてはならなかった。ステラが、このちびさんたちに、「ドゥーンを見て」と言うのを聞いて、マークとセバスチャンは、敬意のこもった目でドゥーンを見るようになった。

「あの子、また、土曜に来ると言ってるわ、エニス」と、ステラは言った。

「きっと来るでしょうね。」

「追い返せとは言わないわね。」

「ドゥーンに任せるべきじゃないかって、思うようになったわ」と、ミス・グリンは、ゆっくり言った。どっちにしても、ミス・グリンにはどうしようもなかった。翌日、バレエ団とともに、アメリカへ出発することになっていたからだ。

「うまくいってるかい、ドゥーン？」と、ウィルはよく聞いてくれた。

「ああ、大丈夫さ」と、ドゥーンは答えたが、そう大丈夫とは言えなかった。いろいろ問題が生じてきていた。「ねえ、ステラ」と、ドゥーンはたずねた。「ミス・グリンは、どれかのクラスでぼくにピアノを弾かせて、いくらか払ってくれないかな？」しかし、ステラは、首を横に振った。

「ミス・ラモットとジョンが、どうなると思う？　それに、あんたには、そんな時間、ないでしょ。」

「パ、ぼく、新聞配達、やっていい？」

「だめだ」と、ジムが、即座に、口をはさんだ。「それは、ぼくがやる。」

「店の掃除、手伝おうか？」

「いや、ドゥーン、そいつは、ティムの仕事だ。」

「中庭の落ち葉を掃いたら、いくらかくれる？」

「ヒューイーがやっとる。」

「なんか、ぼくにできること、ない？」と、ドゥーンはたずねた。

「消えることだな」と、ヒューイーが言い、ドゥーン自身、それがいちばんのような気がしはじめていた。どっちへむいて、何を頼りに進めばいいのだろう。頼りになりそうなものは、何もなかった。

「このシューズ、とんでもなくきつくなってるじゃない」と、ステラが言った。「こんなの、はいてちゃだめよ。新しいのを買わなきゃ。お父さまにお願いしなさい。」

ドゥーンは、首を振った。

ステラは、衣類のことにも気がついた。以前、ドゥーンとクリスタルは、いつも洗濯したてのレオタードや半ズボン、袖なしシャツや靴下を持ってきていた。いま、ドゥーンの半ズボンはほこりだらけに見えるし、袖なしシャツや靴下は、灰色だ。「お母さまがお留守なんだったら」と、ステラは言った。「練習着は、ここへ置いときなさい。私のといっしょに、洗っといてあげる。」

「助かります」と、ドゥーンは言った。「ぼく、洗濯、うまくないもんで。」ドゥーンは、だれにも見つからないように、自分の部屋に干すしかないから、とは言わなかった。ステラは親切だったが、それでも、「お父さまにお願いして、シューズを買っていただかないとだめね。このままじゃ、踊れないわよ、ドゥーン」と、言わなくてはならなかった。

「ウィル、ぼく、何をしたら、お金、かせげるかな？」

ウィルは、驚いた。「誕生日にたくさん、もらったじゃないか。」

「もらった」のはたしかだ。「遣っちゃった。」

「何に？」ウィルには、思いもよらないことだっただろうが、それは、地下鉄の切符、白い靴下、菓子パンの類に消えたのだった。男の子にとって、ダンスはおそろしくおなかのすくものだ。

ウィルはドゥーンに、一ポンドやった。「これっぽっちじゃ、たりない」と、ドゥーンは、困りはてたように叫んだ。

「じゃあ、返せよ」と、ウィルはそれを取り返した。

ドゥーンは、自分のベッドに腰を下ろして、考えた。考えに考えてから、しぶしぶと腰を上げ、下の店へ下りていった。

「ペニーさん」と、ミセス・デニングが声をかけた。「ちょっと、お話ししないといけないことが、あるんですけど。」

「いまじゃないと、だめなのかな？」と、哀れなパはたずねた。土曜の朝、九時というのは、店を開いたら、たちまちお客でいっぱいになる時刻だった。パはすでに、週末を迎えるために、ジムを買いものに行かせ、ティムに家の、ヒューイーに中庭の掃除をさせ、その全員が文句を言うのを、説き伏せなくてはならなかったのだ。「いまじゃないと、だめかな、ミセス・デニング？」

「週末ですからね」と、ミセス・デニングは言った。「売り上げの計算をしなくちゃならないんですけど、しばらく前から、レジのお金がなくなってるようなんですよ、ペニーさん。たいした額じゃありませんけど、一度は三ポンド、減ってました。どうしてかわからんかったもんで、計算ちがいだろうと思って、ご心配をおかけせんように、黙っとったんです。ミセス・ペニーがお留守にされたりなんだりで、たいへんなときでしたからね。足りんぶんは、埋め合わせをしといたんですが、今日、来てみたら……」ミセス・デニングは、困りはてたように、口をつぐんだ。

「今日？」

「申し上げにくいんですが、ペニーさん、ドゥーンが、レジから五ポンド札を持っていくとこを、つかまえたんです。」

「ドゥーン、おまえがやったのか？」

「うん」と、ドゥーンは言った。「そうするしか、なかったから。」

ドゥーンは、ロンドンへ出かけようとしていたところを、パに呼ばれ、店の裏の、ベッポの部屋だったところへ連れていかれた。

「そうするしか、なかっただと。どうしてだ？」と、パはどなった。「小遣いは、やっとるはずだ。それでは、足りんのか？」

「ぼくが入り用だったことには、足りなかった。」ドゥーンには、そんなつもりはなかったのだが、その言い方には、なんとなく、高みから相手を見下ろすような響きがあり、パは、堪忍袋の緒を切らしてしまった。

「おまえには、何が入り用か、思い知らせてやる」と、パは言った。「生意気なのや、頑固なのは、まあいい――が、盗みは、べつの問題だ。」

「盗んだりしてない」と、ドゥーンは抗議した。「借りただけだよ。」しかし、パは、「ズボンを下ろせ」としか言わなかった。それは、かつてはヒューイーのご自慢だった、紫のコーデュロイのズボンだった。それがいま、ドゥーンがつかんで放さないお気に入りになっていた。「いやだ、パ、やめて。」

「下ろすんだ。」パは、自分のベルトの留め金を、はずしにかかっていた。

朝っぱらからイライラさせられ、マが留守のせいで、しなくてはならないことや、心配ごとが増え、おまけに、マがいないのがさびしくて、眠れない夜が続いていたので、パは、つい、思ったよりもひどく鞭打ってしまった。主人には逆らわないたちのミセス・デニングでさえ、「おやめください、ペニーさん、お願いだから、やめて」と嘆願したが、パは「うちの子のことに、口出しするな」とどなり、ひとしきり打つと、「これで思い知っただろう」

と言った。そして、「ズボンを上げろ」と言い捨てて、はあはああえぎながら、店へ出ていった。ドゥーンは、以前ベッポのベッドがあったすみっこまで、なんとかよろよろと歩いていったが、そこにはいま、ジャガイモがはいっていた袋が積んであった。ドゥーンは、ショックと苦痛で気を失いそうになりながら、手足を広げたまま、その上に倒れこんだ。

じきに、ミセス・デニングが、足音を忍ばせて、はいってきた。そして、「しぼりたてのオレンジ・ジュースと砂糖を、持ってきてあげるわ」と言ったが、ドゥーンは首を振った。ミセス・デニングが行ってしまうと、ドゥーンは痛みをこらえながら立ち上がり、身なりをなんとか整え、積まれた袋の下に手をつっこんだ。ドゥーンはそこに、自分のお金を隠してあったのだ。それから、よろよろしながらも、できるかぎりの早足で、駅にむかった。

学校に着いたときには、授業はもうはじまっていたが、たまたま、職員室の外に、ミス・グリンがいた。「あっ、お帰りなさい！」それは、本当とは思えないくらい、うれしいめぐりあわせだった。なぜか、そのときドゥーンが会わなくてはならないと思ったのは、いつも共感してくれるステラではなく、ミス・グリンのほうだったからだ。

「昨日の飛行機で、帰ってきたのよ。何かあったの、ドゥーン？」

ドゥーンは、頭のてっぺんから足の先まで、ぶるぶると震えはじめた。震えはどんどん大きくなって、身体をゆさぶり、喉の奥から何かがこみあげてきて、いまにもすすり泣きそうなのが、自分でもわかった。「すみません……遅刻して」と、ドゥーンはなんとか話しはじめた。「でも、とても、踊れ……」と言いかけて、声を強めた。「パがぶった。ぼくをぶった――パが！」すすり泣きだったのが、爆発した。

ミス・グリンは、少年を自分の部屋へ連れていったが、号泣はそのまま続いた。「パがぼくをぶった」と「ぼく、どうしたらいい？　いったい何を……？」がくり返されるあいだ、ミス・グリンは、少年をぎゅっと抱きしめていた。

「あの方は、なんだか、お高くとまっておいででね」と、マはいつも、愚痴をこぼしていた。

「バレエの教師は、そうでないといけないんです。」もし、直接言われたら、ミス・グリンは、そう答えただろう。ステラにむかっては、いつも、「心を通わせすぎると、指導ができなくなるわよ」と、言っていた。ミス・グリンに言わせると、ステラは「すぐ懐に飛びこんでしまう」たちだった。しかし、いま、ミス・グリンは、ドゥーンのすすり泣きがおさまるまで、ただじっと抱いていた。それからそっと、身体を放し、髪を整えてやった。そして、「話してちょうだい」と言った。話は奔流のようにほとばしり出た。はじめは、パとマがクリスタルのことで、喧嘩をしたことだった。行ったり来たりごちゃごちゃで、つながりのわかりにくい話だったが、ミス・グリンは、なんとかわかってくれたようだった。話はまた、さっきの絶望のうめきで終わった。「ぼく、どうしたらいい?」

「とりあえずは」と、ミス・グリンは言った。「ここにいて、あとの授業を見てなさい。そんなに傷だらけじゃ、踊れないから。」傷は身体の外側だけでなく、内側にもあり、ミス・グリンには、それがよくわかっていた。しかし、口に出しては、「まず、顔を洗わなくちゃね。そうしたら、なかにはいって、見ていいわ。いいことがあるのよ。チャールズが来てるの」とだけ言った。

「チャールズが?」

「この週末、こっちへ帰ってきてて、みんなに会いにきたのよ。」

「泣いてたの、見られたくないよ。」

「ちゃんと顔を洗ったら、わからないわ。私にいい考えがあるの。顔を洗ってもどってきたら、話してあげるわ。」

チャールズには、はれた目や涙のあとがわかったはずだが、何も言いはせず、ただ、いつも以上に親切にしてくれた。そして、授業が終わったあと、ドゥーンにクィーンズ・チェイスのことを話してくれたが、それはクリスタルの話とは、ずいぶんちがって聞こえた。ドゥーンが、「そこって、ほんとに、お城なの?」とたずねても、笑ったりはしなかった。

「お城なんかより、ずっと美しいんだ。しかもさ、考えてもみなよ、ドゥーン、毎日、踊ってばかりなんだぜ。ひとつだけ問題なのは」と、チャールズは言った。「ぼくがへたくそだってことだ。」

「君が、へたくそだって？」

「ほかの連中を見てみるといいよ。特に年かさの連中。」チャールズは、そこにはないものを見るような目をした。「あれ、見てると、必死でがんばらずにはいられなくなる。」

「ぼくも、そこ、行きたいなあ。」ドゥーンは、熱をこめて言ったが、すぐに思い出して、「でも、無理だろうな」と言った。「踊（おど）りを続けられるかどうかさえ、わかんないんだ。」チャールズに見られるとわかっていても、涙（なみだ）がこみあげてくるのを抑（おさ）えることはできなかった。チャールズも気がついたにちがいないが、「まあ、待てよ」としか、言わなかった。「待てば、ミス・グリンがなんとかしてくださるさ。」

「ドゥーン、勇気を出しなさい」と、ミス・グリンは言った。「これまでのように、ここへいらっしゃい。でも火曜ではなく、水曜にね。水曜は、ピルグリムス・グリーンでは、早じまいの日でしょ？」

ドゥーンには、そのことが何に関係するのか、さっぱりわからなかったが、「はい、ミス・グリン」と言った。

「電車に乗るお金をあげるから、また困ったことにならないようにしてね。シューズのことはなんとかしてあげるわ。ここへ来たら、レッスンのためのピアノを弾いてちょうだい。そのほかにも、何か、男の子たちに、弾いて聴かせてあげてほしいわ。みんな、あなたが弾くのを、ちゃんと聴いたことがありませんものね。それから、みんなといっしょに、レッスンしなさい。」

「はい、ミス・グリン。でも――パパのことはどうしたら？」ドゥーンは、ミス・グリンに話すときには、パではなくパパと言わなくちゃと気がつくくらいには、元気になっていた。

「どうしたらいいんでしょう？」

「何もしないでいいわ」と、ミス・グリンは言った。「パパのことは、私に任せなさい。」

　ふだんなら、店じまいをした水曜の午後には、大掃除をすることになっていたが、この水曜には、パがあまりにも疲れ果てた様子だったので、ウィルは、「今日は、パは、休みなよ。ぼくがやっとくから」と言った。実際、パは、土曜からこっち、ほとんど眠れていなかった。

「ドゥーンは、どうかしたのかな？」と、ウィルが言ったのだった。「こっぴどく、なぐってやった」と、パは自慢するように言ったが、ウィルにすぐさま、「そんなことして、ほんとによかったと思ってる？」とたずねられると、全然そうは思っていないことに、気づかないわけにはいかなかった。ドゥーンの血の気を失った顔や、積み重ねた袋の上にうつぶせに横たわっていた様子、許しを乞いに来ようともせずに、そのまま飛び出していったことが、心に焼きついて離れなかった。「そのうち、忘れるだろう」と、パは言った。

「忘れないよ、ドゥーンは」と言われたが、たしかにそのとおりだった。ドゥーンは、以前にも増して無口になり、すべてを包み隠し、おどおどするどころか、その態度をどう言えばいいかと考えて、パの心に浮かんだのは、「えらそう」という言葉だった。「あいつは、このことで、パをうらんだりはしないよ」――と、ウィルは確信ありげに言った――「でも、そんなこと、しなきゃよかったと思うな。」そう言われて、パは、いい気持ちはしなかったが、いま、ウィルは、暖炉の火をかきたて、スリッパを持ってきてくれた。「みんな、帰りが遅いと思うよ。ラグビーの試合があるからね。新聞でも読んで、ひと寝入りして、ぼくらのことは、すっかり忘れてしまいなよ。」ウィルにそう言われて、パがそのとおりにしようとした、ちょうどそのとき、ドアのベルが鳴った。

「パ、ミス・グリンだよ。ミス・エニス・グリンが来てる。」

「ミス……！」パは、片手に新聞を持ったまま、もがくようにして立ち上がった。シャツのボタンは留めていないし、ネクタイはほどけかかって、ぶら下がっているし、靴ではなく、スリッパをはいているし、わずかに残っている髪は逆立っているのが、自分でもわかっていた。

「もう、階段を上がってきてる」と、ウィルがささやいた。「さあ、ぼくがなんとかしてあげるよ。」

ウィルは、慣れた手つきで、新聞を取り上げ、シャツのボタンをかけ、ネクタイをしめ直し、髪をなでつけた。それから、「どうぞ、ミス・グリン」と呼んだ。「ぼくの父です。」

「こんにちは、ペニーさん、おじゃまをしたのでないと、よろしいんですけど。」パは、毎年の参観日で、ミス・グリンを見かけていたが、こんなに近くで顔を合わせるのは、はじめてだった。ミス・グリンが、こんなに心地よい音楽のように話し、こんなに優雅にふるまう女性だとは、気がついていなかった。美人だとか、贅沢なものを着ているとか、そういう問題ではなかった。その立ち姿、手の動かし方、栗色の――ブロンズかな、とパは思った――髪をうしろでまとめた頭を動かす様子、そのすべてが優雅なのだ。「すわらせていただいて、よろしいでしょうか？」と、ミス・グリンはたずねた。

ウィルが、椅子を前に押し出して、「どうぞ」と言った。「おじゃまじゃないほうが、いいですよね。ぼく、店のほうを見てきます。」

ウィル、ウィル、置いていかないでくれ、と、パは泣きたい思いだった。すっかり汗だくになっていたが、ミス・グリンは、ごくあたりまえのおしゃべりをはじめていた。ミセス・

ペニーは、お元気でいらっしゃいますか？　クリスタルからは、何か知らせがありましたか？　楽しくやってるかしら？　上に、男のお子さんが、四人もいらっしゃるって、ほんとですか？　さっきのウィルさんも、息子さん？　それから、ミス・グリンは、マのご自慢の菊をほめた。「こんなに美しいのは、めったに見かけませんわ。」そしてパは、いつしか自分がおしゃべりをはじめていることに気がついた。「もちろん、こんな商売ですのでね、こういうものには強いんです。もし、何か、鉢植えのものがほしいとお思いの節は、ミス・グリンからのお求めとあれば、喜んで……」

「ありがとう」と、ミス・グリンは言い、「あれは本気だったぞ」と、パはあとでウィルに話した。しかし、そのとき、ちょっと沈黙が訪れ、それからミス・グリンは、「わたくしがなぜ参ったか、きっとお気づきですわね」と言った。

「いえ。」パは、心の底から、当惑していた。

「では、知っていただかなくてはなりませんわ。ペニーさん、あなたと奥さまは、ドゥーンのことを、真剣に考えていらっしゃいますでしょうか？」

「ドゥーンのことですか？　ええ、もちろんですとも。」

「クリスタルと比べて、いかがです？」

「クリスタルは、ちがっています。」

「ええ、本当にちがっていますわ。」そして、間を置くと、「ひとつ、お願いがあるんですけど、ペニーさん、わたくしといっしょに、いらしていただけませんか」と言った。

「ドゥーンにダンスをさせるというお話なら、お断りします、ミス・グリン。それに、どっちにしても、自分の父親から金を盗むようなやつのために、どこへであれ、足を運ぶ気にはなれませんよ！」ところが、ミス・グリンがそれに返事をする前に、ウィルが階段を駆け上がってきた。

「パ、見て、ぼくが見つけたもの。」それは、練習帳からちぎり取った小さな紙切れの束で、その一枚一枚に、日付と金額が書いてあった。「パへ、しゃっ金、三ポンド、ゆうめいになったら、かえすからね、ドゥーン・ペニー。」

「パへ、しゃっ金……かえすからね、ドゥーン・ペニー。」

「かえすからね……ドゥーン・ペニー。」

紙切れは、少なくとも十二枚はあり、どれにも、ペンスで数える程度の、おなじ金額が書かれていた。「どうしてペンスなのかな」と、ウィルがたずねた。「しかも、金額は、いっしょ。」

「こちらの駅から、わたくしのところまでの、往復の、子ども料金ですわ」と、ミス・グリンが言った。「つまり、その……」パは、紙切れの束を見つめていた。「つまり……」

「つまり、あの子は、盗んだのではなかったのです」と、ミス・グリンは言った。「少なくとも、あの子の考え方ではね。」

「そうか。あの子は、私が見つけるようにと、現金箱の底に、これを入れといたんだな。なのに私は、あの子をぶった。ぶってしまった！」

「それは存じております。みみずばれになっているのを、見ました。」

「みみずばれ？」パは、肝をつぶした。

「みみずばれです」と、ミス・グリンは、淡々と言った。「子どもの皮膚は、柔らかいんですよ、ペニーさん。」

「どうか、もう……」と、パは言った。

「お金についていえば」と、ミス・グリンは言った。「ドゥーンはそのうち、百倍にでもして返すことができると、わたくしは信じています。さあ、ペニーさん、わたくしといっしょに、いらしていただけませんか——そして、あなたも、どうぞ」と、最後は、ウィルに言った。

　エニス・グリンの学校の教室のひとつの壁には、ガラス張りの細い窓があって、クラスの様子や、特定のダンサーが見たい人は、自分は姿を見られることなく、すわってじっくりと見学できるようになっていた。「見られていることに気がついたら、自意識にとらわれる恐れがありますのでね」と、ミス・グリンは、パに説明した。「もし、ドゥーンが、あなたがここにおいでのことを知ったら、あの子はまったく踊ろうとしなくなるでしょう。さあ、お子さんが見つけられるかどうか、見てください」と、ミス・グリンは言った。

クラスはすっかり熱気を帯びてきていた。四人の少年たちが、みんな黒い半ズボンと白い袖なしシャツ、白い靴下と靴、といういでたちで、バーを握って身体を動かしていた。パとウィルは全員を見てみたが、どの子もドゥーンではなかった。先生は、黒い服を着た若い金髪の女性で、パにはさっぱりわけのわからない言葉で、みんなに呼びかけていた。「バレエのステップや、準備運動に関することには、フランス語が使われております」と、ミス・グリンは説明した。「いま、みんながやっているのは、グラン・バットマンという動きです。」

「子どもらには、わかるんですか?」と、パは感心した。

「わかるように、勉強するんです。」

少年たちは、バーにつかまり、両脚をぴたっとくっつけて、まっすぐに立ち、音楽に合わせて、外側の脚を、思いっ切り伸ばしたまま、投げ上げるように、できるかぎり高くまで上げた。それから、その脚を下ろし、もう一方の脚にぴたっとくっつけた。脚は、前へ、真横へ、うしろへと、投げ上げられた。

「しかし、ドゥーンは見当たりませんが。」

「いるよ」と、ウィルがささやいた。「パ、あいつはピアノを弾いてるんだ。わかる？　いま、ピアノの前にいるのが、ドゥーンだよ。」

「そんなばかな。」しかし、ピアノの椅子の上に電話帳を二冊置いて、その上にすわっているのは、ドゥーンだった。以前は四冊必要だったが、二冊でよくなったのだ。ドゥーンは、バレエ教師の指示に従っていた。ドゥーンの小さな手から、音楽が明快に——しかも、美しく、と、父親と兄はあきれ返りながら思った——流れ出すと、先生は「一、二、三、四、五、六、七、八、九、十」と数えた。動きが変わると、拍子は速くなった。「一と、一と、一と、一。」それがすむと、少年たちはバーを離れ、センターに出た。「次は、アダージオと呼ばれている踊りです。」流れはじめた調べは、さざ波のようで、ゆったりしていた。

「ドゥーンがこんなに弾けるとは。私は、夢にも……」

「あの子には、すばらしい音楽性があります。でも、あんなに弾かせたのは、あなたに聞いていただくためです。今度は、あの子が踊るところを、見てやってください。」

ドゥーンは椅子から下り、女の人がそのあとにすわると、クラスに加わって、決まった位置についた。ミス・グリンが、「これから、ジャンプの練習をします」と言った。

最初は小さなジャンプから——ごく単純に、足を入れ換えながら——もっと高く、脚を打ちつけて。ジャンプはさらに高くなったが、ドゥーンは、息をするのとおなじくらいかんたんに、ジャンプをしているように見えた。ほかの子たちより、高くまで跳んでいる。「おわかりですか」と、ミス・グリンが言った。「あの子はマークより一つ小さいし、セバスチャンより、ほとんど二つ小さいんです。ほら、あれを見てください。」

少年たちは、部屋の隅から一人ずつ跳び出してきた。小さい子たちは、それには参加しておらず、マークと、セバスチャンと、ドゥーンだけだった。少年たちは、頭を右肩のほうへぐいと向け、対角線の先の隅に狙いを定め、片足からもう片足へとなめらかに重心を移しながら、八回跳んで、足を外開きにして止まり、片足で立って、二回くるくるとまわった。

三人は、べつの隅からそれをくり返した。みんな、言われなくても、自分の定位置へ走っていき、前の者のすぐあとに続いて、ジャンプをくり返した。しめくくりにはピルエット*を二回して、決まった姿勢にもどった。マークと呼ばれた子は、このときにあぶなっかしくよろめいたが、そこへステラが、「グラン・ジュテ*・アン・ナヴァン」と命令を下した。

「ジュテというのは、跳ぶことです」と、ミス・グリンが説明した。

「着地するとき、気をつけてね」と、ステラが呼びかけた。

ドゥーンは、二回跳んだだけで、その距離を踏破した。「あなたのおっしゃる『ちゃんとした』男の子たちに、これができますか?」ミス・グリンは、ちょっと得意がらずにはいられなかった。パは首を振り、信じられないものを見たかのように、目の前で手を動かしてみた。「クリスタルにせよ、だれにせよ、こんなふうに踊るのを見るのは、はじめてです。」

「でも、ドゥーンは、クロイチゴの藪で生まれ育った、妖精の子じゃないんですからね、ペニーさん」と、ミス・グリンは言った。

第6章

「モーディ、あの子には、クリスタル二十人ぶんの値打ちがあるぞ。」

「ウィ、リ、ア、ム！」

マは、ゆっくり休んで、元気になってもどってきたが、いまや、ショックに次ぐショックに見舞われていた。

最大のショックは、パのどんでん返しだった。「手のひらを返すっていうのは、このことだわ！」と、マはウィルに言った。

パは、不思議なくらい、謙虚になっていた。「おまえに、偏見だらけで無知だと言われたが、まったくそのとおりだったよ。」

それを思い知らせたのは、ステラだった。「あら、ペニーさん、やっとのことで、自分の息子が踊るのを見にきたのね。」ミス・グリンが、パを教室へ連れていくと、ステラはそう言った。ドゥーンが驚きで目を大きく見開き、続いて襲ってきた恐れのあまり、震えながらステラのうしろに隠れようとするのを見たとき、パは自責の念でいっぱいになった。「まさか、この子がこんなに……」

「あんたは、決して見ようとしなかったじゃない」と、かんかんになったステラが言った。

そう言われて、パは、頭を上げた。「思い出してもらいたいんだが、ミス・ステラ」と、パは言った。「こういうことは、何から何まで、私にはむずかしいことだらけだ。うちには、男の子が、ほかに四人いる。みんな、赤ん坊から、だんだん大きくなって、学校へ行き、ハシカだとか、ご近所の窓にボールを投げこんだ、だとか、いろんなことで、私らを困らせた。ジムは犬に噛まれた。みんな悪さをしたし、大騒ぎもよくやったが、それはふつうのことだ。――ときには、特別のほうびとして、土曜にサッカーの試合を見にいったり、海辺へ行ったり、クリスマスにパントマイムを観にいったりした。それでじゅうぶんだったし、そういうことなら、私にも理解できる。しかし、この二人のことは！　ダンスのレッスン、音楽のレッスン、靴だ、着るもんだ、交通費だ。クリスタルは、育つにつれて、金がかかるようになってきたんで、なんというか、気がつかずにいた――それに、女の子だしな。しかし、ドゥーンは！　本をほしがっとったのは、知っとったが……」パは、本というものが、危なっかしい領域に属するかのように話した。そして、「私らのようなもんのところへ、どこからあの子が降ってきたのか、さっぱりわからん」と言った。

ステラはそれ以上何も言わず、少年たちに、パとウィルにむかって、お辞儀をさせた。少女たちなら、ちょっと腰をかがめるのに当たるこのお辞儀は、クラスが終わるときに先生たちにむかってするものであり、このうちの何人かにとっては、いつかそのうち、舞台の上の、下りた幕の前に出てきて、拍手喝采をしてくれている観客たちにむかってするものだった。少年たちは、まず両足を左前方にむけ、それをぴたっと合わせて、腰のところから身体を前方に倒して、挨拶する。そのあと、右前方をむいて、おなじようにする。こんなふうに挨拶されたことがなかったパは、不思議な喜びが湧いてくるのを感じた。それはひとつには、ドゥーンがちびのこそ泥ではないとわかった安心感からだったが、新たに生まれてきた誇らしさのおかげでもあった。だが、それだけではなかった。パは、まるで、重い鎧を――がんこさという鎧だったな、と、パは自分に言い聞かせた――脱ぎ捨てたかのようだった。「あの子は、いろんなチャンスに恵まれとるぞ、モード、ありとあらゆるチャンスにだ。それで、思い出したんだが……」

「ドゥーンの話じゃ、この二カ月、ピアノのレッスンに行っていないそうですわね」と、ミス・グリンが言ったのだった。

「私のせいです。」パは赤くなった。だから、いま、マに、「まちがいをただそうと思ってな」と言ったのだった。「フェリクスさんに手紙を書いて、小切手を送った。」

「それが、送り返されてきたの？」と、マは推測した。

「いや、返事がないんだ」と、パは言った。「変だ。」


その日は、クリスマス前の日曜日だった。クリスタルは、ドゥーンの新たな地位を冷静に受け止め、「パも、理解していいころよ」と、マに言った。「もちろんあの子は、すてきなことが起こったように思ってるけど、ミス・グリンとステラは、以前からドゥーンに目をつけていたものね。まあ、男の子の数は、いつだって足りないし……本当にあたしたちの役に立つのは、ミルクの上にうっすら浮いた、クリームのとこだけだから。」それでもクリスタルは、寛大にも、ドゥーンにむかって、「学校にもどったら、エニス・グリンによろしくね」と言った。そして、「あの人が、ステラをせっついて、あんたに無理をさせたりしないといいけど。小さい学校には、そういうこと、よくあるのよね」と、いかにも事情通であるかのように、つけ足した。

ドゥーンはいつも、クリスタルの目につかないようにしていたので、その午後、食事の後片付けをすませたあと、暖炉の火の前でマとパといっしょにくつろいでいたのは、クリスタルだけだった。「ほんのしばらくとはいえ、ほっとするわね」と、マが言った。そこへ、ウィルが店から上がってきた。「ミセス・シェリンだよ。マとパに、会いたいんだって。」

「ミセス・シェリンが?」マは、椅子にすわったまま、身体を起こした。「ここへ来ていただくわけには、いかないわ」と言ったが、パは、立ち上がっていた。「いや、モード。ミセス・シェリンが来られるということは、よほど大事なご用がおありだということだ。」そして、「フェリクスさんに関係のあることじゃないかと思うね」と言った。

そのとおりだった。「下の階の方たちが、先週、階段の下に倒れておられるのを、見つけられたんだそうです」と、ミセス・シェリンは言った。「それで、病院に運んでくださったんですが、今日のお昼前に亡くなられました。」

「亡くなられた!」マは、ささやくような声で言った。

「ええ。おじゃましたくはなかったのですが、すぐにお知らせして、ドゥーンが自分で知ることになる前に、お二人から教えてあげていただきたいと思いましたもので。どうやら、ドゥーンは、あそこの鍵をもらっていて、勝手に行って練習していいということに、なっていたようです。」

「知りませんでした。」

「ドゥーンとフェリクスさんとのあいだだけの、約束だったんだと思いますわ。」

「クリスタル、ドゥーンを連れてきてくれ。」

「パは、『レッスンはやめろ』って言ったけど、練習のことは言ってなかったから。」ドゥーンは、落ち着かなげに、言いわけをした。ドゥーンは、踊ることを許されたというすばらしいニュースを知らせようと、フェリクスさんのベルを鳴らしたが、返事がなかったのだった。金曜日に練習をしに、なかにはいってみたら、このまえ持っていった果物は、ピアノの蓋の上に載ったままで、リンゴは茶色くなっていた。部屋のなかはこれまで以上に埃っぽく、暖炉は冷えきっていた。土曜の午後に行くと、果物も、汚れたカップや受け皿も、見えなくなっていた。本はきちんとそろえて積まれ、暖炉のなかはからっぽだった。部屋じゅうがきれいに掃除され、ピアノの蓋は閉まっていた。その住まい全体が閉鎖されてしまったような、暗闇の匂いがした。あまりに寒かったので、ドゥーンは、アノラックを脱ぐのをあきらめ、まず、指に息を吹きかけて、温めなくてはならなかった。

　そして、いま、パに、「持っている鍵を、ミセス・シェリンにお渡ししなさい」と言われたのだった。

「でも……」

「もう、そこへは行けないのよ」と、マが言った。「フェリクスさんは、行ってしまわれたの。」

「行ってしまった？」ドゥーンは顔を上げて、マを見た。「フェリクスさんが、さよならを言わずに行ってしまうはずないよ。」

「行くしかなかったのよ。」ミセス・シェリンが進み出てきて、ドゥーンの両肩に手を置き、真実をありのまま伝えた。「フェリクスさんは、先週の月曜に具合が悪くなられたの。そして、ついさっき亡くなられたのを、おそばでお見送りしてきたところなのよ。」

「ぼくらが、お昼を食べてたときに？」ドゥーンには、突然、それが、恐ろしいことのように感じられた。自分たちは食事をしていたのに、フェリクスさんは……ドゥーンは、胸が苦しくなって、つばを呑んだ。だが、そのときパが、「ミセス・シェリン、あなたは飲まず食わずでおいでなのでは」と言った。ミセス・シェリンは、青い顔をして、震えていた。

「モーディ……」

「すぐにお茶を、ご用意しますよ。やかんは熱くなってますし。」マは立ち上がったが、

「あたしがやるわ」と、クリスタルが言った。

「じゃあ、一杯だけ、いただきますわ。」ミセス・シェリンは、そう言うと、渡されたお茶を、感謝しながら飲んだ。「今日は、ずっと、病院にいたものですから。」

「あの方には、ご家族などは、いらっしゃらなかったんですか？」

「どなたも。フェリクスさんが、心を開いてつきあわれた方は、ほんのわずかでした」と、

ミセス・シェリンは、率直に話した。「ですから、お二方が、ドゥーンのレッスンを差し止められたのは、恐ろしい痛手だったのです。」

「主人を責めないで……」と、マは言いかけたが、ミセス・シェリンは、「どなたも責めようなどとは、思っておりません」と言った。「あなた方は、あなた方が最善と思われたことを、なさったのですから。」お茶のおかげで、その頬には、いくらか血色がもどってきていた。ミセス・シェリンは、立ち上がった。そして、「ドゥーン」と言った。「お父さまがおっしゃったとおりね。あなたが持っている鍵を、返してもらわなければ。」

ドゥーンは、ズボンのポケットから鍵を取り出したが、握った指を開くことができなかった。「あのう……あのう……最後に一回だけ、弾いちゃだめですか?」と、ドゥーンはたずねた。

ミセス・シェリンと、マとパは、顔を見合わせた。パがうなずくと、ミセス・シェリンが、「いいわ」と言った。

「三十分だけよ」と、マが口をはさんだ。

「じゃあ、あとでこの子に、鍵を届けさせてくださいますね」と、ミセス・シェリンは言った。

パは、また、うなずいた。そして、「よし、行っていいぞ、坊主」と言った。

いいと言われても、喜んで飛び出してはいけなかった。クリスタルは、自分でもなぜなのかわからないままに、ドゥーンのあとから下りていき、弟が外に出る扉の前に立ったままなのを見つけた。衝撃を受けたような顔と、細かく震えているその身体を一目見れば、じゅうぶんだった。「あんた、怖いのね」と、クリスタルは言った。それから、自分のコートと帽子と手袋を手に取った。「いっしょに行ってあげるわ。」弟の目の表情を見れば、どれほどありがたく思っているか、だが、それと同時に、やはり用心していることが、手に取るようにわかった。「ものすごくおんぼろで、汚いなんて、言わないよね？」

「部屋にはいりもしないわ」と、クリスタルは言った。「踊り場か、階段の上で、待っててあげる。」

「マには、言わないよね。」

「あたしを、だれだと思ってんの？」

ドゥーンとしては、「クリスタルさ——約束するのも、破るのも、思いのままのクリスタルさ」と、言ったってよかった。でも、いまはちがう、と、ドゥーンは思った。これまでにも、一、二度だけではあったが、クリスタルが突然、思いがけなく親切になることがあった。いまもそれだ。ドゥーンは、これまでの習慣どおりに、小さな籠に果物を入れて持っていったが、それを見ても、ばかなことをするのね、などとは、言わなかった。

外へ出ると、ピルグリムス・グリーンは、クリスマス・カードのような景色になっていた。空はまだ青く、町は、冬の日ざしならではの光で、満たされていた。常緑の木々は、白い粉をまぶしたようで、池には薄氷が張りはじめていたが、アヒルたちは元気いっぱいに、ガアガア鳴いていた。一羽のコマドリがさえずった。通りは、包みや買いもの袋やヒイラギの束などを持った人たちであふれかえり、どの窓をのぞいても、明かりをともしたクリスマス・ツリーが見えた。「こんな午後に、だれかが死んだばかりだなんて、信じられない」と、クリスタルが言い、ドゥーンは、一筋の希望を見出したように、その顔を見上げた。しかし、建物にはいってみると、なかは静まり返っていて、寒かった。ドゥーンは、自分が持っていた果物籠をクリスタルに取られても、文句を言わず、二人は黙って、階段を上がっていった。

　通い慣れた部屋は、ドゥーンが土曜日に見たときのままだった。もし、クリスタルがなかにはいったら、汚いと思っただろうが、それでもそこは、そこなりにきちんと片づけられ、掃除され、紙類も缶も石炭も焚きつけも、見当たらなくなっていた。――フェリクスさんまでが片づけられたみたいだ、と、ドゥーンは思い、胸がしめつけられるように感じたが、フェリクスさんのすべてが失われていたわけではなかった。ピアノはいつもどおりに大きくて、いつも以上に輝いていたし、ドゥーンが蓋を開いて、指で鍵盤に触れると、豊かな和音がそれに応え、それといっしょに、フェリクスさんの声が聞こえるような気がした。「まず、スケルツォからだ。ワン、ツー、スリー、フォー、それ……」

　クリスタルが、踊り場にあったたんすの上に腰かけて、果物の一つを食べかけたとき、音楽が流れはじめた。

　パから、ドゥーンがいかに上手かということは、「またその話」とだれもがうんざりするほど聞かされていたが、クリスタルがそう聞いて思っていたのは、クィーンズ・チェイスの少年少女のなかにもときどきいる、結構うまい子、という程度のものだった。しかし、このすばやくてしっかりした音の連なり、その速度と正確さには、すっかり度肝を抜かれ、食べかけのオレンジを手に持ったまま、立ち上がらずにはいられなかった。ドゥーンのはずはない。ほかのだれかが弾いているんだ。たぶん、フェリクスさんが死んでいなくて、もどってきたのかもしれない。そう思うと、一瞬、髪の毛が逆立ち、鳥肌が立つような気がしたが、ドアをちょっと開けてのぞいてみたら、見えたのはドゥーンだけ、ヒューイーからのお下がりの古いアノラックを着た、ドゥーンだけだった。ピアノの前にすわったドゥーンは、心ここにあらずという顔つきだった。たったいまも、この力強くて美しい調べをピアノから引き出しているのは、クリスタルが見慣れた、小さくて汚れた二つの手だった。その調べの壮麗さに、クリスタルは、畏敬の念さえおぼえた。

　クリスタルは、ダンスに使われる音楽以外の音楽を知らなかったし、興味を持ったこともなかった。ドゥーンも、程度こそちがったが、その点では、クリスタルとたいして変わらなかった。ドゥーンは、音楽の流れに呑まれたときなど、時折まちがえることがあったが、クリスタルには、それはわからなかった。フェリクスさんなら、いきなり、弾くのを中断させていただろう。クリスタルが思ったのは、子どもがこんなふうに弾くなんて、いま、ドゥーンが弾いているみたいに弾くなんて、考えたこともなかった、ということ、ただそれだけだった。ドゥーンが弾き続けるあいだ、クリスタルは、感嘆し、魔法にかかったようになって、ドアのそばに立ちつくしていた。

町役場の大時計が、四時を打った。約束の三十分がすぎたので、クリスタルはなかへはいった。そして、新たな敬意をこめて、ドゥーンの肩に、手を置いた。「ドゥーン、時間よ。」ドゥーンは手を下におろし、頭を垂れて、ただじっと椅子にすわっていた。クリスタルは、そっとピアノの蓋を閉めた。

ステラは、ドゥーンのことを心配していた。「あんなに、やせちゃって。」

「クラスに来ると、火花を散らしかねない勢いだけど」と、エニス・グリンが言った。

「そうでしょうけど、まるで不幸のどん底にいるみたいよ。」

「今度ばかりは、あたしのせいじゃありませんよ」と、マは言った。マは、いまでもなお、

「ベッポはどこ？　ベッポはどこ？」と、ひっきりなしにたずねる子どもの声を、思い出してしまうことがあった——「気が変になるんじゃないかと思ったわ」と、マは言った——が、ドゥーンの沈黙は、それにも増して、とりつかれたら逃れられないものだった。「小さい幽霊と暮らしてるみたい」と、マは言い、ドゥーンになんとか優しくしようとして、「フェリクスさんは、お年寄りだったのよ。とってもとっても疲れてらしたんだと思うわ」と言って聞かせた。

「どうして、フェリクスさんだけ？」と、ドゥーンはたずねた。「みんなとちがうことなんか、してないのに。」

「お年寄りは、疲れてるの。」マは、ドゥーンが言ったことは無視して、話し続けた。「フェリクスさんのことは、心のなかから消すように努めなくちゃね。」

「心のなかから消すだって！」ドゥーンは、マが何かを冒瀆したかのように、その顔を見つめた。

それでも、マが言ったことについて、何度も考えずにはいられなかった。たまたまウィルと二人きりだったときに、ドゥーンは、「ねえ、ウィル」と、たずねてみた。「ベッポは、死んだの？」

「ベッポ？　あんなやつのことは、とうの昔に忘れただろうと、思ってたけどな。」

しかし、ドゥーンは、首を横に振った。

「ほとんど忘れてたけど、いま、とんぼ返りをしたり、逆立ちしたり、ジャンプをしたりしてると……」そして、ドゥーンは、もう一度、「ねえ、死んだの？」とたずねた。

「知らないな」と、ウィルは言った。「でも、どうしてだい？」

「ベッポも行っちゃうし……フェリクスさんも……」いまでも、フェリクスさんのことを口に出すのは、むずかしかった。「行っちゃったけど、でも、いなくなったわけじゃないんだよね。ぼくのなかには、ちょっとベッポが残ってるし、フェリクスさんは、いっぱい、いっぱい……」そして、ドゥーンは、フェリクスさんがいなくなったことが、自分にとって何を意味するかを突然悟り、さびしさのあまり、昔、よく叫んだように、「ぼく、これから、どうすればいいの？」と、絶望の叫びを爆発させた。ウィルは、あとになってケイトに、「パは、よりにもよってそんなときに、ドゥーンを男の子の群れのなかに放りこんだんだ」と言った。

そんなことになったのは、残念だった。少年たちは、フェリクスさんが死んだことを知っていた。「ドゥーンは、ひどく動転してるの。だから、からかわないでやってね」と、マは、みんなに言った。クリスマスのあいだは、みんな、少年たちなりに――ヒューイーでさえ――親切にしようと努めた。そして新学期の最初の土曜日の朝食のとき、ジムが「今日はおまえも、なんなら、いっしょに来ていいぜ」と、ドゥーンに言った。

「だめだ、この子は行けないよ」と、パが言った。「ダンスのレッスンがあるからな。」そして、みんなの驚いた顔を見渡して、「言っておくが、わが家のダンサーは、クリスタルだけじゃないんだからな」と言った。

「けど——ドゥーンは男だぜ!」

「男の子は、踊っちゃだめなのか?」パ自身がそれについて言ったことのすべてが、耳のなかでこだましたが、パは聞かないことにした。「おまえたちは、どう思う?」と、パはたずねた。「もし男のダンサーがいなかったら、バレリーナは踊れるか? そもそもバレエは存在するかね?」

みんなはもちろん、そんなことは考えたこともなかった。パはおかまいなく、話を続けた。「おまえたちは、自分たちの弟のことが、まったくわかっとらんのだ」と、パは言い放ち、災難を引き起こした。

「ポルカを踊るの　見ておくれ
浮いてるみたいに　身が軽い
だっておいらは　マリオネット

何より得意は　ピルエット」

ドゥーンは、出たりはいったりするたびに、これの集中砲火（しゅうちゅうほうか）を浴びた。

「女の腐（くさ）った、意気地（いくじ）なし！」

ヒューイーは、裏口（うらぐち）の階段（かいだん）で出会ったとき、「先公のペット」と言った。

「先公のペットは、おまえだろ。」ドゥーンは知らずに言ったことだったが、それはずばり、大当たりだった。ヒューイーは、金色の巻（ま）き毛（げ）といい、青い目といい、いかにも無邪気（むじゃき）そうで魅力的（みりょくてき）な表情といい、クリスタルの魅力のかなりの部分を分け持っていた。「ピルグリムス・グリーンじゃいちばんのわんぱく小僧（こぞう）だとは、思えないよな。」ウィルはそう言って、笑わずにはいられなかった。

「先公のペットは、おまえだろ。」

「生意気、言うじゃねえか?」ジムとティムと、その仲間たちが、退路（たいろ）を断った。ティムがドゥーンに、パンチをくわせた。ドゥーンも、なぐり返した。「やる気か?」と、ジムがたずねた。

「全員とは戦えないよ」と、ドゥーンは言った。「おまえだけと、やる。」

「おまえの相手は、こっちで選ぶ」と、ジムが言った。「かかれ、野郎（やろう）ども。」しかし、ちょうどそのとき、ウィルが運転する車が、裏庭(うらにわ)にはいってきた。ウィルはすぐに事態を見てとり、バンから飛び下りて、「やめろ、みんな」と言った。「それはフェアじゃない、このくず野郎(やろう)ども。ドゥーン、おまえは、ヒューイーとやれ。ほかのみんなは、輪になって囲め。」

「見てろよ!」と、ヒューイーは言った。その直後に起こったのは、ヒューイーも、ほかの兄弟たちも、まったく予期していなかったことだった。

　ドゥーンが十歳(さい)だったのに対し、ヒューイーは十三だったが、マのケーキやパイがだれよりも好きで、ぽっちゃりしていた。ドゥーンは細くて小さかったが、その身体は、しっかりと鍛(きた)えた筋肉(きんにく)でできていた。だから、猫(ねこ)のようにすばしこく身体をひねったり、まわったりできたし、その拳(こぶし)は小さいハンマーのようだった。またたくうちに、ヒューイーは地面に伸(の)びてうなっていたが、ドゥーンは、それを見下ろしながら、ほんの少し息を荒(あら)くしていただけだった。「おいおい、どうした!　あきれたぜ!」と、驚(おどろ)いた兄たちは言った。ウィルがドゥーンに、「今度はだれを相手にする?」とたずねると、いっせいに挑戦(ちょうせん)の声があがった。ウィルはあとでケイトに、「すべては終わってたかもしれないよ。もしあのとき、あの大ばかじいさん、すなわち父上が、出てこなかったらさ」と言った。

　パは、騒(さわ)ぐ声や物音を聞いて、店から出てきた。そして、「いったい全体、何をやらかしとるんだ、おまえたち?」と、どなりつけた。

「なんでもないよ」と、ウィルは言ったが、パは、ドゥーンのジャージーがよれよれで、髪がぐしゃぐしゃになっているのを見て取った。ほっぺたには、あざらしいものが浮かんできつつあったし、パは、「その手！　手を見せてみろ。指の関節のとこだ」と叫んだ。ドゥーンはしぶしぶ手を見せた。手は血だらけになっていて、実際以上にひどい状態に見えた。じつはそれは、ドゥーンの血ではなく、ドゥーンのこぶしが口に当たったときの、ヒューイーの血だったが、ドゥーンの指の関節にも切り傷があって、それは、なぐったときに、ヒューイーの歯に当たったところだった。「今晩、おれはおまえを、ピアノの稽古のことを取り決めに、連れていくつもりだった」と、パは言った。「そんな手で、どうやって弾くつもりだ。」

ドゥーンは自分の指を、当惑したように見つめた。それは痛みはじめていたが、パが、わけもわからずにへまなことを言ったときの苦痛に比べれば、なんでもなかった。「おまえたち、まだわかっとらんのか？」と、パは息子たちに言ったのだった。「おまえらの弟が、たいした才能を持っておるということが。」

「パ、ぼく、ピアノなんか、習いたくないよ」と言っても、パは、「本物の才能があるんだ」と、重ねて言った。「おまえらとは、ちがう。特別扱いにしてやらにゃいかん。」

お茶の時間に、ジムが、「特別扱いにしてやるよ、ドゥーンちゃん」と言いながら、テーブルの下で、ドゥーンの足の指にかかとをこすりつけた。

そんなことが、その週いっぱい続いた。「サッカーしようぜ、ドゥーンちゃん。ふわふわのボール、買ってやるからさ。」

「世にも大事なちっちゃいお手々に、傷がついちゃ、たいへんだもんな。」そしてまた、あの歌だ。

「だっておいらは　マリオネット
何より得意は　ピルエット」

「行って、パに言いつけろよ、グリースまみれのネズミ坊や。」〔ネズミというのは、告げ口屋のことで、グリースは、脂肪のことだが、裏に、賄賂という意味もある〕

からかいが頂点に達したのは、ある日曜のディナーのときだった。「フォークは使わないほうがいいわよ、ドゥーンちゃん。刺さるといけないからね。」この冗談の意味が、パやマにはわからず、兄たちは、椅子から転げ落ちそうになるほど、大笑いした。ドゥーンが食べようとして、フォークを持ち上げるたびに、隣にすわっていたジムが、ひじでぐいと突くので、食べものは口からそれて、そこらにちらばった。

「ジム、かわいそうだから、食べさせてあげなさい」と、マが命令した。

「こんな食べものじゃ、だめなんだよ、マ。腎臓煮込みのプディングなんて下品なものは、とうていお口には合わないとさ。」そう言うと、ジムは、裏声に切り替えて、「あーら、ドゥーンちゃん、雉のローストなら、ちょっとばかし、召し上がっていただけるかしら？」と言った。

「ピンク・シャンパンを、ほんのひとすすり、いかが？」

「黙れ！」と、ドゥーンが言った。

「怒った！　怒った！　やーい、やい！」

「パ」と、ドゥーンは必死になって訴えた。

「からかいに乗っちゃいけない——知らん顔をすることだ。」

「ミス・グリンのおともの小人を、からかっちゃだめだとさ。」

「それ行け、坊や、ご注進」と、ヒューイーが、歌うように言った。「抜き足、さし足、そらまた、おもらし。」

「ヒューイー！　テーブルにつきなさい！　みんな、静かにするの！」しかし、マがその先を言う前に、ティムがからかった。「残念だなあ、かかしのフェリクスじいさんに、ご注進に行けなくて。」

フェリクスさんの名前を聞いたドゥーンは、パが、「亡くなった人のことを、そんなふうに言うもんじゃない」と言いはじめるよりも先に、目をらんらんと燃やして立ち上がっていた。「ハイエナどもめ！」ドゥーンがそう言ったのは、フェリクスさんが言っていたことを、思い出したからだ。「あの人はおまえたちをそう呼んだし、おまえたちはハイエナそのものだ。群れて走りまわって、自分が知らないものを見ると、笑うんだ。ハイエナどもめ！」そして、腎臓煮込みのプディングと、ジャガイモとキャベツとグレイビー・ソースの載ったお皿を持ち上げ、まっすぐにティムの顔めがけて、投げつけた。


「あんなことは無視すりゃいいんで、相手にするのは最悪だよ。」ウィルは、自分の部屋に逃げこんだドゥーンのところへ行って、そう言い聞かせた。

「とっくに最悪になってるさ」と、ドゥーンは言い、ウィルもそのとおりだと認めないわけにはいかなかった。

「口もきかんし、ピアノも弾こうとしませんので。」パは、ミス・グリンのところへ行って、そう話した。今度は、パのほうから出かけていったのだった。「ミセス・シェリンがいいとおっしゃった、ピアノの先生のとこへも、連れていったんですが。」

「ジュディス？」

「はい。あの子は、ピアノの椅子にすわろうともせんありさまでして。いったいどうしたらええんでしょうか、ミス・グリン？」

「いまのところは、放っておいてあげてください。」

「家内もそう申しとります。」

「賢いお考えです。」

「しかし――あの子は、せっかく手に入れたもんを、全部なしにしてしまうんでは……」

「私はそう思いませんね。もし、あなたが賛成してくださるなら、私はあの子に、週に一度、午後に余分に来て、赤ちゃんクラス、つまり、最年少の子どもたちのために、ピアノを弾いてくれないかと頼んでみます。ちゃんとお給金はお払いします――ええ、それが当然ですもの――リズムを学ぶには、これ以上のやり方はありません――それに、辛抱強さという、さらに大事なこともね――しかも、そうすればあの子は、弾くことから離れないですみます。」

「そのあとは？」

「様子を見ましょう。」エニス・グリンはそう言うと、ささやくように暗唱をした。「『私が生まれたとき、星が踊った。』〔シェイクスピア『から騒ぎ』より〕」

「え、なんでしょうか」と、パは言った。「いま、なんて、言われました？」

「何も。」あるいは、すべてをかも、と、エニス・グリンは思った。


それからほんの四日後に、マに電話がかかってきた。店でその電話に出たマは、上の居間へ上がってきて、どしんと腰を下ろした。そして、そこにいた家族みんなに、「信じるかどうかは勝手だけれど」と言った。「ドゥーンに、テレビに出てくれですとさ。」

「全部で十分間です」と、ミス・グリンは言った——電話は、ミス・グリンから、かかってきたのだった。ミス・グリンはヴァレリーを、演劇学校へ行かせたのだが、たまたまそこで、九歳か十歳くらいで、しっかりピアノが弾けて、「背が高すぎなくて、できれば黒っぽい髪の男の子」を必要としており、ヴァレリーが、「ドゥーンなら、ぴったり」と言っているとのことだった。

それは、ドキュメンタリーの番組だった。「ドビュッシーとかいう作曲家の生涯なんだそうで」と、マは言った。「色が黒くて、変わった人だったみたいで、髪の黒っぽい男の子が入り用なんですって。風変わりな音楽を作ったんだとか。」

「風変わりだけど、ぼく、好きだな」と、ドゥーンは言った。「フェリクスさんが、弾いてくれたことがあるよ。」ミス・グリンが言ったとおり、ドゥーンの出演はほんの短時間だった。「それでも、許諾の書類が必要みたいで」と、マが言ったが、そう聞くと、なんだか重要なことに思えた。パはそれにサインしなくてはならなかった。

少年ドビュッシーは、裏通りを――「パリの、という設定だよ」――まるで夢のなかにいるかのように、歩いていかねばならなかった。「この子は、いつだってそうですよ」と、マが言った。少年たちが石を投げてきて――「そりゃ、やるだろうな」と、ドゥーンなら、言っただろう――ドビュッシーは、通りに置いてあった手押し車のかげに隠れる。「丸石を敷いた通りだよ。」ミス・グリンは、ディレクターのジャイルズ・ヒヤワードから、「パリへ行く必要はありません」と聞かされていた。「ピアノを弾く場面は、スタジオで撮影します。演奏は一分くらいです。説明したら、ちゃんとやってくれる子ですか？」

「ええ」と、ミス・グリンは、確信を持って言った。そして、自分でドゥーンを、スクリーン・テストに連れていった。「撮影は長くて二日だそうです」と、ミス・グリンは、パとマに言った。「録音は、たぶん一日ですみますから、それくらい時間をさいても大丈夫ですね。」

時間をさいて、テレビに出るですって！　マは仰天したが、ミス・グリンは、あたりまえのことという態度だったし、ドゥーンもそうだった。家族のなかでいちばん冷静だったのはドゥーンで、そういうことも生活の一部、という感じだった。

「で、どんなだった、ドゥーン？　あんたは何をしたの？」

「ただ、言われたようにしただけさ」と、ドゥーンは言った。

「もうっ——話しなさいよ！」

「ジャイルズさんっていう、感じのいい人がいた。」ドゥーンは、なんとか話そうとした。

「カメラが何台もあって、照明やらなんやら、あったよ。セットはすてきだったな。書斎みたいだけど、並んでる本は、背表紙だけの見せかけでさ。でも、ピアノは本物だった。アップライトの。ぼくは、『月の光』の最初のとこを弾かなくちゃならなかった。すごくきれいで、ほんとに月の光みたいな曲なんだ。」

「何を弾いたかなんて、どうだっていいわ。そこは、どんなだった？　何、着たの？」

十九世紀の少年の役だったので、短いズボンに、チュニックに、バックルつきの靴といういでたちだった。それらについては、ドゥーンにつきそっていったマが、何から何まで細かく話した。しかし、マは、話しながらも、「だれかがテレビに出ることがあるとすれば、それはクリスタルであるべきだったのに」という、いまではおなじみになった痛みを感じていた。

「どっちみち、やらせてもらえなかったさ」と、ウィルが言った。「バレエの世界では、外での仕事は何もさせてもらえないの、知ってるだろ。」

マはそれになぐさめられて、どんなにすばらしい体験だったかを話しはじめた。迎えに来たのは、制服を着た運転手が走らせるスタジオの車で、それに乗せられて行った先は、ドゥーンの一日目の撮影の舞台になる村だった。そこでは、特別な席が用意されており、マは、カメラをのぞかせてもらったり、照明や、長い柄の先についているマイクをながめたりした。撮影記録係の女性や、ドゥーンの顔に何か塗ったりはたいたりするメーキャップ係の男性もいた。「この子は、とてもよくやったわ」と、マは兄たちに言った。それからドゥーンにむかって、「あんたがジャイルズさんに、石のことで言ってたのは、何だったの？」とたずねた。

「心配しなくていいよ。石が当たったりしないように、気をつけてるからね」と、ジャイルズさんは言ってくれた。ドゥーンはそれに対して、「心配しないで」と言ったのだった。「慣れてますから。砂や砂利のほうがたいへんです。砂だと、チクチクするんです。」

「石のことで言ってたの、あれ、ほんと？」と、マは、帰り道でたずねてみた。「男の子たちが、おまえに石を投げるの？　ジムとか……ティムとか……ヒューイーとか？」

「それに、群れてるやつらもね。チャックとか、トーマスとか……」ドゥーンは、あたりまえのことのように、そう言った。

「クリスタルは、そんな目にはあわなかったわ。ドゥーン、おまえはやっかいごとばかり、引き起こすのね」と、マは、ため息をついた。

その言葉は、石を投げられる以上につらかったし、マはさらにまちがいをおかした。「みんな、ドゥーンに手を出したりしないでね。」

あいにく、直接手を出さなくてもやれることは、いくらでもあった。みんなは、ドゥーンのかばんから、ダンスのときにはく靴下や半ズボンを取り出し、その口を縫ってしまった。かばんから教科書を取り出し、かわりに、ティムが肉屋からちょろまかしてきた、死んだウサギを入れた。石や砂利や砂や土を投げることもやめなかった。最悪だったのは、ダンス・シューズのなかに、犬の糞を入れられたことだ。「お父さまに言わなくちゃだめよ」と、ステラが言った。

「言えないよ。」

「じゃあ、あたしが言うわ。」

「お願いだから、言わないで、ステラ。ますますひどいことになるだけだから。」

「エニス、ペニーさんに会いにいってくださらない?」

「行かない方がいいと思うわ」と、ミス・グリンは言った。「ドゥーンがこれを耐えしのぐことができたら、あの子が何でできているか、本当にわかるでしょうよ。」

ドビュッシーの映像が放映されると、たちまちすべては静まった。「うちの弟は、テレビに出てんだぞ」と、ジムやティムやヒューイーは、自慢して歩いた。

「嘘つけ！」

「ほんとだよ。」

「かもな。」

「ほんとだ。」

「ほら吹きやがって！」

「ほんとなんだ、そんなかで、ピアノ弾いてるんだぜ。」

「アルバート・ホールでやるみたいにか？」

「ああ」と言ったのは、本当とは言えなかった。

パはそのとき、気をもんだ。「ドゥーンは、ここんとこ何週間も、弾いとらんのです。この、月のなんたらというのは、ずいぶんむずかしそうで……」

「ミス・ラモットが、見てくださってますから。それに……」ミス・グリンは、ちょっと言葉を切った。「ドゥーンがどれほど運に恵まれた子か、あなたはご存じないんですわ。今回の映像のためのドビュッシーは、偉大なピアニストのロッテ・ヴァン・ヒューゼンに弾いていただくことが、ほぼ本決まりになっていたんですよ。演じる子どもは、もちろん、弾くふりだけで。」

「ドゥーンなら、その役をするのも弾くのも、両方やれるってことですか。」パは得意になったが、すぐまた心配になって、「本当にやれるんでしょうか?」とたずねた。

「ミス・ヴァン・ヒューゼンが、ご親切に、ご指導くださることになりました。」

「そんなじゃ、だめ、ウム・ゲッテス・ヴィレン!」ドゥーンがはじめて「月の光」を弾いたとき、ロッテ・ヴァン・ヒューゼンは、そう叫んだ。「そんなじゃだめ!」それから、たった十歳の子どもだということを思い出し、「ねえ、坊や、かわいそうなドビュッシーさんが、お墓のなかでひっくり返るようなこと、したくないでしょ」と言った。

それは、不幸なはじまりだった。ドゥーンはたちまち青ざめ、硬くなった。「フェリクスさんは、お墓のなかでひっくり返ったりしないよ。こんなふうに弾いてたもん。」

「ああ!」ロッテ・ヴァン・ヒューゼンは、エニス・グリンが言っていたことを思い出した。「フェリクスさん——あなたの先生ね。ごめんなさい、ドゥーン。」

ドゥーンはそれまで、大人にごめんなさいなどと言われたことはなく、この偉大なピアノ奏者に、温かい気持ちをいだきはじめた。どうやらこの人は、単なるミス・ヴァン・ヒューゼンではなく、ドゥーンが大好きなエニス・グリンのなかよしの女男爵、すなわちバロネスであるらしかった。バロネスは、ドゥーンが気楽にしていられる場所で会おうと、わざわざバレエ教室まで来てくれたりもした。「たいへんな特別待遇よ」と、ミス・グリンは言ったが、ドゥーンはこの「特別待遇」という言葉に、慣れ親しむようになる運命だった。

「フェリクスさんは、ドビュッシーは、あんまり弾かれなかったのかもね。どんなピアニストだって、あらゆる作曲家のものを弾くってわけにはいかないもの」と、バロネスは言った。ドゥーンはこの人を、「バロネス」とお呼びするようにと言われていた。「もっとちがったふうに弾いてみるのはどうかしら。聴いてて。」ドゥーンも、フェリクスさんがこんなふうに弾いたことはなかったなと、認めざるをえなかった。弾き終えると、バロネスは両手を鍵盤から離し、ドゥーンの顔をのぞきこんだ。「美しいでしょ?」

ドゥーンは、うなずいた。口がきけなかった。バロネスはくっくっと笑いだした。くっくっと笑うだなんて! ドゥーンはびっくりした。「あんたったら、ちっちゃい隠者みたいに、まじめくさってるのね!」と、バロネスは言い、ドゥーンも気がつくと、いっしょになって笑っていた。

バロネスは、陽気な人だった。音楽家にしては、変わった気質だ。それと同時に、厳粛さを感じさせる人でもあった。大柄で、血色がよく、白髪をかきあげて、ダイヤモンドをちりばめた櫛で留めていた。着ているものも豪華で、すそが長かった。とてもたくさんの指輪をはめており、ピアノを弾くときには、はずしたのをきらめく小さな山にして、ピアノのはしっこに積んでおくのだった。バロネスがそうするのは、ほかのピアニストとはちがうのだということを、見せつけるためだった。「うちの古いピアノの上にね」と、ステラは言い、ドゥーンに、「ロッテ・ヴァン・ヒューゼンは、ブリュートナー社のコンサート用のグランド・ピアノを持ってるのよ。どこへでも、それを持っていくらしいわ」と教えてくれた。

「オーストラリアや、アメリカへも、だよね。」ドゥーンは、ロッテ・ヴァン・ヒューゼンのことに、くわしくなりつつあった。

「オーストラリアや、アメリカへもよ。しかも、自分の調律師を連れていくの。」

「バロネス」と、ドゥーンはたずねた。「ブリュートナーっていうのは、スタインウェイよりいいの？」大きな顔が小さな顔を見下ろし、たぶんその質問のかげにひそむ喪失感を見抜いたのだろう。なぜなら、「スタインウェイ以上のものはないわ」と言ったからだ。「以前、弾いてたことがあるみたいね。そう？」

「うん。」バロネスがとても優しく語りかけてくれたので、ドゥーンは、これまでだれにも言わずにいたことを、打ち明けることができた。「ぼく、大人になって、有名になったらね、バロネス、ぼく、ぼくのスタインウェイを見つけて、買って、フェリクスさんの部屋に置いて、そこに住むんだ。もちろん」と、言い足した。「まず、お金をかせがないといけないけど。」

「もちろんだわね」と、バロネスは言った。「その第一歩は、ドビュッシーを、ちゃんとものにすることよ。まずは、最初の八小節だけど……」

いったん音楽のことになると、バロネスは、愉快とはほど遠くなった。ドゥーンは、直されてばかりだった。「直されて、直されて――また直されて」と、ドゥーンはパに報告した。テレビの仕事が終わるまでは、バレエ学校で演奏することもできなかった。「注意深く敏感でいられるよさがあるのは、よくわかってるけど、悪い癖もつきますからね。あんたは、音楽のことだけ考えるようにしたほうがいいわ、ドゥーン。」

「バロネス・ヴァン・ヒューゼンは、これからも、ドゥーンに教えてくださるんでしょうか？」と、マは、ミス・グリンにたずねた。

「ミセス・ペニー！ ロッテ・ヴァン・ヒューゼンは、ピアニストに教えるのであって、小さな男の子には教えませんよ。」

マは、テレビのスタジオで、ドゥーンがピアノを弾くのを、はじめて聴いた。そのときのマの反応は、以前のクリスタルとおなじだった。「だれが弾いてるのかしら？ ドゥーンのはずはないわ。」訪問者用のギャラリーにあるテレビの画面で、マは、セットの様子を見ることができた。本がぎっしりと並んだ部屋で、ドゥーンはピアノの前にすわっていた。でも、

「ドゥーンのはずないわ」。マは照明係の一人に、「どなたが演奏なさってるんですか?」とたずねてみた。「だれかほかの方ですわね。――ミス・ヴァン・ヒューゼンとか?」

「ミス・ヴァン・ヒューゼン?」その男は笑った。「おたくの息子さんですよ。行って、見てごらんなさい。」マは、下が見下ろせるところまで、忍び足でギャラリーをまわっていった。見ると、セットの上にいたのは、ドゥーンただ一人だった。セットの下には、バロネスとジャイルズさんが立ち、耳を傾け、目をこらしており、ドゥーンはただ一心に弾いていた。マも、クリスタル同様、小さい子どもがピアノを弾くのを聴いたことがなく、子どもがこんなふうに弾けるなんて、考えたこともなかった。マは、家に帰ると、パにむかって、「フェリクスさんも、話してくれたらよかったのに。あたしたちに話すべきでしたよ」と言った。「たしかにドゥーンは、ふつうじゃないみたいですね」と、マは、ミス・グリンに言ったのだった。

「ヴァン・ヒューゼンさんの世界では、そうでもないんだと思いますよ。でも、ドゥーンはあの方から、決して忘れられないようなご指導をいただいたにちがいありませんね。」

ドゥーンは、力をふりしぼって、がんばっていた。それは、テレビの撮影だから、というだけではなく、この数日、エニス・グリンの学校と、テレビのスタジオですごすうちに、バロネスとのあいだに、世にも珍しい仲間意識が育ってきていたからだった。「ミス・ヴァン・ヒューゼン、まことに申しにくいんですが、ドゥーンを、もう一回通して、撮影させてください。」ジャイルズ・ヒヤワードは、二度も三度も、そう言わなくてはならなかった。

「お気に染まないことでないといいんですが。」

「気に染まない？　あたしたちは老兵みたいなもんですよ、ドゥーンもあたしもね。おいで、ラウスブープ。」バロネスは、いろんなあだ名でドゥーンを呼び、「ラウスブープ」というのもその一つで、それは、悪ガキのことだった。「ドゥンマーチェン」というのは、「おばかな坊や」という意味だったが、バロネスが言うと、愛情のこもった呼び名に聞こえた。ロッテ・ヴァン・ヒューゼンは、大柄であると同時に、その心も大きく、ドゥーンは、バロネスを愛し、信頼せずにはいられなかった。

「こんなにお手間をおかけくださるとは、バロネスは、本当にご親切でいらっしゃいますなあ」と、パは言った。

「親切でなさってるんじゃありませんよ」と、ミス・グリンは言った。「断言してもかまいませんが、ロッテは、おもしろいと思ったこと以外は、絶対にやろうとしません。」

ドゥーンはバロネスを、本当におもしろがらせたのだった。撮影が終わったあと、パはミス・グリンに――「もしおいそがしければ、ミス・ステラにお頼みしてもいいんですが」――ドゥーンに果物籠を持たせて、バロネスのところへお礼のご挨拶に行かせたいので、つき添いをお願いしたいと頼んだ。籠は金色で、把手には幅の広い金色のリボンが巻きつけてあり、パイナップルやアボカドや日本のミカンがぎっしり詰まり、その上にブドウが載っていて、あまりに重いので、ドゥーンはそれを持つと、よろよろとしか歩けなかった。しかしドゥーンは、エニス・グリンにも、手伝わせようとはしなかった。「まあ、美しいこと！」と、バロネスは叫んでくれた。「すてきに気前がいいわね！　ぜいたくの極みってとこ！」「大丈夫ですよ」と、ドゥーンは保証した。「原価ですから。」

しかし、おもしろがってばかりはいられなかった。ロッテ・ヴァン・ヒューゼンは、最初に鍵盤の上でドゥーンの手の位置を直したとき、こんなに小さい手にさわるのは、はじめてだと思った。小さな子どもが、大人を、それも高名な大人をいましめるほどの、勇気と厳しさを持つことがありうるとも、知らなかった。「フェリクスさんは、お墓のなかで嘆くことにはならないでしょうよ。」

「ああ！」と、バロネスはときどき、ひどく痛む歯で噛んでしまったような悲鳴をあげた。「だめよ、ドゥーン、だめ！」それでもバロネスは、全身全霊をつくして、ドゥーンに教えた。――「あの方ならではの魔法ね」と、エニス・グリンは言った――収録が終わると、バロネスは「ブラヴォー！」と言った。「ブラヴォー、ドゥーン。あんたは、これからでも、音楽家になれそうね。」

ドゥーンは、自分がちゃんとやれたことを承知していた。『ラジオ・タイムズ』に、あいつの写真が出てるぞ」と、少年たちは感心したし、マは、スタジオの車で家へ帰るとちゅうで、「あんたは、またとないほど幸運な子ね！　進める道が三つもあって」と言った。

「三つ？」ドゥーンには、どういうことか、わからなかった。

「お芝居ができるわ。」

「ちょっとね。」

「ピアノが弾けるわ。」

「ほんのちょっぴりね。」ロッテ・ヴァン・ヒューゼンとのおつきあいで、ドゥーンは、それがどれほどちょっぴりにすぎないかを悟っていた。

「そして、踊れるわ。」

「うん、踊れるよ、ママ。」ドゥーンは、マではなく、きちんとママと呼び、じっとその顔を見つめた。マはこれまで、緑がかった褐色のその目が、どんなに雄弁に語るかに、全然気づいていなかった。「ママ、ぼく、ミス・グリンとステラに、ダンスを習ってるの。踊るのがいいな」と、ドゥーンは言った。「あの子は、大変な時期を切り抜けたようね」と、エニス・グリンは、ステラに言った。「日に日にしっかりしてくるわ。辛抱強くしてましょ――

オーディションは、もう、そんなに先じゃないんだから。」
「男子の十三番から二十四番、おはいりください。」
二十四人の少年たちは、十二人ずつに分けられていた。十月以来、イングランドの東西南北はもちろんのこと、スコットランドでも、ウェールズでも、そしてアイルランドでも、オーディションが行なわれていた。さらに遠い海外からやってくる子どもたちもいた。応募した少年たちは、二百三十四名にのぼり、少女たちは、その倍ほどもいた。この三月の朝、何度ものオーディションを勝ち抜いてきた二十四人から、十人の少年たちが選抜されることになっていた。その十人は、王立バレエ団の養成校である、クィーンズ・チェイスに進むことができるのだ。

少年たちは、お互いをちらちらと盗み見ていた。九時十五分にみんなが集められたのは、巨大でがらんとした殺風景な教室で、ハマースミスにある高等部の学校の待合室として使われていたところだった。そこは、両方の学校を統括する本部でもあった。十九番のドゥーンにつきそっていたのは、ステラとパだった。マは、来ることを拒否した。

「オーディション？　何のオーディションなの？」と、クリスタルはたずねた。

復活祭〔春分のあとの最初の満月の次の日曜からの一週間で、イースターとも呼ばれる〕に家へ帰って来たクリスタルは、テレビのことを知っても全然動転しなかったし、『ラジオ・タイムズ』にドゥーンの記事が出ても、平然としていた。「あの子には、よかったじゃない。テレビなんて、たいしたことないけど。なんでもかんでも、出てくるんだから。」しかし、才能に恵まれた弟が家にいるのと、おなじバレエ学校にいるのとでは、話が別だった。それに、『ハーレキナーダ』以来、とりわけ、ステラの言葉を聞いて以来、クリスタルの心の底には、一つの疑問がわだかまっていた。ステラは、「お子さんを、王立バレエ団に入れたいのなら、あと二年、ドゥーンを待っておやりになることですね」と、言ったのだった。「だめよ、マ、お願い」と、クリスタルは頼んだ。「あそこはやめましょう、ウィリアム」と、マは、入学願書を見たときに言った。「あそこはよくないわ。やっかいなことになるだけよ。」

「なるほど――クリスタルのことだな。」

「ええ、クリスタルのことよ。あの子は、ドゥーンに、クィーンズ・チェイスの近くをうろうろされたくないの。ドゥーンには、かかわりたくないのよ。」

「言わせていただいてよろしければ、ミス・クリスタル・ペニーは、王立バレエ学校の所有者ではないはずだがね？」

ドゥーンは、十月のオーディションに合格し、いま、この三月の朝、最終審査にのぞもうとしていた。

「チャールズから、激励のカードをもらったよ」と、ドゥーンは言った。「ミス・グリンからも、バロネスからも、ルースと、ミセス・シェリンからも！」その目は、パの目が心配そうなのとは反対に、喜びに輝いていた。

ドゥーンにとって、その夏から、秋、冬にかけては、これまでの、短いなかにトラブルばかりが詰まった人生のなかでは、ついぞ経験したことがないほど、すべてが順調だった。男の子たちには、あいかわらずからかわれたが、「もう、以前みたいにひどくはないよ。こっちだって、やり返せるし」と言えた。「――たまには、だけど。」

踊るほうでは、ステラが重要と考えていたらしい基準をこなし、学校の発表会では、『眠れる森の美女』のなかの、青い鳥のソロを踊った。「もちろん、ちょっとやさしくなってるけどね。足をバタバタやるのはないし、飛ぶステップもないけど、グラン・ジュテ・アン・トゥールナン*は、なんとかやったよ。」それは、身体を回転させながら、ジャンプをする技だった。発表会では、青いタイツとショートパンツ、キラキラときらめいている青いチュニックという、本格的な青い鳥の衣裳を着て、髪にも小さな翼のような形にした羽根をつけた。

「音楽がすごいんだ」と、ドゥーンはパに言った。「鳥がさえずってるみたいなんだよ。」ドゥーンは、六人の少年と少女による、スケートのダンスにもはいっていた。「よろよろしたり、転んだり、尻もちついたりするんだよ」と、ドゥーンは、くすくす笑った。音楽についても、なんとか講和が成立していた。

それは、バロネスのおかげだった。ドゥーンが果物籠を届けにいった日、バロネスは、「お父さまからお聞きしたけど、ドゥーン、あんたには、ピアノの先生が必要なようね」と言った。

「そんなの、いらない。いらないよ」と、ドゥーンはむきになった。そして、「習う必要のあることは、フェリクスさんから、全部習ったもん」と言い張った。

「ここへ来なさい、おばかな坊や」と、バロネスは命令した。ドゥーンは、しぶしぶ進み出た。「マイン・クライナー・ドゥムコプフ」と、バロネスは言った。「あたしの、ちっちゃいおばかさん。あんたも、あたしも、それどころか、世界でいちばんの音楽家でも、知る必要のある音楽を、すべて知っているわけではないのよ。」そして、少年の頭越しに、「エニス、この土曜のあたしのコンサートに、この子を連れてきてくださる?」と言った。「行けないんです──マチネーに出るもので。たぶん、ステラなら……」あとでステラは、バロネスに、「あの子は、夢中になってました」と報告した。「帰り道では、宙を歩いていて、しっかりつかまえておかないと、車に轢かれかねないありさまでしたよ。」

「おやおや! じゃあ、今度の土曜日にもまた来ない、ドゥーン? あたしの生徒の一人が、演奏するの。」

その何度かのコンサートが、ドゥーンを征服した。ときにはウィルが同行し、ときにはステラがつきあい、一人で行くこともあった。「そんなに気に入ったの?」

「なんていうか……そのう……」ドゥーンには、どうだったかを言うことはできなかったが、バロネスは、言いたがっていることを理解し、「じゃあ、ピアノの先生について、練習、練習、練習ね。」練習、すなわち「プラクティス」の「ラ」の音が、夫人の巻き舌で響きわたった。「ハイン?」

「行きたい学校へ行けたらね」と、ドゥーンは約束した。


さあ、いまだ。これをのがしたら、チャンスはないぞ。

だれもが、長くてつらい半日になることを、覚悟していた。「男子のみなさんには、どちらのグループにも、それぞれ、一時間と十五分、踊っていただきます」と、秘書さんが、待っているみんなにむかって、言った。「両方とも終わったあとは、審査委員会がみなさんについて議論をするあいだ、しばらく休憩になります。何人かの方は、残念ながら、そのあとの選考からは、はずれることになります。みなさん全員を受け入れるわけには、いきませんからね。その方たちは、お帰りになって結構です。残った方たちには、一人ずつ、ここのお医者さまの検査を受けていただくことになります。みなさんが、クラシック・バレエの訓練に耐えうるだけの、丈夫な身体をしているかどうか、確かめる必要がありますからね。」

「両方のグループが、踊るのを終え、議論の結果、『ふるいわけられ』たら」そこで、秘書さんは、にこっと笑った。「残った方たちには、もう一度、踊っていただきます。それから、審査委員会の立ち会いのもとに、身体検査を受けていただきます。それは、訓練に適応できる身体であるかどうか、たしかめるためです。足のつき方や首の位置に問題がある場合も、ふるい落とされます。」少年たちと親たちは、笑顔を返そうとしたが、秘書さんが、すぐに真剣な顔つきにもどったので、うまくいかなかった。「それを終えたあと、審査委員会は、最後の十人を選びます。」

最後の十人。少年たちのほとんどは、まだアノラックやコートを着ていたが、それでも、身震いをせずにはいられなかった。

その隣の部屋にも、ほとんどおなじ緊張感が漂っていた。しかし、そこには、期待感も含まれていた。もっともそれは、自制によって鍛えあげられた期待感だった。これまでに、がっかりさせられたことが、いったいどれだけあっただろうか。何人もの男女からなる審査委員会は、長いテーブルを前にして、すわっていた。それぞれが書類を前にし、これまで積み重ねてきた経験にもとづく知識と、ダンスへの献身とに支えられ、自制心の下に、希望をもいだいていた。いつの日か、この子どもたちのうちのだれかが、大きく花開く日が、やってくるかも……？

あくまでも、「かも」だ。

ずらりと並んだ人々のなかで、まずいちばんに目につくのは、委員長席にすっと背筋を伸ばしてすわっている、エリザベス・バクスターで、この人が高等部と中等部、両方の学校の校長だった。ほかの女性たちよりも背が高く、静かにしていても、みんなを率いる威厳を感じさせた。「当然のことです——あの方の直感力は、なみはずれていますからね」と、理事のマイケル・イェーツは、しばしば言った。「エリザベスは、私たちがうっかり見落とすところも、ちゃんと見てくれています。」彼女を囲んでいたのは、バレエ界のなかでもとりわけ重要な人々の、そのまた頂点にいる人たちだった。マイケル自身、複数の学校の理事を兼任しており、王立バレエ団の発祥の地である、有名なプリンセス劇場のバレエ監督だった。クィーンズ・チェイスからは、主任教師のミスター・マックスと、ミス・マッケンジーが来ており、高等部の学校からも、主任教師たちが来ていた。その左手には、ミセス・チャロナーがすわり、異なる意見が飛び出してくるのに備えていた。

委員会の全員、とりわけ、男性の審査員たちに目立つのは、知られざるダンサーの卵たちに対する、優しさだった。しかしそれが、審査をするときの厳しい判断に、影響を及ぼすことはなかった。厳しく判断することは、どうしても必要だった。王立バレエ団の水準は、維持されなくてはならなかったし、「かかるコストは、お金だけではない」からだった。だれもが承知していたことだが、イェーツ氏の言う「このちっぽけな『わんぱくども』の一人」が、「その小さな拳のなかに、われわれのバレエの将来を握っているかもしれない」のだった。

いま、ピアニストは、いつでも弾けるように待機していた。中等部の主任教師であるマーガレット・デュヴァルが、オーディションを率いる役目をになっており、これから行なうエクササイズについて少年たちに説明し、やってみせ、ときにはいっしょに踊ったりもしながら、巧みに緊張をほぐし、恐怖を鎮めてくれた。

「さあ、男子のみなさん、おはいりください。」

「あんたはあの子に、なんの助言もしてくれなかった。何も伝えようとしなかった」と、パはステラに、文句を言った。ステラは、ドゥーンがコートを脱ぐのを手伝い、袖なしシャツをひっぱって、きちんとしてやり、髪をとかしてやっただけで、軽く肩をたたいて、送り出した。「家内の話だと、ミス・グリンは、クリスタルには、楽しんできなさいと言われたそうだ。しかし、このかわいそうな坊主は、そうはいかん！」パは、部屋のなかを行ったり来たりした。そして、「子どもにこんなことをさせる権利は、だれにもない」と言った。「ふつうの子どもだったらね」と、ステラは言った。「だれもがふつうってわけじゃないし、ドゥーンには、楽しんでおいでなんて、言う必要ないわ。きっと、楽しんでるわよ。」

「あの、心ない審査員たちの前でもか！」

「心ないと思ったら、大まちがい。このオーディションは、あの方たちが、感情をまじえずに判断しなくてはならない場なのよ、ペニーさん。それに、ドゥーンにとって、あの人たちは、審査員ではなく、友だちのように思えるでしょうよ。あの子は、相手が自分のことをわかってくれたら、すぐにそれに気がつくわ。あの子がおびえるのは、わかろうとしない人が相手のときだけ。」そして、ステラは、「こっちへ来て、おかけなさいな」と言った。パがそれに従うと、ステラはその手に、自分の手をすべりこませた。パは、もうずいぶん長いあいだ、女性の柔らかい手になど、触れたことがなかった。気の毒なマの手は、働きづめで、すっかり硬くなっていた。ステラの手は、やわらかくて、しかもしっかりしており、自信に満ちていた。「ドゥーンにまかせましょうよ」と、ステラは言った。

少年たちが列を作ってはいっていくと、部屋のなかは静かになった。年齢は十歳か十一歳で、ほとんどおなじだったが、背丈はずいぶんちがっていて、ひょろっと伸びた子もいれば、小さい子もいた。「でも、ありがたいことに」と、秘書さんは、親たちにすでに説明していた。「もし疑問がある場合は、そのうち、どこまで伸びるか、調べることができます。手首のまわりの軟骨組織にX線を当ててみれば、ここのお医者さまなら、判断することができるんです。」ぽっちゃりして、小さなおなかが目立つ男の子もいた。ほっそりした子や、やせこけた子もいた。亜麻色の髪や、褐色の髪の子、黒い髪の子もいた。生姜色の巻き毛が、モップみたいにもしゃもしゃしている子もいた。肌の色は、バラ色だったり、青白かったり、日焼けして褐色だったり、そばかすがあったりした。雄弁な目もあれば、内気そうな目もあった。しかし、その全員が、にこやかにしなさいと、指導されていた。

だれもがそろって、黒い半ズボンと、番号札のついた白い袖なしシャツという姿で、白い靴下の上に、子山羊の革でできた、底の柔らかい、黒か白のダンス・シューズをはき、できるかぎりいい評価を獲得しようと、決意を固めていた。

みんなはまず、部屋のなかを、ぐるぐると、何度も歩きまわった。それから、マーガレット・デュヴァルの号令とともに、スキップに移り、身体が温まって緊張がほどけるまで、それを続けた。それからバーにつき、ゆっくりしたワルツに合わせて、深いプリエをやってみせた。これは、腰を落としながら、膝を開いて、しっかりと曲げていく動きで、頭はしゃんと上げ、小さなおなかはひっこめておかなくてはならない。だれもが、真剣そのものだった。

次に、やはりバーにつかまったまま、かんたんな足の運動をした。全部で十二組の足がいっせいに動き、一人一人が、足の先から頭のてっぺんまで、あら探しをするような視線を浴び続けた。

二番目のグループの十五番の少年は、ノーマンといい、鼻筋はまっすぐで、人を見下すような小鼻をしており、きれいにカットされた金髪には、しっかりブラシがかけてあって、高慢そうに落ち着き払っていた。それとは対照的だったのが、二十一番のピーターで、心配そうな青い目に、ふわふわの茶色い髪をした、小魚のような少年だった。この子は、うれしそうにスキップし、明らかに、ステップの名称がろくにわかっていなかったにもかかわらず、全身全霊をつくしてがんばっていた。

審査員たちは、ある少年たちについては、ほんのちょっと見ただけで、それ以上見ようとしなかった。その必要がなかったのだ。それ以外の少年たちについては、いろいろ考えながら観察し、鉛筆を唇に当てたまま、何度も見つめなおし、それからメモをとった。その手元の書類には、少年たち一人ひとりの欄があり、身長、体型、ヒップ、脚の長さ、両手を伸ばしたときの長さ、足の大きさ、アキレス腱の具合などが書きこまれていた。アキレス腱が硬くなりすぎている少年は、除外されることになっていた。それ以外の所見を書きこむ欄もあった。それまで通っていたダンス・スクールについても書かれており、もし、ロイヤル・アカデミーの試験に通っていれば、そのことも書かれていた。――「うちのルパートは、全科目、通りましたのよ」と、ルパートの母親は、待合室で自慢していた。

「まあ、どうしましょ！　うちのピーターは、そういうこと、何もやってないわ。」一人親家庭だったピーターの若い母親は、すっかり動揺させられていた。「あの子は、ただもう、踊ることにのめりこんでしまったんです。予備試験は通ったんですけど、あの子をここへ連れてくるなんて、まちがってたのかもしれませんわ。」

「言いたい方には、言わせておけばよろしいのよ」と、ルパートの母親は、恩着せがましく言った。「ルパートには、こんなこと、ほんの形式ですの。」しかし、選ばれた十人のなかに、ピーターははいっていたが、ルパートははいっていなかった。「親たちは、さぞ、狐につままれたでしょうね」と、エリザベス・バクスターは言った。「どうして、明らかによく訓練された子が無視され、まったくの初心者が通るのか、理解できないでしょうよ。」

審査員たちは、何を求めていたのだろう？　それは、単に踊れる子どもではなかった。いまは踊れなくても、訓練したら踊れるようになる子もいる。身体的条件が整っていればいい、というのでもなかった。もっともそれは、必要なことではあって、これから身体が育っていく過程で、少しずつ整えていかねばならない。夢中でがんばるだけでは、それはできない。夢中でがんばろうという気持ちは、明らかに、ほとんどの少年が持っており、「でなきゃ、ここまで来てないわ」と、ミス・バクスターは言った。審査員たちが求めていたのは、本物の才能を持って生まれた子どもだった。その力があまりに強いので、才能が子どもに属しているのではなく、子どものほうが才能に属しているかのような子どもだ。福音書に、「汝ら我を選びしにあらず、我なんぢらを選べり」という一節があるが、その遠いこだまのようだと言ってもいい。「しるしがつけられた」子ども――マがかつて言っていたように――は、いるが、そのしるしを見つけるのはたやすいことではない。「エリザベスでさえ、まちがえることがあるからな」と、マイケル・イェーツは言った。赤いモップのような巻き毛の男の子は、体型はすばらしいし、パワーがあったが、することが、妙にぎくしゃくしていた。「神経質なのかもしれないし、癖かもしれないけど、整形外科医の所見を待ったほうがよさそうね」というのが、結論だった。雪花石膏のような肌に、蝋燭の光がすけて見えそうで、熱心さに光り輝いている子もいたが、審査員たちは、その子が、ひどく汗をかいていることに気づいた。「あまり丈夫ではないようね。」多くの子が、明らかに才能に恵まれていたが、経験を積んだこの審査員たちにとっては、その程度の才能は、「ごくふつう」でしかなかった。それぞれの学校では光っていたかもしれないが、ここの審査員たちは、おなじくらいの才能を持った子どもを、何百人となく見ていた。二つ目のグループでは、十九番の、黒っぽい髪をした小さな少年が目をひいた。ドゥーンは明らかに、一瞬一瞬を楽しんでおり、ドゥーンがにこっとすると、だれよりも厳しい審査員でさえ、ほほえみ返さずにはいられなかった。「エニスのところの子の一人です」と、ミス・マッケンジーが、審査委員長にささやいた。「ああ!」その名前は、書類に書かれていた。「エニス・グリン・バレエ学校」。その名はそれだけで、必要なことを物語っていた。

どの運動も、ステップも、やさしかった。「子どもの遊びじゃないか」と、ノーマンの顔には書いてあったが、じつはそれらは、目的に従って、周到に用意されたプログラムだった。足の動きを見るもの、腕の動きを見るもの、どれだけの力が出せるか、どれくらい跳べるかを見るもの。

どのグループの子どもたちにも、おなじプログラムが課せられた。バーでの運動が終わると、子どもたちは、マーガレット・デュヴァルの指示に従って、部屋のセンターに出た。

「前へ出て、右腕を二番のポジションにして、右を見て。」マーガレットは、そう言うと、自分でやってみせた。

「左前へ出て、左腕をポジションに置いて、左を見て、うしろ側の脚を、先を伸ばして、タンデュ。それを、四回くり返す。若い王子のように、誇らしげに。」十二人の若い王子たちが、その動きをたどった。ノーマンがとりわけ、誇らしげだった。

「ありがとう」と、ミス・バクスターは言ったが、この人の「ありがとう」は、完璧なまでに、ただの決まり文句にすぎなかった。

目立ったのは、ほかの子たちが混乱したり、ついていけなくなって横にどいても、小さなピーターだけは、ちゃんと続けていたことだった。

次はアラベスクだった。「よろめいても、気にしないで」と、ミス・バクスターは言った。「みなさんの脚がどこまで上がるか、見るだけだから。」ノーマンは完璧にポーズを保っていたが、ピーターは、よろめいただけでなく、もう少しでうつぶせに倒れてしまうところだった。

そして、ジャンプ。シャンジュマンというのは、空中で、脚の前後を入れ替えるジャンプだ。「天井はたいして高くないんだから、頭をぶつけるつもりで、やってちょうだい」と、ミス・バクスターは、みんなをはげました。

ピーターは最善を尽くしたが、ごくかんたんな脚の入れ替えでも、脚と脚とがからまって、倒れた。「笑っちゃだめ！」と、ミセス・チャロナーが、ジーン・マッケンジーにささやくと、ミス・マッケンジーは、おなじくらい静かに、「あの子のことは、私がなんとかできると思うわ」と、ささやき返した。ピーターはまた、脚をもつれさせた。ノーマンは、宙を舞うとき、足を矢のようにまっすぐ下に伸ばし、さげすむような目で、ピーターを見た。

「ホーンパイプ踊り〔イギリスの伝統的な船乗りの踊り〕をやったよ。それも、どんどん速くさせられたんだ」と、ドゥーンは、うれしそうに報告した。「あの女の人が、終わり方は好きにしていいと言ったんで、ぼくは、望遠鏡をのぞいた。おもしろかったよ。」

「ホーンパイプだとさ！」ドゥーンとおなじグループだったノーマンは、ばかにしたように、母親に報告した。

「ぼくは倒れこんだ」と、小さな少年、ピーターは言った。

「じゃあ、行ってよろしい」と、ミス・バクスターが言った。「ありがとう、みなさん。」

「お辞儀をしなさい」と、マーガレット・デュヴァルが命じた。二つの和音が鳴らされ、お辞儀が二度、くり返された。ノーマンは型どおりにお辞儀をし、ピーターは、いかにもほっとした様子だった。「審査員のみなさんに、お礼を言いましょう」と、マーガレット・デュヴァルが言った。お礼の言葉らしきものが、もごもごとつぶやかれた。行進曲に合わせて、子どもたちは出ていった。

その外側の教室で、秘書さんが、淡々と、感情をこめないように気をつけながら、選ばれた子、選ばれなかった子の、名前を読み上げた。それは、勝利の瞬間、または、衝撃の瞬間だったが、秘書さんの声は、単なる日常業務のようだった。「残念ですが、審査委員会は、サイモン――リチャード――アンソニーは、まだ基準に達していないと、判断しました。ルパート、ギャリー、イアン、ジャン、以上のみなさんも、これでお帰りください。」

最後の三十分のために残されたのは、十四人の少年たちだった。その十四人のうち、四人が帰されることになるのだ。

課せられた動きは、二つだけだったが、どちらも四、五分かかる長さだった。

「マーガレット、もう一度、お願い。」

「はい、みなさん、もう一度。」

「はい、ありがとう……ありがとう……ありがとう」という声には、何の感情もこもってはいなかった。それから、ミス・バクスターは、「靴と靴下をぬいで」と命じた。

「最後が最悪だったよ」と、ドゥーンは言った。「先生たちがずーっと見てて、絶対に目を離してくれないんだ。ぼくらは、二人ずつ順番に、部屋のまんなかに出て、脚をまっすぐにしたまま、前に屈んで、床に四回、さわらせられた。そのあと、床にあおむけに寝そべって、両足をくっつけて、蛙みたいに引っぱり上げた。若い女の人が、膝を押して、どこまで伸びるか、たしかめてた。痛かったよ。それから、足をそろえて、まっすぐに立って、みんながじろじろ見るあいだ、じっとしてた。全部の目がこっちをむいてて、それがいつまでも続くんだ。それからやっと、いちばん偉そうなおばさんが、『ありがとう』って言った。」

「聞いとると、なんか、家畜市場のようだな」と、パはうなった。

たしかにそうだが、そっくりとは言えなかった。そこで検査されるのは、小さな人間の子どもたちで、しかもその子どもたちは、なすすべもない存在ではなかった。なかには、じろじろと見られて、気弱になったり、当惑したりして、床に目を落とす子もいた。心配そうに、審査員たちの顔を盗み見る子もいた。じっと立っていることができず、もじもじしてしまう子もいた。しかし、数人は、ちゃんと視線を返すことができた。ノーマンは、誇らしげに、顔から顔へと目を移した。ピーターは、訴えかけるような顔をしていた。一人二人は審査員たちにほほえみかけ、ほほえみを返してもらった。そのうちの一人が、十九番のドゥーンだった。


子どもたちが出ていくと、審査員たちは、さっそく議論をはじめた。最初は、メモをのぞきあうざわめきが続き、それから、ミス・バクスターが、権威を感じさせるきっぱりした声で、「一番」と言った。するとすぐに、評価や意見が、順序正しくおだやかに述べられていった。

「一番は？」

「可能性がある程度です。」

「たぶん――可能でしょう。」

「七番は?」

満場一致で、「だめ」となった。

「九番は?」

「跳躍の姿勢が、とてもよかったわね。」

「自分を保っているところが、気に入ったな。」

「フットワークがきれいでした。」

「『合格』として、よさそうですね。」

ちょっととげとげしい雰囲気になることも、ときどきあった。「ミスター・マックス、あなたは楽観的すぎる。」

「私は、希望というものを、信じてますんでね。」

「まあまあ、時間のむだづかいは、よしましょう。」

十五番のノーマンのところで、話はとどこおってしまった。

「明らかに、しっかり訓練されてはいますね」と、ミス・バクスターが言ったのには、だれもが賛成せざるをえなかった。しかし、「性格に問題がありそうです」と、だれかが予言し、「あの子自身のせいではなさそうですが」と、つけ足した。

「どうやら」と、ミス・バクスターが、話をまとめた。「現時点では、過度の訓練が能力をそこなっている、ということのようですね。それにしても……」

「私のクラスでなら、なんとかなるかも」と、ミス・マッケンジーがつぶやいた。

十七番の少年については、反対の声が強かったが、ミスター・マックスがその子を気に入っていて、またもや、希望的意見を述べ、「一年、試してみましょう」と、熱心に訴えた。

「そこでまた、検討すればいい。」すると、それまではまったく発言していなかったミセス・チャロナーが、口をはさんだ。「おそらくだめそうなのに、一年？　十一歳ですから、中学校へ進むときです。もし、その一年がむだになったら、その子は重大な不利益をこうむることになりますよ。そんなことになって、いいでしょうか？」それは明らかに筋の通った考えで、「それはよくないと思いますね」と、ミス・バクスターが結論を出した。

「あたしがオーディションを受けたとき、みんなはなんて言ったかしら」と、あとで、クリスタルは言った。クリスタルは、ドゥーンについて何が言われていたかも、知りたいと思った。

「十九番は？」しかし、たずねてみる必要はなかった。「どなたも、十九番はお気に召したと思います」と、ミス・バクスターは言った。

「ドゥーンがはいった！」兄弟たちや仲間の少年たちにそれを知らせたのは、ヒューイーだった。「四千人のなかから、たったの十人だぞ」――四百人が、たちまちのうちに四千人にふくれあがっていた――「その一人が、うちの弟ってわけだ。」兄たちは自慢し、ドゥーンは、学校からの帰り道で、あちこちからおめでとうと言われた。髪を引っ張られることがあっても、それはいまや、愛情表現のしぐさに近くなっていた。

今度は、ミス・グリンに電話をかけて知らせたのは、すっかり得意になったパだった。

しかしドゥーンは、クリスタルのブローチみたいな、「これぞというもん」は、もらわなかった。パはマと喧嘩になって、すっかり動転していたのだ。その喧嘩は、クリスタルをめぐっての争いよりも、さらに深刻だった。「バレエ学校というもんには、家族をバラバラにしてしまうとこがあるようだな」と、パは言った。

マが、知らせを聞いたときから、ずっと黙ったままだったので、パはついに、「どうしたんだ、モード？」と、たずねてみた。

「いいこととは思えないわ」と、マは言った。

「あの子は芝居ができるのよ」と、クリスタルは言ったのだった。「どうして、そっちじゃだめなのよ？」マは、いま、その話を、パに持ち出した。「あんなにちょっとの役だったのに、ミス・グリンの話じゃ、あのあとしょっちゅう、問い合わせがあるそうよ。」

「あの子は、芝居をやりたがってはおらん。」

「音楽がいいわ」と、クリスタルは言った。「すばらしいんだもの。」そこへ、マが、「きっと奨学金がもらえるわ」と言い添えた。

「モード！　あの子はダンスをしたがってるんだ。」

「あんたは、十一の子に、自分で選ばせようというわけ？」

「それこそ、おまえのあのブラウン氏が、そうしろと言われたことだぞ。もっとも、おれはおまえが、クリスタルにそうさせたとは、思わんがな。おまえはやたら口出しして、誘導したからな。」

「いまは、口出しなんか、してないわ。あの子は、こんなことになるのが、いやなのよ。」

「いやなら、自分がやめればいい。」

「あの子のほうが！」

「ああ」と、パは言った。「ドゥーンは、自分でこれをやってのけた、自分一人でな。だれも、それを、じゃまだてするわけにはいかん。」

「なら、結構よ」と、マは言った。「じゃあ、あたしはこのことから、手をひかせていただきます。今後一切、何もしませんから。」

バレエ用語集

＊五十音順。バレエ用語はかなりが世界共通で、フランス語であることが多い。

アラベスク……片脚(かたあし)で立って、もう一方の脚をうしろに伸(の)ばし、片腕(かたうで)を前に伸ばしたポーズだが、どちらの腕を伸ばすか、もう一方の腕をどうするかで、いくつかの型がある。

アダージオ……音楽用語としては、「ゆっくりと」を意味するが、バレエでは、パ・ド・ドゥの最初に、女性が男性のサポートで、美しいポーズを見せながら、ゆっくり踊(おど)る部分をさすことが多い。

アン・ドゥオール……「外向きに」という意味で、片脚で立ち、もう一方の足を横からうしろへまわすこと。また、かかとをくっつけて、右足は右、左足は左へと、両足を一直線になるように左右に開き、膝(ひざ)を伸ばしてまっすぐに立つ姿勢のこともさし、これができることが、バレエの基本。ターン・アウトともいう。

アン・ドゥダン……「内向きに」という意味で、片脚で立ち、もう一方の脚をうしろから横、前へまわすこと。

アン・トゥールナン……「回転しながら」という意味。

アン・ナヴァン……「前に」という意味で、下ろした両腕で円を作り、それをみぞおちくらいの高さに持ち上げること。

アン・ナリエール……「うしろのほうへ」という意味。身体を前にむけたまま、うしろへ移動すること。

ヴァリエーション……二人で踊るパ・ド・ドゥや、三人で踊るパ・ド・トロワなどに含まれる、それぞれが一人で踊る見せ場のことで、コンクールや特別公演などでは、そこだけを取り出して踊ることもある。ソロともいう。

エクササイズ……基本的な動きの練習、訓練。

キャラクター・ダンス……民族舞踊のリズムやステップを取り入れたダンスで、主役ではない、演劇的な要素の強い役を踊るダンサーのための見せ場。

グラン・バットマン……片脚で立って、もう一方の脚を、前・横・うしろのいずれかへ、まっすぐに高く蹴り上げる動き。

五番のポジション……両脚の膝とつま先を真横外側にむけて脚をクロスさせ、うしろの足のつま先が前の足のかかとに触れるようにすること。

コメディア・デラルテ……十六世紀にイタリアで生まれたとされる、旅まわりの即興喜劇。アルレッキーノ(ハーレキン)と呼ばれる道化師、その恋人のコロンビーヌなど、お決まりの登場人物が活躍する。

シャッセ……前に出ている脚を、うしろの脚で追いかけるようにして移動する動きで、ジャンプの助走として使われることも多い。

ジュテ……跳ぶこと、あるいは片脚を投げ出すように伸ばす動き。グラン・ジュテは、片脚を前に振り上げながら、もう一方の足で踏み切って行なう大きなジャンプで、空中で脚を大きく前後に開いた姿が、注目を集める見どころとなる。

タランテラ……南イタリアのタラント周辺で生まれた、テンポの速い民族舞踊。
ターン・アウト……脚の骨をつけねから外に開き、両足が一直線に、反対方向を向くようにした状態のこと。アン・ドゥオールを英語にした用語。
タンデュ……片脚の膝を伸ばしたまま、前・横・うしろのいずれかにすり出す動き。
デガジェ……片脚を四十五度くらいの高さまで、蹴りだすこと。
タン・ルヴェ……上半身のポーズは崩さないままで、両脚、または片脚でジャンプすること。
チュチュ……バレリーナのスカートで、ほぼ水平にピンと張ったのを、クラシック・チュチュ、少し長めで垂れ下がったのを、ロマンティック・チュチュと呼ぶ。
ドゥヴァン……「前に」という意味で、身体の前に脚が出ていることをいう。
二番のポジション……両脚の膝とつま先を真横外側にむけて、左右の足のかかとのあいだを、足一つぶんか、一つ半ぶんくらい、あけること。
バー……バレエのレッスンや、ウォーミング・アップのときに、身体を支えるのに使う手すりのこと。
パ・ド・ドゥ……二人で組んで踊る踊りのことで、主として男女の組み合わせで踊る。主役の男女が組んで踊る最大の見せ場を、とくに「グラン・パ・ド・ドゥ」と呼ぶ。
バランセ……体を揺らすようにして行う三拍子のステップ。
ビート……両脚を伸ばし、伸ばした足が前後に重なるようにして、まっすぐ上へジャンプし、空中ですばやく足の前後を入れ替えて着地し、それを何度もくり返すこと。

ピルエット……片脚のつま先で立って、身体を回転させること。

プリエ……片脚、または両脚を曲げる動き。

ポアント……つま先のことで、つま先で立つことも言い、つま先で立つための靴(くつ)であるトウ・シューズの別名としても使われる。

ポゼ……片脚の膝とつま先を伸ばして、前へ踏み出し、もう一方の脚の膝を曲げ、伸ばしたつま先で、前に出ている脚の足首の裏(うら)あたりにさわってから、その足を床(ゆか)に下ろし、前に出ていた脚で、一歩前に進み、おなじことをくり返すこと。

ポルカ……ボヘミア起源(きげん)の軽快な舞曲。それにあわせた踊りのこともさす。

マチネー……音楽会、バレエなどの、昼の公演のこと。

ポール・ド・ブラ……腕を、あるポジションから、べつのポジションへ動かすこと。

マイム……声を出さずに、身振りや表情だけで、出演者同士が会話を表現したり、観客に語りかけたりすること。

レオタード……女性ダンサーが、レッスンやリハーサルで使う、水着のような形の、伸縮性(しんしゅくせい)のいい練習着。現代作品では、舞台衣裳(いしょう)として使用されることもある。

参考：『バレエ用語集』(新書館、二〇〇九年)

脇 明子
香川県生まれ。児童文学者、翻訳家。東京大学大学院人文科学研究科博士課程修了。ノートルダム清心女子大学名誉教授。「岡山子どもの本の会」代表。訳書にマクドナルド『金の鍵』『かるいお姫さま』、ディケンズ『クリスマス・キャロル』、バーネット『小公子』『小公女』『秘密の花園』、『センダックの絵本論』『かじ屋と妖精たち』など多数。著書に『読む力は生きる力』『読む力が未来をひらく』などがある。

網中いづる
イラストレーター、画家。1999年にペーター賞、2003年にTIS公募プロ部門大賞、07年に講談社出版文化賞さしえ賞を受賞。絵本に『恋するお三輪』(中村壱太郎文)、装画や挿絵を手がけた作品に「完訳クラシック　赤毛のアン」シリーズ(掛川恭子訳)、たかどのほうこ『コロキパラン　春を待つ公園で』、岩瀬成子『ジャングルジム』、朽木祥『かげふみ』など多数。

木曜生まれの子どもたち 上 (全2冊)
ルーマー・ゴッデン作
岩波少年文庫 630

2025年1月30日　第1刷発行

訳 者　脇 明子(わき あきこ)

画 家　網中いづる(あみなか)

発行者　坂本政謙

発行所　株式会社 岩波書店
〒101-8002 東京都千代田区一ツ橋 2-5-5
電話案内 03-5210-4000
https://www.iwanami.co.jp/

印刷製本・法令印刷　カバー・半七印刷

ISBN 978-4-00-114630-1　Printed in Japan
NDC 933　340 p.　18 cm

岩波少年文庫創刊五十年――新版の発足に際して

心躍る辺境の冒険、海賊たちの不気味な唄、垣間みる大人の世界への不安、魔法使いの老婆が棲む深い森、無垢の少年たちの友情と別離……幼少期の読書の記憶の断片は、個個人のその後の人生のさまざまな局面で、あるときは勇気と励ましを与え、またあるときは孤独への慰めともなり、意識の深層に蔵され、原風景として消えることがない。

岩波少年文庫は、今を去る五十年前、敗戦の廃墟からたちあがろうとする子どもたちに海外の児童文学の名作を原作の香り豊かな平明正確な翻訳として提供する目的で創刊された。幸いにして、新しい文化を渇望する若い人びとをはじめ両親や教育者たちの広範な支持を得ることができ、三代にわたって読み継がれ、刊行点数も三百点を超えた。

時は移り、日本の子どもたちをとりまく環境は激変した。自然は荒廃し、物質的な豊かさを追い求めた経済の成長は子どもの精神世界を分断し、学校も家庭も変貌を余儀なくされた。いまや教育の無力さえ声高に叫ばれる風潮であり、多様な新しいメディアの出現も、かえって子どもたちを読書の楽しみから遠ざける要素となっている。

しかし、そのような時代であるからこそ、歳月を経てなおその価値を減ぜず、国境を越えて人びとの生きる糧となってきた書物に若い世代がふれることは、彼らが広い視野を獲得し、新しい時代を拓いてゆくために必須の条件であろう。ここに装いを新たに発足する岩波少年文庫は、創刊以来の方針を堅持しつつ、新しい海外の作品にも目を配るとともに、既存の翻訳を見直し、さらに、美しい現代の日本語で書かれた文学作品や科学物語、ヒューマン・ドキュメントにいたる、読みやすいすぐれた著作も幅広く収録してゆきたいと考えている。

幼いころからの読書体験の蓄積が長じて豊かな精神世界の形成をうながすとはいえ、読書は意識して習得すべき生活技術の一つでもある。岩波少年文庫は、その第一歩を発見するために、子どもとかつて子どもだったすべての人びとにひらかれた書物の宝庫となることをめざしている。

（二〇〇〇年六月）

岩波少年文庫

049 少年の魔法のつのぶえ —ドイツのわらべうた
ブレンターノ、アルニム編
矢川澄子、池田香代子訳

050 クローディアの秘密
084 魔女ジェニファとわたし
140 ベーグル・チームの作戦
149 ぼくと〈ジョージ〉
カニグズバーグ作／松永ふみ子訳

051 ティーパーティーの謎
056 エリコの丘から
061 800番への旅
カニグズバーグ作
金原瑞人、小島希里訳

052 風にのってきたメアリー・ポピンズ
053 帰ってきたメアリー・ポピンズ

054 とびらをあけるメアリー・ポピンズ
055 公園のメアリー・ポピンズ
トラヴァース作／林 容吉訳

057 わらしべ長者—日本民話選
木下順二作／赤羽末吉画

058・9 ホビットの冒険 上下
トールキン作／瀬田貞二訳

062 床下の小人たち
063 野に出た小人たち
064 川をくだる小人たち
065 空をとぶ小人たち
ノートン作／林 容吉訳

066 小人たちの新しい家
076 空とぶベッドと魔法のほうき
ノートン作／猪熊葉子訳

067 人形の家
ゴッデン作／瀬田貞二訳

068 よりぬきマザーグース
谷川俊太郎訳／鷲津名都江編

069 木はえらい —イギリス子ども詩集
谷川俊太郎、川崎 洋編訳

070 ぼっぺん先生の日曜日
071 ぼっぺん先生と帰らずの沼
100 ぼっぺん先生と笑うカモメ号
146 雨の動物園—私の博物誌
舟崎克彦作

072 森は生きている
マルシャーク作／湯浅芳子訳

▷書名の上の番号：001～ 小学生から，501～ 中学生から

岩波少年文庫

073 ピーター・パン　J・M・バリ作／厨川圭子訳

075 クルミわりとネズミの王さま　ホフマン作／上田真而子訳

077 ピノッキオの冒険　コッローディ作／杉浦明平訳

078 肥後の石工

132 浦上の旅人たち　今西祐行作

081 クジラがクジラになったわけ　テッド・ヒューズ作／河野一郎訳

082 ムギと王さま—本の小べや1

083 天国を出ていく—本の小べや2　ファージョン作／石井桃子訳

086 ぼくがぼくであること　山中　恒作

087 きゅうりの王さま やっつけろ　ネストリンガー作／若林ひとみ編

088 ほんとうの空色　バラージュ作／徳永康元訳

089 ネギをうえた人—朝鮮民話選　金素雲編

090・1 アラビアン・ナイト 上下　ディクソン編／中野好夫訳

093・4 トム・ソーヤーの冒険 上下　マーク・トウェイン作／石井桃子訳

242・3 ハックルベリー・フィンの冒険 上下　マーク・トウェイン作／千葉茂樹訳

095 マリアンヌの夢　キャサリン・ストー作／猪熊葉子訳

096 けものたちのないしょ話—中国民話選　君島久子編訳

097 あしながおじさん　ウェブスター作／谷口由美子訳

098 ごんぎつね　新美南吉作

099 たのしい川べ　ケネス・グレーアム作／石井桃子訳

101 みどりのゆび　ドリュオン作／安東次男訳

102 少女ポリアンナ

103 ポリアンナの青春　エリナー・ポーター作／谷口由美子訳

143 ぼく、デイヴィッド　エリナー・ポーター作／中村妙子訳

104 月曜日に来たふしぎな子　ジェイムズ・リーブズ作／神宮輝夫訳

106・7 ハ イ ジ 上下　シュピリ作／上田真而子訳

108 お姫さまとゴブリンの物語

109 カーディとお姫さまの物語

133 かるいお姫さま

227・8 北風のうしろの国 上下　マクドナルド作／脇　明子訳

▷書名の上の番号：001～ 小学生から，501～ 中学生から

岩波少年文庫

110·1 思い出のマーニー 上下
ロビンソン作／松野正子訳

112 オズの魔法使い
フランク・ボーム作／幾島幸子訳

255 ガラスの犬
―ボーム童話集
フランク・ボーム作／津森優子訳
坂口友佳子絵

113 ペロー童話集
天沢退二郎訳

114 フランダースの犬
ウィーダ作／野坂悦子訳

115 元気なモファットきょうだい

116 ジェーンはまんなかさん

117 すえっ子のルーファス
エスティス作／渡辺茂男訳

118 モファット博物館
エスティス作／松野正子訳

120 青い鳥
メーテルリンク作／末松氷海子訳

124·5 秘密の花園 上下
バーネット作／山内玲子訳

162·3 消えた王子 上下
バーネット作／中村妙子訳

209 小公子

216 小公女
バーネット作／脇 明子訳

126 太陽の東 月の西
アスビョルンセン編／佐藤俊彦訳

127 モ モ
エンデ作／大島かおり訳

207 ジム・ボタンの機関車大旅行

208 ジム・ボタンと13人の海賊
エンデ作／上田真而子訳

236 魔法の学校
―エンデのメルヒェン集
エンデ作／池内 紀、佐々木田鶴子訳他

249 魔法のカクテル
エンデ作／川西芙沙訳

131 星の林に月の船
―声で楽しむ和歌・俳句
大岡 信編

134 小さい牛追い

135 牛追いの冬
ハムズン作／石井桃子訳

136·7 とぶ船 上下
ヒルダ・ルイス作／石井桃子訳

139 ジャータカ物語
―インドの古いおはなし
辻直四郎、渡辺照宏訳

142 まぼろしの白馬
エリザベス・グージ作／石井桃子訳

144 きつねのライネケ
ゲーテ作／上田真而子編訳
小野かおる画

▷書名の上の番号：001〜 小学生から，501〜 中学生から

岩波少年文庫

- 145 風の妖精たち　ド・モーガン作／矢川澄子訳
- 147・8 グリム童話集　上下　佐々木田鶴子訳／出久根育絵
- 150 あらしの前
- 151 あらしのあと　ドラ・ド・ヨング作／吉野源三郎訳
- 152 北のはてのイービク　フロイゲン作／野村　泫訳
- 153 美しいハンナ姫　ケンジョジーナ作／マルコーラ絵／足達和子訳
- 154 シュトッフェルの飛行船　エーリカ・マン作／若松宣子訳
- 155 オタバリの少年探偵たち　セシル・デイ=ルイス作／脇　明子訳
- 156・7 ふたごの兄弟の物語　上下
- 214・5 七つのわかれ道の秘密　上下
- 244 青い月の石　トンケ・ドラフト作／西村由美訳
- 158 マルコヴァルドさんの四季　カルヴィーノ作／関口英子訳
- 159 ふくろ小路一番地　ガーネット作／石井桃子訳
- 160 指ぬきの夏
- 201 土曜日はお楽しみ　エンライト作／谷口由美子訳
- 161 黒ねこの王子カーボネル　バーバラ・スレイ作／山本まつよ訳
- 164 ふしぎなオルガン　レアンダー作／国松孝二訳
- 165 りこうすぎた王子　ラング作／福本友美子訳
- 166 青矢号　おもちゃの夜行列車
- 200 チポリーノの冒険
- 213 兵士のハーモニカ　―ロダーリ童話集　ロダーリ作／関口英子訳

〈アーミテージ一家のお話1〜3〉

- 167 おとなりさんは魔女
- 168 ねむれなければ木にのぼれ
- 169 ゾウになった赤ちゃん　エイキン作／猪熊葉子訳
- 248 しずくの首飾り　エイキン作／猪熊葉子訳

▷書名の上の番号：001〜 小学生から，501〜 中学生から

岩波少年文庫

〈ランサム・サーガ〉

170・1 ツバメ号とアマゾン号 上下
172・3 ツバメの谷 上下
174・5 ヤマネコ号の冒険 上下
176・7 長い冬休み 上下
178・9 オオバンクラブ物語 上下
180・1 ツバメ号の伝書バト 上下
182・3 海へ出るつもりじゃなかった 上下
184・5 ひみつの海 上下
186・7 六人の探偵たち 上下
188・9 女海賊の島 上下
190・1 スカラブ号の夏休み 上下
192・3 シロクマ号となぞの鳥 上下
ランサム作／神宮輝夫訳

196 ガラガラヘビの味 ―アメリカ子ども詩集
アーサー・ビナード、木坂 涼編訳

197 ぼんぼん
今江祥智作

198 くろて団は名探偵
ハンス・ユルゲン・プレス作／大社玲子訳

199 バンビ ―森の、ある一生の物語
ザルテン作／上田真而子訳

202 アーベルチェの冒険
203 アーベルチェとふたりのラウラ
シュミット作／西村由美訳

204 バレエものがたり
ジェラス作／神戸万知訳

205 ピッグル・ウィッグルおばさんの農場
ベティ・マクドナルド作／小宮 由訳

206 カイウスはばかだ
ウィンターフェルト作／関 楠生訳

217 リンゴの木の上のおばあさん
ローベ作／塩谷太郎訳

218・9 若草物語 上下
オルコット作／海都洋子訳

220 みどりの小鳥 ―イタリア民話選
カルヴィーノ作／河島英昭訳

221 ゾウの鼻が長いわけ ―キプリングのなぜなぜ話
キプリング作／藤松玲子訳

225 ジャングル・ブック
キプリング作／三辺律子訳

223 大力のワーニャ
プロイスラー作／大塚勇三訳

224 からたちの花がさいたよ ―北原白秋童謡選
与田凖一編

▷書名の上の番号：001～ 小学生から，501～ 中学生から

岩波少年文庫

▷書名の上の番号：001〜 小学生から，501〜 中学生から

岩波少年文庫

501・2 はてしない物語 上下
エンデ作／上田真而子、佐藤真理子訳

503〜5 モンテ・クリスト伯 上中下
デュマ作／竹村 猛編訳

561・2 三銃士 上下
デュマ作／生島遼一訳

506 ドン・キホーテ
セルバンテス作／牛島信明編訳

507 聊斎志異（りょうさいしい）
蒲松齢作／立間祥介編訳

508 古事記物語
福永武彦作

509 羅生門（らしょうもん） 杜子春（とししゅん）
芥川龍之介作

510 科学と科学者のはなし
—寺田寅彦エッセイ集
池内 了編

555 雪は天からの手紙
—中谷宇吉郎エッセイ集
池内 了編

511 農場にくらして
アトリー作／上條由美子、松野正子訳

512 波紋
リンザー作／上田真而子訳

513・4 ファーブルの昆虫記 上下
大岡 信編訳

〈ローラ物語・全5冊〉
515 長い冬
516 大草原の小さな町
517 この楽しき日々
518 はじめの四年間
519 わが家への道—ローラの旅日記
ワイルダー作／谷口由美子訳

520 あのころはフリードリヒがいた
567 ぼくたちもそこにいた

571 若い兵士のとき
リヒター作／上田真而子訳

521 まだらのひも
シャーロック・ホウムズ

522 最後の事件
シャーロック・ホウムズ

523 空き家の冒険
シャーロック・ホウムズ

524 バスカーヴィル家の犬
ドイル作／林 克己訳

525 怪盗ルパン
526 ルパン対ホームズ
527 奇岩城
モーリス・ルブラン作／榊原晃三訳

528 宝島
552 ジーキル博士とハイド氏
スティーヴンスン作／海保眞夫訳

529 イワンのばか
トルストイ作／金子幸彦訳

530 タイムマシン
H・G・ウェルズ作／金原瑞人訳

▷書名の上の番号：001〜 小学生から，501〜 中学生から

岩波少年文庫

531 時の旅人
アトリー作／松野正子訳

532~4 三 国 志 上中下
羅貫中作／小川環樹、武部利男編訳

535 山椒魚 しびれ池のカモ
井伏鱒二作

536·7 レ・ミゼラブル 上下
ユーゴー作／豊島与志雄編訳

538 ガリヴァー旅行記
スウィフト作／中野好夫訳

539 最後のひと葉
オー・ヘンリー作／金原瑞人訳

540 一握の砂 悲しき玩具
石川啄木作

541~3 水 滸 伝 上中下
施耐庵作／松枝茂夫編訳

544·5 リンゴ畑のマーティン・ピピン 上下
ファージョン作／石井桃子訳

546 シェイクスピア物語
ラム作／矢川澄子訳

547~9 西 遊 記 上中下
呉承恩作／伊藤貴麿編訳

550 北欧神話
P・コラム作／尾崎 義訳

551 クリスマス・キャロル
ディケンズ作／脇 明子訳

553 走れメロス 富嶽百景
太宰 治作

554 坊っちゃん
夏目漱石作

556 モルグ街の殺人事件
E・A・ポー作／金原瑞人訳

557·8 ロビン・フッドのゆかいな冒険 1·2
パイル作／村山知義、村山亜土訳

559·60 見習い物語 上下
ガーフィールド作／斉藤健一訳

563 雪女 夏の日の夢
ハーン作／脇 明子訳

564 台所のおと みそっかす
幸田 文作／青木奈緒編

565 灰色の畑と緑の畑
ヴェルフェル作／野村 泫訳

566 ロビンソン・クルーソー
デフォー作／海保眞夫訳

568 今昔ものがたり
杉浦明平

569 宇治拾遺ものがたり
川端善明

▷書名の上の番号：001~ 小学生から，501~ 中学生から

岩波少年文庫

▷書名の上の番号：001〜 小学生から，501〜 中学生から

岩波少年文庫

▷書名の上の番号：001～ 小学生から，501～ 中学生から